GOLDMANN

Buch

Als sein Vater im Sterben liegt, wird Blake Morrison zum erstenmal bewußt, was ihm der Vater wirklich bedeutet. Wie unter einem magischen Zwang beginnt er dem Leben des Vaters nachzuspüren. Er erzählt von der Lebensgier und Unbeschwertheit des Vaters, damals in den fünfziger Jahren, als Blake Morrison noch ein Kind war. Und er erzählt, wie er mehr und mehr lernt, mit der Schwäche und Verletzlichkeit seines Vaters umzugehen.

Mit *Wann hast du zuletzt deinen Vater gesehen* hat Blake Morrison nicht nur ein wunderbares Porträt eines Vaters geschrieben, sondern auch ein Buch über Lebenslust und Schmerz, Liebe und Tod, voller moralischer Kraft und Lebensmut.

Autor

Blake Morrison wurde 1950 in Skiton, Yorkshire, geboren. Er ist preisgekrönter Lyriker, Literaturwissenschaftler und Journalist. *Wann hast du zuletzt deinen Vater gesehen* ist sein erster Roman.

BLAKE MORRISON

Wann hast du zuletzt deinen Vater gesehen?

Aus dem Englischen
von Sabine Lohmann

GOLDMANN VERLAG

Die Originalausgabe erschien unter dem Titel
»And when did you last see your father?«
bei Granta Books, London

Deutsche Erstveröffentlichung

Der Goldmann Verlag
ist ein Unternehmen der Verlagsgruppe Bertelsmann

Copyright © 1993 by Blake Morrison
Copyright © der deutschsprachigen Ausgabe 1994
by Wilhelm Goldmann Verlag, München
Umschlaggestaltung: Design Team München
Umschlagfoto: © Blake Morrison
Satz: IBV Satz- und Datentechnik GmbH, Berlin
Druck: Presse-Druck Augsburg
Verlagsnummer: 42392
Lektorat: Anke Knefel
Herstellung: Stefan Hansen
Made in Germany
ISBN 3-442-42392-9

1 3 5 7 9 10 8 6 4 2

Vorwort

Am Morgen, nachdem alles getan war, gab ich ihr in ihrem Sarg einen langen letzten Abschiedskuß. Ich beugte mich über sie, und als ich den Kopf in den Sarg niedersenkte, fühle ich das Blei unter meinen Händen nachgeben... Das Grab war zu eng, der Sarg wollte nicht hineinpassen. Sie rüttelten ihn, zogen und drehten ihn hin und her; sie griffen zu Spaten und Stemmeisen, und schließlich trat ein Totengräber darauf – just über Carolines Kopf –, um ihn in die Tiefe zu zwingen. Ich stand an der Seite, den Hut in der Hand; mit einem Aufschrei schleuderte ich ihn hinab.

... Ich wollte Ihnen das alles erzählen, da ich meine, Ihnen damit Vergnügen zu bereiten. Sie sind klug genug und lieben mich genug, um das Wort »Vergnügen« richtig aufzufassen, das die Spießbürger zum Lachen reizen würde.

Flaubert, Brief an Maxime DuCamp, März 1846

... Kein Abstand mehr,
Nichts Achtungswertes bietet mehr sich dar
Unter dem spähnden Mond.

Antonius und Kleopatra

Oulton Park

*E*in heißer Samstag im September 1959, und wir sitzen in Cheshire fest. Vor uns eine Autoschlange, so weit das Auge reicht, bis um die nächste Kurve. Wir sind seit zehn Minuten nicht vom Fleck gekommen. Alle haben den Motor abgestellt, was mein Vater nun ebenfalls tut. In der plötzlichen Stille können wir das ferne Brausen des ersten Rennens an diesem Nachmittag hören, eine Art Vorprogramm über zehn Runden, mit auffrisierten Limousinen. Es ist Viertel nach eins. In einer Stunde werden die Fahrer für die Hauptattraktion des Tages, den Gold Cup, an den Start gehen – Graham Hill, Jack Brabham, Roy Salvadori, Stirling Moss und Joakim Bonnier. Mein Vater hat sich schon immer für schnelle Wagen begeistert, und Autorennen erfreuen sich in England zur Zeit großer Beliebtheit, weshalb wir hier auf dieser Landstraße mit Hunderten von anderen Autos im Stau stecken.

Mein Vater kann Schlangestehen nicht vertragen. Er ist es gewohnt, daß seine Patienten brav warten, bis sie an der Reihe sind, aber selber warten zu müssen ist ihm ein Greuel. Eine Warteschlange heißt für ihn nur, daß man ihm das Recht verwehrt, zur gewünschten Zeit am gewünschten Ort zu sein, nämlich ganz vorne, und zwar gleich. Zehn Minuten sind schon um. Was ist da vorne los? Welcher Trottel hält da alles auf? Wieso tut sich nichts auf der Gegenfahrbahn? Ist da womöglich ein Unfall passiert? Warum ist dann noch keine Polizei in Sicht? Alle paar Minuten steigt mein Vater aus, geht zur anderen Straßenseite hinüber und versucht festzustellen, ob sich vorne schon was bewegt. Offenbar nicht. Er steigt wieder ein und kocht weiter vor sich hin. Das Schiebedach unseres Alvis ist herabgelassen, die Sonne brennt auf die Lederpolster, die Chromleisten, den Picknickkorb. Die Haube ist in die geheimnisvolle Spalte zwischen dem Kofferraum und dem engen Rücksitz eingefältelt, auf dem meine Schwester und ich wie üblich zusammengepfercht sind. Das Dach ist fast immer offen, unabhängig vom Wetter; mein Vater ist ein Frischluftfanatiker und fährt daher grundsätzlich Autos mit aufklappbarem Verdeck. Aber heute ist die Luft nicht frisch. Über uns hängt eine dichte Staub- und Abgasglocke, eine Wolke aus Benzindunst und dem Gestank überhitzter Motoren.

In den Autos vor uns und hinter uns sieht man Leute, die lachen, belegte Brote kauen, Bierflaschen leeren, die Wärme genießen und sich bestens mit der Verzögerung abzufinden scheinen. Doch mein Vater hat nichts mit ihnen gemein. Er hat nur zwei Dinge im Kopf: den unsichtbaren Anfang der Schlange und, nicht ohne logischen Zusammenhang, die aufreizend leere andere Straßenhälfte.

»Nun laß doch mal gut sein, Arthur«, sagt meine Mutter. »Mit deinem ewigen Hin und Her machst du einen ja richtig nervös.«

Ihre Beschwichtigungsversuche bewirken genau das Gegenteil. »Was kann es denn nur sein?« schäumt er. »Vielleicht ist es wirklich ein Unfall. Vielleicht warten die da bloß auf den Notarzt.« Wir alle wissen, worauf er hinaus will, noch ehe er es ausspricht. »Vielleicht werde ich dort gebraucht.«

»Bestimmt nicht, Arthur«, sagt meine Mutter, während er schon wieder den Schlag aufreißt und sich auf den Kotflügel hißt, um nach vorn zu spähen.

»Da ist garantiert ein Unfall passiert«, verkündet er. »Ich glaube, ich sollte mal hinfahren und nachschauen.«

»Nein, Arthur. Das sind nur die Leute am Einlaß, die mit der Kartenkontrolle nicht nachkommen. Und außerdem gibt es sicher genug Ärzte an der Rennbahn.«

Inzwischen ist es halb zwei und vollkommen still. Das Limousinen-Rennen ist vorbei. Bis zum Gold Cup bleibt noch über eine Stunde Zeit, aber davor gibt's noch ein anderes Rennen und die ganzen Rennwagen in den Boxen zu besichtigen, und überhaupt...

»Diese Warterei mache ich nicht länger mit«, sagt er. »So kommen wir ja nie rein. Dann können wir genauso gut gleich umkehren und das ganze aufgeben.« Er zögert noch zwanzig Sekunden, dann beugt er sich vor, klappt das Handschuhfach auf und zieht ein Stethoskop heraus, das er über den Rückspiegel drapiert. Es hängt da wie ein Skelett, die Membran oben festgehakt, während die Metall- und Gummibügel o-beinig herabbaumeln und die elfenbeinernen Ohrstöpsel wie Knöchelchen aneinanderklicken. Er läßt den Motor an, löst die Handbremse, setzt einen halben Meter zurück und schert auf die Gegenfahrbahn aus.

»Nein«, protestiert meine Mutter halbherzig. Es könnte ja sein, daß er nur ein Umkehrmanöver im Sinn hat. Aber mitnichten...

Mein Vater fährt nicht mal sonderlich flott an der Autoschlange vorbei. Es sind sicher nicht mehr als zwanzig

Meilen pro Stunde, aber es kommt einem furchtbar schnell vor und furchtbar arrogant, und alle Leute in den anderen Wagen drehen sich um und starren uns an, als sie uns kommen sehen. Manche wirken richtig erbost. Einige schimpfen sogar. »Zeig auf das Stethoskop, Schatz«, rät er meiner Mutter, doch sie ist vom Beifahrersitz gerutscht, um den strafenden Blicken zu entgehen, hockt mit angezogenen Knien auf dem Boden und macht ihm Vorwürfe.

»Herrgott noch mal, Arthur, war das nun wieder nötig? Warum kannst du denn nicht wie alle anderen warten? Und wenn uns nun jemand entgegenkommt?« Jetzt folgen meine Schwester und ich ihrem Beispiel, verstecken uns ebenfalls zwischen den Sitzen. Mein Vater ist nun ganz allein im Auto. Mit uns hat er nichts zu tun, dieser rücksichtslose, schändlich undemokratische Spielverderber. Oder genauer gesagt, wir wollen uns nicht mit ihm blamieren.

Das Gesicht in das lieblich duftende Polster gedrückt, male ich mir aus, was uns da vorne wohl erwartet. Ich kann nicht abschätzen, wie weit wir schon sind, wieviel unüberschaubare Kurven wir schon hinter uns haben. Wenn uns auf dieser engen Landstraße einer entgegenkommt, müssen wir im Rückwärtsgang wieder an allen Autos vorbei, die wir gerade überholt haben. Falls wir überhaupt noch rechtzeitig halten können. Ich warte die ganze Zeit auf das Kreischen der Bremsen, das dumpfe Krachen von Blech auf Blech.

Nach einer Ewigkeit, tatsächlich vielleicht zwei Minuten, hebt meine Mutter den Kopf und sagt: »Jetzt haben wir den Salat«, und mein Vater antwortet: »Nein, da hinten gibt's noch ein Tor«, und meine Schwester und ich recken die Hälse, um hinauszuschauen. Wir sind jetzt auf gleicher Höhe mit den vordersten Wagen der Schlange, die darauf warten, links in das Tor einzubiegen, das den braunen Eintrittskarten vorbehalten ist, der Einlaß fürs gemeine Volk, sozusagen. Ein Wächter tritt schon aus dem Tor auf uns zu, doch mein Vater tut so, als hätte er ihn nicht gesehen, und fährt einfach weiter, den leeren Straßenabschnitt entlang, wo knapp hundert Meter entfernt ein halbes Dutzend Autos aus der anderen Richtung vor der zweiten Einfahrt warten. Im Gegensatz zu denen, die wir hinter uns gelassen haben, scheinen diese zügig voranzukommen. Großzügig wartet mein Vater ab, bis der letzte vor ihm eingebogen ist, und rollt dann zwischen den Steinpfosten hindurch auf den holprigen Grasstreifen, wo ein Parkwächter mit einer Armbinde über der Tweedjacke vor dem Absperrseil steht.

»Guten Tag, Sir. Sie haben eine rote Eintrittskarte?« Die Frage kommt nicht gerade unerwartet; die zahlreichen Hinweisschilder, auf denen groß und breit ROTE EINTRITTSKARTEN steht, waren wirklich nicht zu übersehen. Aber mein Vater läßt sich nicht so leicht ins Bockshorn jagen.

»Sie meinen doch sicher diese hier«, sagt er und reicht ihm seine braunen Tickets heraus.

»Nein, Sir, ich fürchte, das sind die braunen Eintrittskarten.«

»Da muß wohl irgendein Irrtum passiert sein. Ich hatte ausdrücklich rote Tickets bestellt. Ehrlich gesagt habe ich sie mir noch gar nicht angesehen.«

»Tut mir leid, Sir, aber das hier sind braune Tickets, mit denen müssen Sie zur nächsten Einfahrt, hundert Meter weiter hinten. Wenn Sie also bitte wenden wollen und...«

»Ich begleiche Ihnen gern die Differenz.«

»Nein, das geht leider nicht, die Vorschriften, verstehen Sie...«

»Ich weiß schon, wo die braune Einfahrt ist, ich habe da eben eine volle Stunde aus Versehen gestanden. Ich bin hier vorgefahren, weil ich dachte, ich hätte rote Tikkets. Jetzt kann ich unmöglich wieder zurück. Die Schlange dehnt sich meilenweit hin. Und die Kinder hier, wissen Sie, die sich schon so gefreut haben...«

Inzwischen haben sich bereits etliche Wagen hinter uns angesammelt. Einer hupt ungeduldig. Der Wächter gerät sichtlich ins Schwanken.

»Sie sagen, Sie hätten rote Tickets bestellt.«

»Nicht nur bestellt, sondern auch bezahlt. Ich bin Arzt, wie Sie sehen« – er zeigt auf das Stethoskop – »und ich stehe nun mal lieber an der Zielgeraden.«

Vor der haarsträubenden Logik dieser Ausrede kann der Wächter, scheint's, nur noch kapitulieren.

»Also gut, Sir, aber nächstes Mal schauen Sie doch lieber vorher nach, was Sie für Tickets haben. Geradeaus durch und dann rechts.«

So lief das immer bei meinem Vater. Gewitztes Durchlavieren. Kleine Mauscheleien. Geldsparende, zeitsparende, opportunistische Tricks, um irgendwelche Vergünstigungen einzuheimsen. Vordrängeln in Warteschlangen, geringfügige Regelwidrigkeiten, diskrete Geschäfte unter der Hand. Falschparken, Überschreiten der Polizeistunde. Illegale Schnäppchen, hier ein gewilderter Fasan, dort ein paar Waren direkt von der Ladefläche eines Lieferwagens. »Die« waren ja schließlich alles Spielverderber – wobei »die« für das Establishment stand, zu dem er sich trotz seiner gutbürgerlichen Stel-

11

lung als praktischer Arzt niemals zählte; als kleinen Normalverbrauchern, die das Bestmögliche aus dem Leben herauszuholen versuchten, kam es uns vielmehr zu, »die« bei jeder Gelegenheit zu übertölpeln. Ernstliche Gesetzesübertretungen hätten ihn zu sehr abgeschreckt, obwohl er gerissene Verbrecher, die sich nicht erwischen ließen, ebenso bewunderte wie beneidete – die Posträuber zum Beispiel, oder vorher noch die Männer, die einen Lastwagen voller alter Banknoten auf dem Weg zur Vernichtung abgefangen hatten (»Waren immer noch gültig, die Lappen, aber eben alt und daher nicht registriert, so daß man sie nie mehr aufspüren konnte. Und außerdem ist ja niemand dabei geschädigt worden. Einfach fabelhaft, wie die das hingekriegt haben«). Auch wenn er selbst nicht das Zeug zu einem echten Kriminellen hatte, war er doch kreuzunglücklich, wenn er nicht wenigstens ein bißchen schummeln konnte; das verlieh dem Leben doch erst die richtige Würze. Als Heranwachsender fand ich diese Haltung vollkommen normal, ich dachte, die meisten Engländer wären so. Und damit hatte ich wohl gar nicht mal unrecht.

Meine Kindheit war ein einziges Gespenst von kleinen Mogeleien und Triumphen. Der Urlaub in einem Hotel nahe bei einem berühmten Golfplatz – war das nicht in Troon? –, wo wir entdeckten, daß man sich um die Platzgebühren drücken konnte, wenn man die Runde am fünften Loch begann und am vierten abschloß. Die privaten Tennisclubs und Yachtclubs und Clublokale, in die wir uns (besonders an Sonntagen im tiefsten Wales, wo offene Kneipen rar sind) unter falschem Namen einschmuggelten: bis der Mann am Eingang seine Mitgliederliste durchgegangen war, hatte mein Vater sie schon verkehrt herum entziffert – »Da, sehen Sie, Wilson – nein, Wilson habe ich gesagt, nicht Watson«; zur Not konnte man immer noch versuchen, dem Burschen eine Pfundnote zuzustecken. Mit seiner unschuldigen Art, seiner Selbstsicherheit und kumpelhaften Jovialität brachte mein Vater es fertig, fast überall hineinzukommen und sich aus allem herauszureden, falls er ertappt wurde.

Nur einmal versagte die Methode. Wir waren auf Schiurlaub in Aviemore, und er spendierte uns in einem der besseren Hotels etwas zu trinken. Auf dem Rückweg vom Klo fiel ihm auf, daß es neben der Hintertür eine Sauna für Hotelgäste gab. Den Rest der Woche erschlichen wir uns dann regelmäßig unsere Gratis-Sauna. Doch am letzten Tag platzte wutschnaubend der Hoteldirektor herein, als wir gerade beim Abtrocknen waren: »Sie wohnen doch nicht hier im Hotel, oder?«

Ich wartete auf irgendeine gespielt naive Gegenfrage – »Wieso, sind die Saunas denn nicht öffentlich zugänglich wie die Hotelbars? Ich hatte angenommen...« – aber diesmal stammelte mein Vater nur mit roten Ohren vor sich hin und machte eine schuldbewußte Miene. Das ganze endete damit, daß wir eine Unsumme hinblättern mußten und obendrein noch Hausverbot bekamen. Ich war schwer enttäuscht. Ich hatte entdeckt, daß er nicht unfehlbar war. Ich kam mir verschaukelt vor.

Oulton Park, eine halbe Stunde später. Wir haben unsere Verwandten auf dem braunen Parkplatz getroffen – sie waren natürlich längst vor uns da – und sie zum Eingang des Boxenareals mitgenommen. Mein Vater meint, mit den roten Tickets, die er ergattert hat, würde man uns samt unseren Gästen umsonst hineinlassen. Da irrt er sich aber. Die Tickets für die Boxen kosten eine Guinee pro Nase. Wir sind zu zehnt. Das kann ein teurer Spaß werden.

»Na, *eins* nehmen wir auf jeden Fall mal«, sagt mein Vater zu dem Ticketverkäufer und kommt mit einem kleinen braunen Pappkärtchen zurück, wie ein Bibliotheksausweis, mit einem Bindfaden dran, damit man es sich ans Revers heften kann. »Ich gehe mal kurz das Terrain sondieren«, sagt er und trollt sich mit seinem Ticket zum Tor, wo er anstandslos durchgewinkt wird, ohne Stempel auf den Handrücken oder Namenskontrolle. Zehn Minuten später kommt er wieder, flüstert meinem Onkel Ron etwas zu, gibt ihm das Kärtchen und führt uns übrige zu einem Holzzaun in einem stillen Winkel des Parkplatzes. Und schon erscheint Onkel Ron auf der anderen Zaunseite, in einem ebenso stillen Winkel der Boxen, und reicht uns das Ticket durch die Zaunlatten herüber. Nun verschwindet mein Vetter Richard mit dem Ticket, um drinnen wieder aufzutauchen, und so wiederholt sich die Prozedur, bis wir alle nacheinander durchgeschleust worden sind: Kela, Tante Mary, Edward, Jane, Gillian, meine Mutter und ich. Nach fünf Minuten stehen wir alle zehn auf der anderen Seite.

»Großartig«, strahlt mein Vater. »Für nur drei Pfund und elf Schilling haben wir jetzt vier rote Tickets und alle Mann in den Boxen. Jeder andere hätte glatt zwanzig Guineen dafür zahlen müssen. Nicht übel, was?«

Wir umstehen Jack Brabhams Cooper, dessen aufgeklappte Kühlerhaube an eine klaffende Bauchdecke auf dem Operationstisch erinnert, ein geheimnisvolles Sammelsurium von Schläuchen und Drähten und blitzblanken Chromteilen. Ich streichle über die metallene Rückseite des Armaturenbretts und denke an meinen grünen

14

Dinkycar, den mit der Nummer acht, den ich Jack Brabham nenne, wenn ich ihn zu Hause auf dem Teppich gegen den roten Ferrari Nr. 1 (Fangio), den silbernen Maserati Nr. 3 (Salvadori) und den gelben Jaguar Nr. 4 (Stirling Moss) ins Rennen schicke. Ich möchte immer, daß Jack Brabham gewinnt, und irgendwie schaffe ich es auch jedesmal, obwohl ich wetten könnte, daß ich alle meine Autos gleich stark anschiebe. Die Autorennen daheim spielen sich in andächtiger Stille ab. Hier in Oulton Park ist es alles andere als still; von der geballten Mischung aus Benzindünsten, Sonne und Motorengeheul wird mir beinah schwindlig.

Später wird Brabham in der sechsten Runde von Moss überholt, der für die nächsten neunundsechzig Runden in Führung geht. Zwischen Lodge Corner und Deer Lodge, nicht weit von unserem Standort, gerät einer der Wagen von der Bahn. Man sieht Blutspuren, zersplittertes Holz und Glasscherben. Mein Vater verschwindet – »mal schauen, ob man vielleicht meine Hilfe braucht.« Er kommt seltsam betroffen zurück und flüstert meiner Mutter zu: »Da hätte ich auch nichts mehr tun können.«

Airedale

Er sitzt drüben an der Bettkante – das heißt, *jemand* sitzt da, jemand in einem dünnen grünen Klinikhemd, der ihm gar nicht ähnlich sieht. Leute im Krankenhaus wirken meist ein wenig desorientiert. Aber das kann es nicht sein. Mein Vater ist Krankenhäuser gewohnt. Besonders diese Klinik, Airedale, an die er innerhalb der letzten zehn Jahre fast alle seiner schwereren Fälle überwiesen hat. Die Station, auf der er jetzt liegt, die 19, hat er selbst nach seiner Pensionierung noch manchmal besucht, um nach alten Patienten zu schauen. Sogar dieses Zimmer, Nr. 2, ein Einzelzimmer, das man ihm als ehemaligem Arzt zugestanden hat, kennt er von früheren Krankenvisiten her. Aber heute ist er nicht zu Besuch da. Heute ist er der Patient. Heute bin ich der Besucher.

Wäre mein Vater hier auf Visite, würde dieser Jemand dort an der Bettkante sich kurz und bündig abgekanzelt sehen. *Was tragen Sie denn da Komisches? Ein Nachthemd? Nicht so ganz Ihr üblicher Stil, wie? Wo haben Sie denn Ihren Flanellpyjama gelassen?* Eine weiße Baumwolldecke ist über seine Knie gebreitet: *Was? Eine Babydecke? In diesem überheizten Raum? Jetzt wollen wir doch erst mal das Fenster aufmachen und ordentlich durchlüften.* Er blickt kaum auf, als ich eintrete: *Na los, Kopf hoch, so schlimm wird's schon nicht kommen.* Aber es wird so schlimm kommen, er weiß es, wir alle wissen, daß ihm nicht mehr viel Zeit bleibt, und deshalb bin ich hier.

»Fühlst dich wohl noch ziemlich flau, Dad?«

»Kann man wohl sagen.«

Ich drücke ihn einen Moment lang an mich und schiebe dann zwei Stühle ans Bett: einen kleinen Plastikstuhl neben den seinen für mich; und einen etwas bequemeren mit Armlehnen für meine Mutter.

Aus der Nähe fällt mir auf, wie lose die Haut ihm im Gesicht hängt. Blaß ist er nicht – immer noch die gute alte Wind-und-Wetter-Bräune – doch seine dunklen Augen haben ihr Feuer verloren: jetzt würde ihn keiner mehr, wie es früher manchmal vorkam, mit Mickey Rooney verwechseln. Sein Hals wirkt merkwürdig steif; er hält den Kopf ein wenig vorgestreckt, wie eine Schildkröte aus ihrem Panzer; als würde er ihm unmerklich von hinten vorgeschoben, um die Erschlaffung vorne auszugleichen, den buchstäblichen Gesichtsverlust. Wenn er einen Schluck Wasser aus dem Plastikbecher trinkt, zittert seine Hand. Es ist, als sei er durch eine unsichtbare Wand von uns getrennt, eine Wand aus Schmerzen.

»Es geht dir aber doch schon besser als gestern?«

»Ja.«

»Die Operation ist ja auch erst vier Tage her.«

»Stimmt.«

»Und Mum sagt, die Ärzte sind soweit ganz zufrieden mit dir.«

»Wenn das mit dem Wasserlassen nur besser klappen würde. Das macht mir im Moment noch am meisten Bauchweh.«

›Bauchweh‹: ein Wort, das er selbst Erwachsenen gegenüber stets gebraucht hat, Teil seiner altmodischen Onkel-Doktor-Manier, dazu bestimmt, Kindern und

Kranken Vertrauen einzuflößen. Ich sehe ihn noch, wie er sich zu mir herabbeugt, mit vortretenden Tränensäkken und Whitbread-Fahne, in einer dieser langen, mulmigen Fiebernächte als Kind, bedrohlich schwankende Wände ringsum und er als der einzige Fixpunkt: »Tut dir dein Bäuchlein weh? Sag Daddy, wo du Wehweh hast.« Bäuchlein, Wehweh: es klingt so geborgen, so gemütlich – kein Grund, sich aufzuregen oder den Arzt zu rufen oder zur Apotheke zu rennen, denn meine Eltern *sind* ja Ärzte, ihre Praxis ist unser Zuhause, und die Apotheke ist in Reichweite auf unserem Badezimmerregal. Doch nun bin ich es, der sich zu ihm herabbeugt. Jetzt bin ich derjenige, der die fürsorglichen Fragen stellt.

»Tut's dir denn beim Pinkeln weh?«

»Nicht sehr. Gestern hatte ich einen Katheter drin, aber ich hab drumrum gepinkelt, da haben sie ihn wieder entfernt. Heut nacht hab ich das Bett naß gemacht.«

»Aber irgendwie fühlt es sich doch unangenehm an?«

»Mein Penis ist verstopft und geschwollen, die reinste Elefantiasis, kann ich dir sagen.«

Nach ›Bauchweh‹ klingt das kühle Lehrbuchlatein von ›Penis‹ übertrieben förmlich. Vielleicht aus Rücksicht auf meine Mutter; etwas später, als sie kurz aus dem Zimmer gegangen ist, ruft er aus dem Bad, über dünnes Gepritschel hinweg: »Mir läuft mehr Pisse aus dem Po als aus dem Pimmel.« Aber ›Penis‹ ist hier wohl das richtige Wort, als Bezeichnung für etwas, das ihm fremd und lästig geworden ist, das er kaum noch als Teil seines Körpers empfindet. Keinerlei anzügliches Grinsen oder Augenzwinkern bei dem Hinweis auf das geschwollene Organ. Daß er die Gelegenheit für einen zotigen Witz so ungenutzt verstreichen läßt, zeigt mir eindringlicher als andere, wie schlecht es um ihn steht.

»Suppe, Herr Doktor?« fragt der Aushilfspfleger an der Tür – Kieran heißt er, laut Namensschildchen am Revers. »Ach nein«, verbessert er sich nach einem Blick auf sein Clipboard. »Sie sind hier für Orangensaft eingetragen.«

»Hab ich Orangensaft bestellt?«

»Hier steht's so. Aber Sie können auch Suppe haben.«

»Was für eine ist es denn?«

»Gemüsesuppe.«

»Dann nehme ich die.«

Kieran erscheint wieder mit einer Suppenschale aus weißem Porzellan, die auf das Plastiktablett und die Papierserviette überschwappt, und setzt sie auf dem Rolltisch ab. Mein Vater hält einen zitternden Löffel in der Hand, von dem er nur die Flüssigkeit schlürft und die verkochten Gemüsestückchen meidet, als wären sie so hart wie ein Kotelett.

Meine Mutter und ich sehen ihm zu und spornen ihn im stillen an, mehr, noch mehr zu essen. Dann ist Kieran wieder zur Stelle. »Na, wie kommen wir zurecht?« fragt er mit lauter, langsamer, überdeutlicher Stimme. Ich möchte ihn am liebsten anbrüllen: »Das ist mein Vater, du Schwachkopf, kein hinfälliger Invalide, den man von oben herab behandeln kann.« Aber natürlich ist er genau das.

Kieran nimmt das Tablett wieder an sich.

»Und jetzt noch etwas Auflauf?«

»Auflauf kann ich nicht bestellt haben«, sagt mein Vater. Es ist seine Leibspeise, nur noch von Kuttelragout übertroffen. Meine ganze Kindheit hindurch hat meine Mutter uns mindestens einmal pro Woche Auflauf vorgesetzt, in einer großen braunen Steingutschüssel: Zwiebeln, Bratenreste, Butter, Salz und Pfeffer – das Beste daran die knusprig gebackenen Kartoffeln obendrauf.

»Ich wollte doch Fisch.«

»Moment, Herr Doktor, ich geh mal nachschauen.«

Kieran kommt mit einem Teller zurück. »Wir haben noch Hühnerfrikassee.«

»Ah, Hühnchen.«

Aber es könnte ebensogut Stein sein. Mein Vater kaut ein, zwei Minuten darauf herum und spuckt es wieder aus. Es gibt zwei kleine Klackse Kartoffelbrei dazu, aber die würdigt er keines Blickes.

»Es schmeckt wie Paraffin«, sagt er, ohne sich zu beklagen, nur als rein sachliche Feststellung. »Und es ist so trocken. Als ob man Sägespäne schlucken sollte, oder kleine Zweige.«

Er legt die Gabel hin, läßt den Kopf aufs Kissen zurücksinken, die Miene abgespannt, die Gesichtszüge verschwommen. Ich muß an ein Gemälde von Francis Bacon denken, eine liegende Gestalt, zerfallen, zersetzt. Und an einen Satz von Auden: *Selten sieht man ein Sarkom / So fortgeschritten wie dies.* Zugleich schäme ich mich, komme mir unanständig vor, die Gedanken einfach so schweifen zu lassen, mich im Geiste davonzustehlen und ihn hier einfach so zurückzulassen.

Erschöpft führt er eine Tasse kalten Tee an die Lippen, setzt sie dann zittrig auf der Untertasse ab. Es ist sechs Uhr abends, für ihn schon Schlafenszeit.

Drei Monate zuvor waren meine Eltern zu irgend jemandes achtzigstem Geburtstag in den Süden des Landes gefahren, genau die Art von Unternehmung, die ihnen Spaß machte: im Morgengrauen aufstehen, vor dem Frühstück schon hundert Meilen herunterschrubben, auf schöner freier Straße, in gemütlichem Tempo, ohne zum Essen einzukehren oder bei Leuten zu übernachten; sie kochen und schlafen in ihrem Bedford Dormobile (das später gegen ein deutsches Hymermobil ausgetauscht wurde), rastlose Siebziger, die kommen und gehen können, wie es ihnen paßt, und ihr Selbstbewußtsein als rüstige Pensionäre mit einem Sticker am Rückfenster dokumentieren – RÄCHT EUCH: LEBT LANGE GENUG, UM EUREN KINDERN ZUM PROBLEM ZU WERDEN. Doch dieser letzte Ausflug war schiefgelaufen. Am Abend hatten sie an einem Gasthof haltgemacht. Meine Mutter wollte telefonieren und war auf die erleuchtete Zelle in knapp hundert Meter Entfernung zugegangen, nicht ahnend, daß der Weg durch eine niedrige Mauer mit einem anderthalb Meter tiefen Graben dahinter versperrt war. Über ihr langes Ausbleiben verwundert, ging mein Vater sie schließlich suchen, erst zu Fuß, dann mit dem Wohnmobil. Im Scheinwerferkegel gewahrte er ein blutbeflecktes Kleiderbündel am Fuß der Mauer. Er fürchtete, sie hätte sich das Genick gebrochen, und wagte nicht, sie aufzuheben. Im Krankenhaus von Stoke Mandeville ergab die Röntgenuntersuchung, daß sie sich die Wirbelsäule angeknackst, den Mittelhandknochen gebrochen und große Blutergüsse an Armen und Beinen, Hals und Genick zugezogen hatte.

»Sie kommt schon wieder in Ordnung, aber vorerst können wir euch nun nicht besuchen«, meinte er, als er am nächsten Morgen anrief, gerade so, als ob es sich um einen harmlosen kleinen Ausrutscher und nicht um einen Fall für die beste orthopädische Spezialklinik des Landes handelte. Ich fuhr am nächsten Tag gleich hin; das klotzige Wohnmobil auf dem Parkplatz war nicht zu übersehen. Meine Mutter saß aufrecht in den Kissen:

Schnittwunden, ein blaues Auge, ein schillernder Bluterguß auf der Stirn, aber auch ein gesunder Verdruß über die Tatsache, daß man sie aus Platzmangel in der Männerabteilung untergebracht hatte. Sobald es der Anstand nur irgend erlaubte, drängelte mein Vater mich wieder hinaus, zum Parkplatz und der *Financial Times*. Er wollte über seine Geldanlagen reden, er wollte über meine Steuererklärung reden, nur nicht über den Unfall – obwohl er später zugab, daß er noch mal zurückgefahren war, um die Unglücksstelle zu fotografieren, die Blutspuren am Boden, »für den Fall, daß wir uns entschließen, auf Schadenersatz zu klagen«.

Vier Tage später fuhr er mit ihr nach Yorkshire zurück, nachdem er im Krankenhaus ihre vorzeitige Entlassung durchgesetzt hatte – war er denn nicht selber Arzt, und war sie zu Hause nicht besser aufgehoben als auf einer Klinikstation, zumal sie in dem Wohnmobil flach auf dem Rücken liegen konnte, ebenso wohlversorgt wie in einem Krankenwagen? Und tatsächlich konnte sie nach zwei Wochen bereits wieder laufen.

So schrieben wir es anfangs dem verzögerten Schock zu, als mein Vater begann, über Magenschmerzen und Appetitlosigkeit zu klagen – psychosomatische Symptome, der Preis der Verdrängung, weiter nichts.

»Die Schmerzen, Dad: ist das da, wo sie dich aufgeschnitten haben?«

»Ja.«

»Und ist die Narbe noch sehr wund?«

»Kann man wohl sagen.«

»Tut es denn mehr innen weh oder mehr außen?«

»Beides.«

»Und sie haben eine Bluttransfusion gemacht?«

»Ja.«

»Dann hast du also viel Blut verloren.«

»Nein, die Transfusion ist reine Routine, hat Dr. Taggart gesagt.«

Jeden Mittag, wenn wir auf den hohen Küchenhokkern Sandwiches aßen oder vielleicht auch Sheperd's Pie am Eßzimmertisch, unterhielten meine Eltern sich über ihre jeweiligen Patienten: wer rätselhafte Schmerzen in den Armen hatte, wer sich seit drei Tagen erbrach; wer ins Krankenhaus eingeliefert, wer wieder entlassen worden war; wer – meine Schwester und ich mußten bei dem Wort immer kichern – »fibrillierte«. Meist klingelte zwischendurch das Telefon, und der unglückliche Anrufer wurde dann gnadenlos ausgefragt: Wie lange die Beschwerden schon andauerten? Wo genau die Schmerzen sich bemerkbar machten? Ob erhöhte Temperatur, Katarrh, Durchfall aufgetreten sei? Nicht anders erging es mir, wenn ich mal krank war, oder später meinen Kindern, oder wenn Urlaubsbekanntschaften meinem Vater ihre diversen Beschwerden vorbeteten, wie es unweigerlich geschah, sobald sie merkten, daß er Arzt war. Ich bin seit jeher an diese medizinischen Kreuzverhöre gewöhnt (die Hypochondern und Wichtigtuern gegenüber sehr barsch ausfallen können) – die präzisen, nachhakenden Fragen, deren Antworten oft zur Folge haben, daß er mitten in der Nacht noch mal hinaus muß. Woran ich nicht gewöhnt bin, ist, meinen Vater als Patient zu sehen.

»Wie lang ist denn die Operationsnarbe?«

»Schau her.«

Er versucht, sie mir zu zeigen, aber das Hemd hochzuziehen kostet ihn große Mühe. Schnaufend zupft und zerrt er am Hemdsaum. Als er es endlich geschafft hat, sehe ich den flockigen weißen Verbandmull, der von knapp unterhalb der Brust bis zum Schamhaar reicht – oder jedenfalls der Stelle, wo das Schamhaar sein sollte.

»Man hat dich rasiert.«

»Ja.«

»Die Beine auch?«

»Nein, die nicht.«

Bislang habe ich seine Beine noch nicht gesehen, wegen der Babydecke. Die Knöchel quellen aus den Filzpantoffeln wie Brotlaibe, auf das Doppelte ihres normalen Umfangs angeschwollen. Die Schienbeine sind rot und glänzend, und die Haare sind zwar noch da, wirken über der fleckigen Rötung aber längst nicht mehr so dunkel und drahtig wie sonst. Als er sich unendlich langsam erhebt, um ins Bad zu gehen, kann ich sehen, wie geschwollen seine Beine wirklich sind. Sie waren immer so schlank und wohlgeformt, beinah wie die einer Frau (obwohl das bei Männerbeinen keine Seltenheit ist – Transvestiten wirken nur von der Taille abwärts, in Nylonstrümpfen und Pumps, täuschend weiblich). Vielleicht wirkten die Beine meines Vaters immer besonders anmutig, weil sie in solchem Kontrast zu seinem Oberkörper standen – zu der schwabbeligen Taille, dem breiten Brustkorb, dem bulligen Schädel. Er wirkte manchmal wie eine jener beliebig zusammengesetzten Gestalten in dem Kindergartenspiel Misfits, wenn man Gazellenbeine, einen Elefantentorso und einen Seehundkopf gezogen hat. In den Sommerferien am Strand, wenn er in Shorts am Wasserrand stand, sah er aus wie ein staksiger Wasservogel – die unwahrscheinlich dünnen Stelzen, die mächtig aufgeplusterte Brust. Doch nun sind seine Beine aufgeschwemmt, als würde alles, was er trinkt, ihm direkt bis in die Knöchel hinabsickern. Außer Atem

24

erreicht er die Tür zum Bad und zieht sie sachte hinter sich zu.

Am Halloween-Wochenende merkte ich zum ersten Mal, daß etwas mit ihm nicht stimmte. Drei Monate zuvor hatte er uns besucht, um mich beim Kauf eines Hauses zu »beraten« – das heißt zu bestimmen, wo wir wohnen sollten. Ich zeigte ihm die Häuser, die zur näheren Auswahl standen, und als wir zu dem kamen, das ihm unweigerlich am meisten gefallen mußte (ein großer, zweistöckiger Kasten aus den fünfziger Jahren in einer baumgesäumten Straße, die für den Südosten von London ungewöhnlich ländlich wirkte), redete er mir prompt zu, dies und kein anderes zu nehmen, er sei gern bereit, mir die fehlende Summe vorzustrecken, das sei doch ein herrliches Zuhause für drei heranwachsende Kinder, und meine Vorbehalte könne ich mir an den Hut stecken. Er wollte umgehend den Besitzer treffen, um zu versuchen, ihn noch ein bißchen herunterzuhandeln. Er wollte die Treppe und den oberen Treppenabsatz fotografieren, um mit seinem eigenen Bauunternehmer in Yorkshire die Möglichkeit eines Dachbodenausbaus zu besprechen. Er wollte alle Maklerfirmen der Umgebung abklappern, um sicherzugehen, daß ich nichts noch Besseres übersehen habe. Er redete schon davon, mir beim Einrichten zu helfen, und ich wußte genau, daß ich nachgeben und dort einziehen würde, ohne mir je zu gestehen, daß ich das Haus im Grunde gar nicht mochte – ganz abgesehen von dem unguten Gefühl, mit vierzig noch so abhängig von ihm zu sein, und das nicht nur in finanzieller Hinsicht. Noch am selben Abend ließ ich mich als Käufer vormerken, und dann betranken wir uns zusammen. Am nächsten Tag fuhr er wieder heim.

Im Oktober, als der Umzug vor der Tür stand, machte ich mich auf die Vorwürfe gefaßt, die ich zu hören kriegen würde, wenn er erfuhr, daß ich zwei Möbelwagen bestellt hatte. »Aber wozu denn das? Ich hab doch mein Wohnmobil, ich bin pensioniert, ich hab alle Zeit der Welt, um euch zu helfen. Wozu euer gutes Geld zum Fenster rauswerfen, wo ich euch die paar Sachen doch genausogut rüberkarren könnte?« Ich fragte mich besorgt, wie ich es ihm klarmachen sollte, daß ich ihn beim Umzug lieber nicht dabeihaben wollte, daß es besser für ihn wäre, erst ein paar Tage oder Wochen später zu uns zu kommen.

Schließlich blieb der befürchtete Krach dann doch aus – und er ebenfalls. Er bot mir nicht mal an, zum Helfen zu kommen. Ich dachte, er wolle meine Mutter so kurz nach ihrer Genesung nicht allein lassen. Ich fragte mich sogar, ob er auf seine alten Tage nicht doch noch ein Quentchen Taktgefühl entwickelte. Am Abend von Halloween fuhren die Möbelwagen vor dem neuen Haus vor. Eine Fußballmannschaft von Trägern und Packern trabte geschäftig ein und aus, trug die ersten Sofas und Schränke noch so behutsam, als ob es Särge wären, um dann nach und nach ins Schwitzen und Fluchen zu geraten und immer öfter mit den Kisten aneinander zu rumpeln, ehe die Unmengen von Krempel endlich bewältigt waren. Allmählich wurde es Nacht. Kinder mit Kürbisköpfen unter dem Arm kamen an die offene Tür. Eine grell bemalte Dame im schwarzen Hexencape stellte sich als unsere Nachbarin vor und fragte, ob wir Bonbons für die Geisterkinder hätten. Endlich war auch die letzte Kiste abgeladen, und die Männer saßen biertrinkend auf der Türschwelle. »Seht mal, ein Fuchs«, sagte einer von ihnen, und tatsächlich, da stand er, wie angewurzelt auf dem Rasen in nächster Nähe, ein Dieb in der Nacht, die eine Vorderpfote angehoben und eingeknickt, den Körper pfeilstraff gespannt, die Nase witternd vorgestreckt.

Am nächsten Morgen rief ich meinen Vater an, aus einer Lücke zwischen verstreuten Umzugskisten.

»Dies Wochenende nicht, mein Junge«, erwiderte er auf meine Einladung. »Ich fühl mich nicht besonders.«

»Er ist gar nicht wiederzuerkennen«, mischte meine Mutter sich ein.

»Leider nur zu wahr.«

Seine Magenschmerzen wurden schlimmer. Ich fragte ihn schon gar nicht mehr, wann er uns besuchen kommen würde. Ich beschrieb ihm auch nicht mehr, wie ich mich abgemüht hatte, um die Bücherregale anzubringen; ich wußte, es würde ihn quälen, sich auszumalen, was er alles verpaßte und was ich mir da wohl allein zusammenstümperte. Eine Woche nach dem Umzug rief er mich an.

»Sie haben eine Exploration der Bauchhöhle für nächsten Donnerstag geplant. Sie würden's auch schon morgen machen, wenn ich nicht erst das Warfarin absetzen müßte.«

»Warfarin?«

»Auch Rattengift genannt. Zur Blutverdünnung, um einem Infarkt vorzubeugen. Jetzt ist mein Blut so dünn, daß es gar nicht mehr gerinnt. Einen Vorteil hat die Sache immerhin: so hab ich noch Zeit, euch zu besuchen, bevor ich in die Klinik komme. Du kannst hier und da sicher noch ein bißchen Hilfe gebrauchen.«

Er traf am nächsten Abend ein. Es war das letzte Wochenende, das er außerhalb von Yorkshire verbrachte.

»Ihre Mutter hat es Ihnen sicher schon gesagt?«

»Ja.«

Dr. Taggart sieht selbst wie ein Krebspatient aus, hager, fleischlos, hohlwangig.

»Nun, mehr habe ich dem eigentlich nicht hinzuzufügen. Die letzten zwei Patienten, die mit diesen Beschwerden zu mir gekommen sind, akute Schmerzen im Bauchbereich, waren Infarkte, kein Krebs; das hatten wir auch in diesem Fall zu finden gehofft. Oder wenn doch Krebs, dann wenigstens im Frühstadium. Aber leider hat die Exploration ergeben, daß die Krankheit schon zu weit fortgeschritten ist.«

»Mit anderen Worten, inoperabel.«

»Ja. Nichts mehr zu machen, er stirbt. Wir sterben alle mal, früher oder später, aber bei ihm wird es früher sein. Es hätte auch das Herz sein können. Die letzten drei Jahre war er deshalb hier wiederholt in Behandlung, und so bestand natürlich das Risiko, daß es bei der Operation zu einem Herzversagen kommen würde. Das kann immer noch passieren. Aber vermutlich wird der Krebs die Sterbensursache sein.«

»Wird er noch sehr viel Schmerzen haben?«

»Das steht nicht zu erwarten, nicht bei dieser Art von Krebs. In der Regel schwinden sie einfach nach und nach an Entkräftung dahin. Hat Ihre Mutter Ihnen schon die Sache mit dem Schlauch erklärt?«

»So halbwegs.«

»Also im wesentlichen haben wir den gesamten Magen überbrückt, wo der Tumor sitzt, damit die Verdauung wieder funktionieren kann, jedenfalls für eine Weile. Er wird wahrscheinlich Durchfall bekommen, aber das ist immer noch besser als die Verstopfung, die er in letzter Zeit hatte.«

Das stimmte. Mein Vater hatte mir vor kurzem beschrieben, wie er auf dem Heimweg nach dem letzten Wochenendbesuch bei uns an einer Raststätte haltgemacht hatte. »Ich bin auf die Herrentoilette gegangen und mußte mir die Scheiße mit den Fingern rauspulen, grauenhaft, aber es ging nicht anders.«

»Und Sie können nicht voraussagen, wie lange...?«

»Tja, das will natürlich jeder von uns wissen, aber so was läßt sich nie mit Sicherheit bestimmen. Jedenfalls bleibt ihm noch die Zeit, nach Hause zurückzukehren und seine Angelegenheiten in Ordnung zu bringen. Ich habe wahre Wunderfälle erlebt, wo Leute in seinem Zustand noch ein ganzes Jahr überdauert haben.«

Freunde hatten mir in tröstlicher Absicht von Krebspatienten erzählt, die sich immer noch ihres Lebens freuten, obwohl von den Ärzten schon seit fünf Jahren aufgegeben. Das schien Dr. Taggart aber nicht damit sagen zu wollen. Wenn für ihn schon ein Jahr an ein Wunder grenzte... Im Klartext hieß das wohl ein paar Monate, bis Ostern vielleicht, oder auch nur bis Weihnachten.

»Spielt die Einstellung des Patienten nicht auch eine Rolle? Er kommt mir so niedergeschlagen vor.«

»Ich habe Leute erlebt, die sich einfach zur Wand drehen und sterben. Wenn man dagegen ankämpft, kann man etwas Zeit gewinnen. Soviel ich weiß, ist Ihr Vater ein sehr aktiver, optimistischer Mensch. Das Problem ist nur, daß ihm aufgrund seiner fortgeschrittenen Krankheit vielleicht nicht mehr nach Kämpfen zumute ist.«

»Haben Sie ihm gesagt, wie es um ihn steht?«

»Er hat mich danach gefragt, sobald er aus der Narkose aufgewacht ist. Also habe ich ihn ins Bild gesetzt.«

»Seltsam, früher hat er immer gemeint, wenn es je dazu käme, würde er es nicht wissen wollen.«

»Aber als es dann soweit war, wollte er es wissen. Was nicht heißen muß, daß er noch mal darüber reden möchte. Möglicherweise wird er es vor sich selbst verleugnen – das kommt oft vor, kann sogar ganz hilfreich sein. Wenn einer sagt, *ich* habe keinen Krebs, diese Ärzte sind doch alle Spinner und Schwätzer, zeugt das auch von einer gewissen Widerstandskraft.«

»Und eine Behandlung wäre wirklich zwecklos?«

»Ich wüßte nicht, was das noch bringen sollte. Bestrahlung kommt ganz sicher nicht in Frage. Wir können es mit Chemotherapie versuchen, wenn er darauf besteht, aber die Nebenwirkungen sind kein Pappenstiel. Am ehesten würde ich zu hochdosierten Vitamingaben raten – aber als alter Arzt wird er mich da wahrscheinlich nur auslachen.«

»Er hat immer viel auf Vitamine gegeben. Schlagen Sie's ihm auf jeden Fall mal vor.«

»Das werde ich tun.« Dr. Taggart wirft einen Blick auf die Uhr.

»Danke, daß Sie sich die Zeit für mich genommen haben.«

»Keine Ursache.« Er drückt mir fest die Hand. »Tut mir wirklich leid, das ganze.«

Als ich ins Zimmer Nr. 2 zurückkomme, will mein Vater sofort hören, was Dr. Taggart gesagt hat. Er braucht die Gewißheit, daß ich es weiß, daß ich mir nichts vormache. Deshalb wollte er unbedingt, daß ich mit Dr. Taggart spreche. Oder etwa nicht? Hat er vielleicht gehofft, ich würde ihm neue, bessere Prognosen bringen?

»Er sagt, er sei sehr zufrieden mit deinen Fortschritten. Wenn das so weitergeht, meint er, kannst du nächste Woche wieder heim.«

Das scheint ihm ein bißchen Aufschwung zu geben, aber bald sinkt er wieder tiefer in die Kissen und zieht sich in sein grüblerisches Schweigen zurück. Ich versuche, ihn abzulenken, indem ich den Fernseher anstelle. Die Abendnachrichten setzen mit dem Bericht über eine Messerstecherei in London ein, bei der ein junger Polizist getötet worden ist, zwei weitere schwer verletzt.

»Verdammtes Ausländerpack, schleicht sich hier bei uns ein und fängt dann auch noch an, die Leute umzubringen«, brummt mein Vater. Obschon er Zeit seines Lebens die *Daily Mail* und den *Sunday Express* gelesen hat, ist er in den letzten zehn Jahren immer reaktionärer und rassistischer geworden.

»Von Ausländern war eben gar nicht die Rede...«

»Ja, aber ist doch eigenartig, wie oft die es dann schließlich gewesen sind, nicht?«

Ich ziehe es vor, den Mund zu halten, fest entschlossen, mich diesmal nicht provozieren zu lassen. Als nächstes geht es um Gary Linekers Baby, das mit acht Wochen an einer seltenen Form von Leukämie erkrankt ist. »Schrecklich«, sagt mein Vater. »Schrecklich«, nickt meine Mutter und setzt hinzu: »Wißt ihr, wer auch hier auf der Station liegt? Der arme Junge, der seit der Geschichte damals in Hillsborough im Koma liegt. Alle wollen die künstliche Beatmung abschalten, nur das Gesetz läßt es nicht zu. Tragisch.«

Wir stimmen ihr alle zu, daß es tragisch ist, wenn ein Kind oder Jugendlicher stirbt oder dem Tode nah ist – noch vor zwei Stunden allerdings, im Pendlerzug auf der Herfahrt von Leeds, hätte ich beim Anblick all der leeren jungen Gesichter mit glasigen Augen und Walkmen auf den Ohren jedes einzelne dieser Leben liebend gern für das meines Vaters eingetauscht.

Es ist halb acht, und meine Mutter und ich verabschieden uns. Es erscheint mir sonderbar und grausam, ihn so allein zurückzulassen. Aber er will uns gar nicht länger da haben, wird erleichtert sein beim Gedanken, uns »nicht zur Last zu fallen«. Er drückt mich länger an sich, als er es sonst tut, hält dann noch eine Weile still die Hand meiner Mutter, eine zärtliche Geste, die ihm gar nicht ähnlich sieht und die mich eigentlich rühren sollte, wenn sie nicht so untypisch für ihn wäre, daß sie geradezu aufgesetzt wirkt: eine verspätete Blüte, fremd und ein wenig suspekt. Ich hatte immer angenommen, er würde auf charakteristische Weise das Zeitliche segnen – beim ungeduldigen Überholen auf zu kurzer Strecke oder an einem Herzanfall bei allzu schweißtreibender Plackerei im Obstgarten. Diese neue Sanftheit, seine erschlafften Züge über dem weißen Bettbezug, wirken schon wie ein vorweggenommener Tod.

Wir treten in die Dunkelheit, in die Kälte hinaus, fahren den langen, gewundenen Zuweg hinauf, die grelle Neonbeleuchtung der Klinik im Rücken, vorbei an den endlosen Schildern, auf denen der Name AIREDALE prangt. Ich muß daran denken, wie sehr die Bedeutung des Wortes AIREDALE sich für mich gewandelt hat seit der Zeit, da ich es in der Schule erklärt bekam. Damals stand AIRE nur für einen der Flüsse im Norden Englands, deren Reihenfolge mein Vater mir mit der Eselsbrücke SUNWACD auswendiglernen half – Swale, Ure, Nidd, Wharfe, Aire, Calder, Don. Und DALE bezeichnete die Täler von Yorkshire, wie die hügeligen Silben von Borrowdale, Wensleydale, Ribblesdale, Malhamdale, die felsigen Hänge und Bäche voller Stromschnellen, Ziel ungezählter Sonntagsausflüge, und das kleinere Tal, dessen Namen ich nicht richtig aussprechen konnte und nie ganz für bare Münze nahm, Arkengarthdale. AIRE und DALE waren Teil jener fernen, sprühregenverhangenen Kindheit. Doch AIREDALE steht für die unerbittliche Gegenwart – zwei schroffe, rauhe, schartige Silben, kein weiches Kalksteinkullern des Zungenschlags. AIREDALE ist die harsche, kalt schimmernde Krankheitsstätte, von der wir in die Nacht aufbrechen.

Ich sitze am Steuer. Der Fahrstil meiner Mutter, als sie mich vorhin am Bahnhof abholte, war zum Fürchten gewesen – sie überholte, ohne in den Rückspiegel zu schauen, fuhr zu dicht auf, beschleunigte und bremste im falschen Moment. »Ich bin ziemlich ausgepumpt«, sagt sie und legt den Kopf zurück. Seit Jahren schon leidet sie unter Schlaflosigkeit, wird viel zu früh wach, wartet auf das Tageslicht, den Milchmann, die Morgenzeitung. Und jetzt hat sie noch einen Grund mehr, hellwach im Dunkeln zu liegen und sich Sorgen zu machen, etwas, das noch viel schwerer zu bewältigen ist – die traumatischen Eindrücke von der Klinikstation, die ständige Nervenanspannung, das grelle Neongeflimmer. Schwertransporte donnern auf der A 59 an uns vorbei, mit Kies oder Kühlschränken beladen, und ich male mir aus, wie sie allein am Steuer unter die riesigen Räder geraten würde, um noch vor ihm den Tod zu finden. Als ich zur Seite blicke, um nachzuprüfen, ob sie sich ordentlich angeschnallt hat, stelle ich fest, daß sie schon eingeschlafen ist.

Mandeln

Das Krankenhausbett ist höher als meins: man kann nicht einfach aufstehen, sondern muß mühsam hinunterklettern. Das gibt jedesmal so ein flaues Gefühl in der Magengrube, als ob man ins Leere fiele, einen schauerlichen Moment lang, wie beim Sprung von einer Leiter oder einer Mauer. Man muß sich rücklings hinabhangeln, die Schultern ins Laken drücken und den Rücken durchbiegen, während man sich mit den Beinen vortastet. Und wenn man dann endlich festen Boden unter den Füßen spürt, ist er aus eiskaltem, glattem Marmor, nicht warm und rauh wie zu Hause.

Neben dem Bett steht ein Metallschränkchen mit einem Glas Wasser auf der Ablage. Ich mag kein Wasser. Ich möchte den Johannisbeersaft in der Flasche dahinter, den die Krankenschwester mir aber nicht erlaubt. Neben dem Wasserglas, dem Blumenstrauß, den GUTE-BESSE-RUNG-Karten und den zwei Orangen, die ich ebenfalls nicht essen darf, liegt ein neues Geschenk, das ich heute bekommen habe, ein Miniaturmodell von Donald Campbells Bluebird mit einer echten Antriebsschraube. Wenn es doch nur einen See in der Nähe unseres Hauses gäbe, wo man das Schiff schwimmen lassen könnte! Die einzigen Gewässer, die mir einfallen, sind der schmutzige Fluß an der Fabrik der Armorides und der Bach hinter der Praxis, wo ich einmal ein paar Jungs herumpaddeln sah – aber die Bluebird braucht eine spiegelglatte Wasserfläche, am besten im Morgengrauen. In Sough gibt es einen Weiher mit Ruderbooten, aber ich habe ihn immer nur vom Wind gekräuselt gesehen, mit plätschernden Wellen und Schaum am Rand.

Mein Hals ist noch wund, wenn auch nicht mehr so wund wie gestern oder vorgestern. Und morgen, sagt die Krankenschwester, darf ich wieder heim – dann ist eine Woche herum, und so lange bleiben die meisten Kinder hier. Das Mädchen mit dem großen Kopf und dem offenen Mund wird wohl nicht so bald entlassen werden; ich glaube, was bei ihr nicht in Ordnung ist, braucht länger als eine Woche zum Heilen. Vielleicht ist das der Grund, daß niemand sie je besuchen kommt. Meine Mutter und mein Vater sind jeden Abend hergekommen, doch es ist eine lange Fahrt. Es wäre besser, wenn es Krankenhäuser gäbe, wo Eltern über Nacht bleiben könnten. Einmal brachten sie auch meine Schwester Gillian mit, und einmal kamen sie schon eher, an ihrem freien Nachmittag – es war zwar noch keine Besuchszeit, aber Daddy sagte, es ginge auch so, weil er und Mummy Ärzte sind.

Wenn mein Hals nicht mehr wund ist, wird er sich dann anders anfühlen als vorher? Irgendwie hohler, ohne Mandeln? Man braucht gar keine Mandeln, sagt mein Vater, es ist sogar ungesund, Mandeln zu haben, weil sie sich so leicht entzünden. Die Mandeln sind zwei Hautlappen, ein bißchen wie Zungen oder eingefaltete Vogelflügel, unter dem Adamsapfel. Niemand weiß, warum es sie gibt, aber heutzutage nimmt man sie den Kindern heraus. Der Junge im Nachbarbett hat seine auch entfernt bekommen, und ich glaube nicht, daß er jetzt irgendwie anders aussieht, obwohl ich ja nicht weiß, wie er vorher ausgesehen hat. Ich habe meinen Hals mit den Fingern abgetastet, und außen fühlt er sich ganz unverändert an. Doch es tut noch immer weh, wenn ich Wasser trinke oder den matschigen Brei aus Fleisch und Kartoffeln esse, und beim Pillenschlucken ist es am schlimmsten.

Mein Vater sagt, wenn es weh tut, soll ich an die schönen Geschenke denken, die ich bekommen habe – die Bluebird, aber auch den Dinkycar von Gillian und das *Eagle*-Jahrbuch von meiner Großmutter. *Eagle* ist mein Lieblingscomic – na ja, halt der einzige, den ich lesen darf. Ich habe versucht herauszufinden, ob Dan Dare auch Mandeln hat, aber man kann seinen Hals nie genau sehen, weil er ständig einen Helm trägt. Der Mekon sieht nicht so aus, als ob er Mandeln hätte, sein Hals ist einfach zu dünn. In den Geschichten ist er immer der Böse, aber mir gefällt es, wie er auf seinen fliegenden Untertassen durch die Gegend saust und alle herumkommandiert. Er hat kleine Säcke über den Augen, anstatt darunter wie Daddy, und obwohl er alle Erdlinge haßt, sieht sein Kopf wie ein grüner Globus aus. Ich habe Daddy die Seite gezeigt, wo der Mekon das Volk von Treen auf dem Merkur mit einem Schlag auslöscht, und er meinte, es schaue aus wie die Atombombe, mit der die Siegermächte den letzten Krieg beendet haben – mein Vater war bei der britischen Luftwaffe, aber als Arzt, nicht als Pilot, und von der Bombe hat er selbst natürlich nichts gesehen.

Sie sagen einem hier nie vorher, was man zum Tee bekommt, aber meistens sind es Marmeladenbrote und Reispudding oder Grütze. Dann dürfen wir Radio hören oder mit unseren Geschenken spielen, bis es Zeit zum

Schlafen ist. Einen Fernseher haben sie hier nicht: ich hatte es auch nicht erwartet, aber doch gehofft. Wir haben unseren letztes Jahr bekommen, und meine Lieblingsserie ist die Krankenhausserie *Notaufnahme Zehn*. Am Freitag dürfen wir immer bis acht aufbleiben, um sie anzuschauen, und dabei Limonade trinken. Aber das Krankenhaus im Fernsehen ist nicht wie dieses hier, dort gibt es keine Kinder, und es passieren viel aufregendere Sachen, Autounfälle zum Beispiel und alle möglichen Katastrophen.

Daddy sagt, ich muß essen, um gesund zu werden, auch wenn es weh tut. Die Krankenschwester lächelt mich an, wenn sie mir die Marmeladenbrote bringt. Für die anderen Krankenschwestern hat sie ein anderes Lächeln parat und wieder ein anderes für die Oberschwester. Ich wünschte, es würden Blasen mit Wörtern von ihrem Kopf aufsteigen wie bei den Comicfiguren. Denkblasen wären eine nützliche Erfindung im wirklichen Leben.

Wenn man in der Nacht aufwacht, hört man seltsam schlurfende und scharrende Geräusche auf dem Marmor und manchmal Schreie, aber ich mache die Augen zu und tue so, als wäre ich zu Hause, denke an meine Geschenke, stelle mir den Mekon in seiner fliegenden Kapsel vor, aber weinen tue ich nicht, Daddy, nein, ich weine nicht, ich weine nicht.

Hunde

Wir gehen durch die Garage ins Haus, und das erste, was ich sehe, ist ein kastanienroter Blitz, unser Dackel Nikki, der begeistert auf uns zugefegt kommt und mit seinem buschigen Schweif über den Teppich peitscht. Er will an mir hochspringen, schafft es aber nur bis zu den Knien. Als ich mich vorbeuge, um ihn zu streicheln, rollt er sich auf den Rücken, knickt theatralisch die Vorderpfoten ein und klopft mit der Rute ein furioses Stakkato auf den Boden. Das warme Fell, das pochende Herz eines Tierchens, das man im Arm hält: Ich wehre mich gegen die Gefühlsduselei, die in solchen Augenblicken gern aufkommt, versuche es wenigstens. Ich schubse ihn von mir und denke streng an Hundekot, Maulkörbe, klammernde Köter, an eine Freundin, die eine Narbe fürs Leben (ein tief eingeritztes Kreuz auf der linken Wange) durch den Biß des Familienterriers davongetragen hat. Doch dann krault meine Hand unwillkürlich die zottige Hundekehle, und ich werde wieder zum Kind, das in die behagliche Nestwärme seines Elternhauses zurückkehrt.

Ich blicke auf und sehe noch mehr Hunde – eine ganze Reihe davon auf einer albernen, pseudofranzösischen Zeichnung, mit überkreuzten Beinen, Mützen und verkniffenen Mienen in einer Warteschlange vor einem Laternenpfahl und ein Foto von Gunner und Terry, dem Labradorpärchen, das mein Vater in dem Jahr vor meiner Geburt kaufte, und ihre zwölf Jungen an einem Trog, den mein Vater wohl einem seiner Bauern abgeschwatzt hatte. Vielleicht war es der Farmer aus dem Einödhof oberhalb von Earby, der in einem schneereichen Winter krank wurde und nur noch per Hubschrauber zu besuchen war – was mein Vater tatsächlich zuwege brachte, indem er sich »bei ein paar Bierchen« mit dem Piloten anfreundete, der Hochspannungsmasten für das Elektrizitätswerk kontrollierte und sich überreden ließ, seine Maschine über Nacht auf unserem Rasen abzustellen (»da steht sie sicher«) statt auf dem Hotelparkplatz (»da wird er sonst doch nur aufgebrochen, wissen Sie«). Seitdem er sich dergestalt als fliegender Arzt profiliert hatte, war mein Vater bei den Bauern der Umgebung hoch angesehen: Es sprach sich herum, daß er immer Mittel und Wege finden würde, zu ihnen zu kommen, ganz gleich wo sie wohnten; er habe besondere Privilegien, hieß es, und gewiß auch besondere Fähigkeiten; wenn der Traktor einen Landarbeiter unter sich begrub, sei er derjenige, den man zu Hilfe rufen müsse. Nur seine beiden Labradors, die zum Schafejagen neigten, konnten das gute Einvernehmen hin und wieder trüben.

Gunner und Terry begleiteten meine ganze Kindheit, und nach ihrem Tod verzichtete mein Vater eine Zeitlang auf Hunde, aus Pietät. Schließlich kaufte er einen Langhaardackel, und bei der Rasse blieb es dann, immer ein Dackel nach dem anderen, die meisten davon mit dem gleichen Namen, Nikki. Zunächst kam er sich noch ein bißchen komisch vor – ein Dackel an der Leine wirkte so klein und weibisch, vor allem neben ihm mit seiner breiten Statur; ein so kräftiger Mann mit einem Frauenhündchen, das sah ja aus wie bei Dick und Doof. Doch im Lauf der Jahre gewöhnte er sich daran, trotz meiner leisen Spötteleien, und wurde regelrecht abhängig von seinen Dackeln. Er pflegte ihnen sogar von seinem Bier abzugeben, es war sein allabendliches Kunststückchen: Er stellte die fast leere Flasche auf den Boden, der Hund stieß sie mit der Schnauze um, hielt sie mit der Pfote fest und ließ sich das Bier ins Maul laufen, schleifte sie dann zur Teppichkante, um auch noch die letzten Tropfen aufzuschlecken; nach der zweiten oder dritten Flasche hörte man ihn am Glas knabbern.

Natürlich legte ich Wert darauf, mich von diesen ganzen Possierlichkeiten, diesem Hundegetue zu distanzieren, und hielt meinem Vater bei jeder Gelegenheit Vorträge über die Gefahren des Hundekots. Bei unseren regelmäßigen Debatten über die Nützlichkeit von Haushunden verbuchte ich in puncto Schutzfunktion einen sicheren Treffer, wenn ich mit unverhohlener Schadenfreude darauf hinwies, daß Nikki im Haus gewesen war, als mal bei uns eingebrochen wurde. Dagegen führte mein Vater stets das Argument ins Feld, wie nützlich Hunde zur Förderung sozialer Kontakte seien: Unter Hundebesitzern lerne man so viel nette Leute kennen, meinte er und bewies es mir prompt eines Sommers, als er sich mit einer Frau am Strand anfreundete, die nicht nur einen Pudel besaß, sondern auch ein Motorboot und Wasserschi, die sie uns großzügig zur Verfügung stellte. Hunde brachten die sentimentale Seite seines Wesens zum Vorschein. Den Tod seines letzten Nikki hat er noch immer nicht ganz verwunden; vor ein paar Jahren hatte er ihn in einer Neujahrsnacht aus Versehen hinausgelassen, und das Geknalle der Feuerwerkskörper versetzte den Hund so in Panik, daß er vor das nächstbeste Auto lief. So erschien es jedenfalls meinem Vater; der Einwand, daß die Nachbarn Nikki in den Tagen davor schon mehrmals die Straße hatten überqueren sehen, um eine läufige Hündin in einem nahegelegenen Bauernhof aufzusuchen, konnte seine Schuld- und Reuegefühle in keiner Weise mindern. Er fand den Kadaver auf der Grasböschung am Straßenrand und trug ihn weinend nach Hause.

Er weinte überhaupt leicht: weinte, wenn Hunde und Katzen starben; weinte, als er meine Schwester in ihrem Internat zurückließ; weinte an dem Tag, als ich zur Universität aufbrach und er mir unter unserem Kastanienbaum nachwinkte. Warum hat er mir dann beigebracht, tapfer zu sein und mir die Tränen zu verbeißen? Warum habe ich nie weinen können? Warum kann ich nicht um ihn weinen? Selbst jetzt, als ich den Hund von mir abgeschüttelt habe und sogleich auf ein Foto meines Vaters von vor einem Jahr stoße – braungebrannt am Strand, strahlend, die Arme um seine Enkelkinder gelegt – selbst jetzt wollen sich keine Tränen einstellen.

Ich gieße mir einen großen Gin Tonic ein, dann noch einen. Hier gibt es viel zuviel rührselig stimmende Fotos, zu vieles, was an ihn gemahnt: sogar seine Schuhe in der Werkstatt, ordentlich in einer Reihe auf dem Bord, links-rechts, links-rechts, das kalte Leder an den Kappen leicht aufgebogen. Meine Mutter und ich sitzen am Kamin mit unseren Tellern auf den Knien. Wir trinken Wein zum Brathuhn, und sie beginnt mit einer hilflosen Litanei von Rückbesinnungen: wenn mein Vater sich nur regelmäßig hätte untersuchen lassen; wenn er nur nicht das Bariumpulver abgelehnt hätte, das man ihm vorigen Monat angeboten hatte; wenn sie nur nicht diesen Unfall gehabt hätte.

»Aber der Arzt meint doch, die Metastasen sind schon seit zwei Jahren da«, gebe ich zu bedenken.

»Ja, ich weiß, aber wenn sie es nur ein bißchen früher entdeckt hätten, dann hätte er sich diesen letzten Monat nicht so herumquälen müssen.«

»Aber um so früher hätte er es dann auch erfahren. Es hätte ihm den Boden unter den Füßen weggezogen.«

»Ja... Aber wenn er vor der Operation nicht schon so geschwächt gewesen wäre, hätte er jetzt vielleicht noch mehr Kampfgeist.«

»Aber wir wollen doch auch nicht, daß die Tortur sich unnötig hinzieht.«

So geht es noch eine Weile mit wenn und aber hin und her, bis wir ein paar Gläser später beide einnicken. Als ich wieder wach werde, sehe ich das Gesicht meiner Schwester auf dem Sofa vor mir, ein jüngeres, gebräunteres, faltigeres Gesicht als meins (meine Schwester hat von meinem Vater den Hang zu Sonnenbädern geerbt). Still, angespannt, die Hände im Schoß zusammengekrampft, sitzt sie da, während wir reden. Wir sehen uns nicht mehr oft – nur wenn ich nach Yorkshire fahre oder sie mal nach London kommt. Unsere Lebenswege haben sich vor dreißig Jahren getrennt, als sie ins Internat kam, nachdem sie die Prüfung für die Oberschule nicht geschafft hatte. Sie haßte das Internat, kam sich dort wie in der Verbannung vor, und nach drei Jahren der unglücklichen Briefe schrieb sie schließlich einen so überaus jammervollen, daß mein Vater, der ihn in der Praxis geöffnet hatte, seine Patienten einfach im Stich ließ und geradewegs zu der Schule im Lake District fuhr, um sie heimzuholen. Doch mittlerweile war ich fünfzehn, und uns schien weit mehr zu trennen als der Altersunterschied von eineinhalb Jahren. Erst seit relativ kurzem haben wir wieder ein paar Übereinstimmungen entdeckt, gemeinsame Gesprächsthemen: Häuser, Ehe, Kinder.

Gegen Mitternacht begleite ich Gillian zu ihrem Haus zurück, das gleich nebenan liegt, vorbei an den Außenbauten – Scheune, Ställe, Schweinekoben, Garage – unseres alten Hauses, die alle längst in einzelne Wohneinheiten umgewandelt worden sind; wo wir als Kinder zwischen Heuballen und Spinnenweben gespielt haben, prangt nun eine propere kleine Siedlung. Gillian klammert sich an meinen Arm. Wegen ihrer Nachtblindheit sieht sie schlecht in grellem Sonnenlicht, noch schlechter in der Dämmerung und überhaupt nichts im Dunkeln. Mit vierzig muß sie in der Leihbücherei bereits auf die Großdruckausgaben zurückgreifen.

»Geht's denn einigermaßen?« frage ich sie.

»Ja, wenn jemand mich festhält.«

»Ich meinte, wegen der Sache mit Dad. Kommst du damit irgendwie klar?«

»Ich glaube schon.«

Wir reden über die Operation: Sie hat noch nicht ganz erfaßt, wie es um ihn steht, weiß zwar, daß es sich um Krebs handelt, aber nicht, daß er schon im Endstadium ist; sie soll erst behutsam mit dem Gedanken vertraut gemacht werden. So hat mein Vater es schon immer gehalten: Mum ist selber Ärztin, ich bin ein Mann, aber Gill ist die Jüngste, das Sensibelchen der Familie, und darf daher nicht mit der Wahrheit überrumpelt werden. Ich bin mir da nicht so sicher: Ihre Ausgeglichenheit macht mir Sorgen; sie beruht auf wohlmeinender Verschleierung der Tatsachen, und ich würde den Schleier lieber wegreißen; falls sie aber doch mehr wissen sollte, als sie durchblicken läßt, wäre es mir lieber, daß wir es beide offen aussprechen. Wir kommen durch die Waschküche ins

Haus, zurück in die helle, heimelige Sicherheit, die mollige Wärme. Ich bleibe am Boiler stehen und versuche mich durchzuringen, ihr mehr zu sagen, wenigstens: »Er hat nur noch ein paar Monate, Gill, nicht Jahre.« Aber alles, was ich zustande bringe, ist »gute Nacht« und ein Kuß auf die Wange. Dann gehe ich unter dem matten Sternenschimmer in der Finsternis zurück.

In unserem alten Haus, das früher mal Pfarrhaus gewesen war, hatten wir ein Billardzimmer, ein langgestreckter Raum mit hohen Fenstern und einem original großen Billardtisch, den mein Vater bei einer Auktion in Otley ergattert hatte. Er wurde mit einem Lastwagen angeliefert, und wir schauten zu, wie er mühevoll ausgeladen und zusammengesetzt wurde – die schweren Platten, die Gummipolster, die Auffangtaschen, der grüne Filzbelag, die Markiertafel. Ein halbes Jahr lang spielte mein Vater jeden Abend an dem Tisch, brachte mir die Kniffe bei und lud sogar hin und wieder den Nachbarn auf eine Partie ein, Freddie Trueman, der ein Freund seines Anwalts war. Ein lockeres neues Leben tat sich vor mir auf, von Rauch und Alkohol umnebelt (das Billardzimmer enthielt auch einen gut sortierten Barschrank): Ich träumte von einer versumpften Jugend, sah mich schon als dreizehnjährigen Yorkshire-Champion, als frühreifen Abzocker am grünen Filz. Ich entdeckte den Effet, das Spiel über die Bande, das exakte Plazieren der Spielkugel; ich lernte, die schwarze Kugel aus den verquersten Ecken zu treffen, ein hauchzarter Kuß von Weiß auf Schwarz, gefolgt von dem satten Plop ins angepeilte Loch. Doch eines Tages deckte mein Vater ein Tuch über den Tisch, wo es fortan blieb, um nur noch in der Weihnachtswoche abgenommen zu werden.

Der Pooltisch wurde zum Schreibtisch, über und über mit Papieren bestreut: Rechnungen, Quittungen, Zeitungsausschnitte, Aktienbelege, Bankauszüge, was sich eben alles so ansammelte. Jeden Abend kam mein Vater gegen halb zwölf aus der Kneipe, schenkte sich einen Whisky ein, beugte sich über den Tisch und widmete sich seinem »Papierkram«, was sich etwa bis ein oder halb zwei Uhr morgens hinzog. Der »Papierkram« hatte vor allem mit den Kapitalanlagen zu tun, die ihm sein Vater, von Beruf Bergbauingenieur, hinterlassen hatte. Es war harte Arbeit, dabei die Übersicht zu behalten, soviel war mir klar: Er kam nie zu einem Ende, und der Tisch blieb immer genauso unaufgeräumt. Als er in Pension ging und das neue Haus bezog, das er sich hinter dem alten gebaut hatte, war für den Billardtisch kein Platz mehr. Für seinen Papierkram mußte er nun mit einem normalen Schreibtisch vorliebnehmen, doch das Chaos breitete sich bald nach allen Richtungen auf dem Boden seines Arbeitszimmers aus – Stapel von Abrechnungen und Steuerbescheiden, Unmengen von braunen DIN-A4-Umschlägen mit geheimnisvollen Aufdrucken.

Diese Umschläge, einen ganzen Stoß davon auf dem elterlichen Bett, sind das erste, was ich an diesem Morgen zu sehen bekomme. Ich habe unverschämt gut geschlafen. Meine Mutter weniger. Als ich mit zwei Bechern Tee hereinkomme und mich auf seinem Platz an ihrer Seite niederlasse (an das leere Kopfkissen werden wir uns gewöhnen müssen), fängt sie sogleich von ihren Sorgen an.

»Ich hab mir gedacht, ich sollte hier wohl besser mal einen Blick reinwerfen. Es sind ja nicht die Aktien und die Wertpapiere, die mir Kopfzerbrechen machen. Da kenne ich mich aus, ich hab ihm ja die Börsenkurse immer aus der Zeitung vorgelesen. Aber dieses ganze andere Zeug – die Versicherungspolicen und Obligationen und Pensionsrücklagen und Sparverträge. Er hat so eine Zettelwirtschaft angehäuft, wahrhaftig kaum zu glauben. Ich habe gar keine Ahnung, was da noch alles auf mich zukommt.«

So verständlich es ist, daß meine Mutter sich vor dem Chaos fürchtet, das sie erben wird, weiß ich doch, daß sie in Wirklichkeit etwas anderes meint. Ihr graut vor dem Papierkram, weil dies Papier bald alles sein wird, was noch von ihm bleibt. Sie wird der Zahlen nicht Herr, weil sie ihr ständig das Bild jener siechen Gestalt auf dem Krankenhausbett vor Augen führen.

»Das hier ist seine persönliche Akte«, sagt sie und greift in ihre Nachttischschublade. »Schau sie dir doch mal durch, ich geh inzwischen duschen.«

Es ist der Familienstammbaum, den er gerade ausarbeitete. Er hatte die Aufgabe von seinem Onkel Billy übernommen (an dessen öliger Autowerkstatt wir auf Ausflügen nach Southport immer haltmachten) und versuchte seither, brieflichen Kontakt mit der entferntesten Verwandtschaft aufzunehmen, soweit sie sich überhaupt noch aufspüren ließ. Viel Material enthält die Akte ja nicht gerade – nur ein paar Briefe und Postkarten –, aber große Offenbarungen hatte ich auch nicht erwartet. Während die irische Seite meiner Mutter in keltischem Dunst verschwimmt, lassen die Wurzeln meines Vaters sich klar zurückverfolgen: Generationen zuvor hatte die Familie sich in Lancashire angesiedelt und kräftig von der industriellen Revolution profitiert; lauter grundsolide Industriekapitäne und ihre fleißigen kleinen Frauen; stattliche rote Backsteinbauten, alle in Rufweite (obwohl man in diesen Häusern natürlich nie die Stimme erhob) von Bolton oder Manchester; unauffälliger provinzieller Wohlstand; durchweg ein begeistertes Interesse an Autos, Eisenbahnen, praktischen und mechanischen Dingen. Keine Dichter, keine Künstler, keine Scheidungen, beachtlicher Alkoholkonsum, aber doch nie so exzessiv, daß es dem guten Namen der Familie geschadet hätte.

Die krakeligen Greisenhandschriften, die Fotos und Erinnerungsfragmente verblüffen mich dann doch: Ihre Version der Familiengeschichte ist eine gänzlich andere. So schreibt hier etwa ein gewisser Daniel Morrison im Jahr 1868 an seinen Sohn, es gehe ihm »so leidlich« und bittet ihn, da er »ohne Arbeit und die letzten sechs Wochen landauf, landab gezogen« sei, um Geld »für Deinen armen alten Vater, ans Postamt von Dumfries zu senden«. In anderen Briefen ist die Rede von festen Anstellungen im Bergbau, in der Manufaktur von Schiffsinstrumenten oder am Manchester Ship Canal. Doch zwischendurch gibt es über mehrere Generationen hinweg jede Menge Alkoholismus und Landstreicherei und vorzeitiges Ableben: ein Vetter meines Vaters, Neil, der als Vierjähriger von einer Kuh aufgespießt wurde, als er ihrem Kalb zu nah kam; Crawford, der mit drei Jahren von einem Taubenschlag fiel und fortan ein Stützkorsett tragen mußte, bis er mit vierzehn starb; Jessie, die im gleichen Alter von einem reichen jüdischen Jungen in Manchester geschwängert wurde, danach auf die Straße ging, um ihre Schande vor der Familie zu verbergen, und eines Tages als Bettlerin mit ihrem kränklichen Baby im Arm aufgegriffen und heimgebracht wurde; Daniels Vater, Alexander, der sich nach dem frühen Tod seiner ersten Frau wieder verheiratete, fortzog und seine Kinder unversorgt zurückließ; ein anderer abtrünniger Daniel, der die Schwester seiner Frau (welche im Kindbett gestorben war) entweder in Frankreich oder illegal in England heiratete, da die britische Gesetzgebung eine Eheschließung zwischen Schwager und Schwägerin damals nicht zuließ; Bunty, die als Sechsjährige ihre Mutter verlor und ihren Vater im Jahr darauf; und Robert, der im Vollrausch von einem Bierkutscher überfahren wurde.

Dermaßen gerafft, zusammengestrichen und bruchstückhaft wiedergegeben, wird jede Familiengeschichte zu einem Katalog von Schicksalsschlägen, Leid und Zerrissenheit. Doch hier häuften sie sich geradezu, die frühen Todesfälle, die diskret vertuschten Fälle von Trunksucht, Irrsinn, Fehlgeburten, Geschlechtskrankheiten, Blutstürzen und Grubenunglücken... Daß mein Vater nun mit fünfundsiebzig dem Tod ins Auge sieht, erscheint vor einem solchen Hintergrund plötzlich nicht mehr als tragisch frühes Abreißen des Lebensfadens, sondern eher als ein Wunder an Langlebigkeit. Ebenso ungewöhnlich scheint es, daß er es so lange bei seinen Kindern ausgehalten hat, wo die Familientradition doch mehr von Vernachlässigung geprägt ist – Kinder, die man allein auf die Bahn setzt, mit der Adresse an einer Kordel um den Hals, Kinder, die ihre Väter anflehen, »wenigstens zu Weihnachten« heimzukommen. Und wo sind alle die Ärzte und Geschäftsmänner, die ich unter unseren Vorfahren wähnte? Hier ist vielmehr von Rollstuhlschiebern in Blackpool die Rede, Eintänzern, Schlittschuhkavalieren und Goldgräbern. Früher hätten mich diese Abweichungen vom bürgerlichen Mittelmaß noch amüsiert, aber heute nicht mehr. Es liegt nicht nur (nur!) daran, daß mein Vater im Sterben liegt; was ich für seine Wurzeln hielt, stirbt gleichfalls ab.

Ich nehme ein altes Foto in die Hand, ein wunderbares

sepiabraunes Gruppenporträt, die Blakemores um 1895, meine Urgroßmutter und ihre vier Kinder auf einer Bank, die zwei Mädchen in Spitzenkleidern mit Rüschen, der Junge im dunklen Anzug mit einem offenen Buch in der Hand, das Baby mit seinem Häubchen auf. Ich sehe sie mir an, wie sie da sitzen, ein jeder in der ihm zugewiesenen Rolle – die ewige Mutter (sie starb noch im selben Jahr), die stolze Schönheit (heiratete einen Weiberheld), der junge Intellektuelle (leider im Schützengraben vergast), Daddys kleiner Liebling (doch Daddy brachte eine Stiefmutter ins Haus), das Baby der Familie (aber schon frühzeitig abgestillt) –, und ich verfolge ihre Blicke zurück zu dem Mann, der die Aufnahme macht, dem abwesenden Vater, der auch nicht von Leid und Nervenzusammenbrüchen verschont blieb. Ich denke daran, wie grausam verschieden die Wirklichkeit von dem war, was die Kamera damals an Verheißung vorspiegelte, und wie das Foto trotz meines Wissens um die Tatsachen nichts von seinem Reiz eingebüßt hat. Heißt das nicht, daß die Kunst so viel lügen kann, wie sie will, und doch verzeihen wir ihr alles, sofern es nur Kunst ist? Die Menschen, die hier festgehalten sind, sind echt, und sie rühren einen viel mehr an als irgendein Gemälde oder Phantasieprodukt; doch mit der Wahrheit hat das nichts zu tun.

Ich ziehe mich an und schlendere in die Küche, wo ich Pat antreffe, unser »Mädchen«, wie wir sie nannten, als sie Mitte der sechziger Jahre als Achtzehnjährige zu uns kam, unsere »Haushälterin«, die sie nun geworden ist, seit meine Eltern in Pension gegangen sind, obwohl »Mitbewohnerin« vielleicht noch zutreffender wäre (inzwischen studiert sie an einem nahe gelegenen College und kümmert sich ums Putzen als Gegenleistung für ihr Zimmer). Gewiß ist der Tag nicht mehr fern, da man sie als »Gesellschafterin« oder »Pflegerin« sehen wird. Sie sitzt auf einem Hocker und ißt Toast mit Erdnußbutter und wirkt mit ihren dunklen Haaren immer noch jugendlich, die damalige Vertretungskraft, die uns ein Vierteljahrhundert erhalten geblieben ist, deren Zuhause dies längst ist. »Unsere Pat ist ein großartiges Mädchen, sie ist für uns wie eine Tochter«, pflegt mein Vater immer zu sagen, der immerhin auch eine richtige Tochter hat und einen Sohn dazu. Es spricht sehr für Pat, oder für unsere familiären Verhältnisse, daß meine Schwester und ich uns nie von Pat verdrängt gefühlt haben. Aber sie versteht sich auch abzugrenzen, ißt lieber allein, weiß genau, wann sie sich zurückziehen sollte, hat für sich beschlossen, in welchen Teilen des Hauses sie ungezwungen schalten und walten kann (in der Küche, in ihrem Zimmer) und in welchen nicht. Der tragbare Fernseher neben dem Spülbecken zeigt gerade einen Bericht über die Messerstecherei in London; sie wendet den Kopf und wirft mir einen schmerzlich resignierten Blick zu, der mir zu verstehen gibt, daß sie weiß, wie es um meinen Vater steht – und daß sein Tod sie, die unter seinem Dach lebt und ihn liebt, ebenso hart treffen wird wie mich, seinen weit entfernt lebenden Sohn.

Ich mache uns Tee, sie macht uns noch mehr Tee, dann gehe ich hinaus in den Garten. Rechterhand, jenseits der Mauer, liegt unser altes Haus. 1954 hat mein Vater es der Kirche für 2500 Pfund abgekauft und dann noch mal 5000 Pfund an Renovierungskosten reingesteckt, eine Ausgabe, die ihn stets verdrossen hat (wenn die Praxis nicht so gut gegangen wäre, hätte er sämtliche

Arbeiten selbst durchgeführt, nicht nur am Wochenende mit angepackt). Dreißig Jahre später machte er das aber wieder wett, indem er nach seiner Pensionierung fast im Alleingang ein neues Haus hinter dem alten hochzog. Baugelände war die Koppel, auf der ich als Junge so oft allein Fußball spielte – erst war sie mein Feld der Träume, dann seins. Hier vor seinem Eßzimmer war früher eins meiner Tore; dort hinten, wo er seinen Steingarten angelegt hat, das andere. Die Bäume, die das Fußballfeld auf der einen Seite abgrenzten, sind geblieben, obgleich ausgedünnt, um mehr Licht durchzulassen, und der Wind streicht noch immer durch die Zweige, wie damals, als ich Ray Pointer und Jimmy McIlroy und all die anderen Jungs aus der Burnley-Mannschaft war. Ich war auch sämtliche Spieler vom gegnerischen Team und versuchte, mir an mir selbst vorbei den Ball ins Tor zu schießen, zwischen die Eisenstangen, die mit den Erdbeernetzen meines Vaters behängt waren. Hierhin verzog ich mich gleich nach dem Abpfiff, als das Endspiel der Landesmeisterschaft von 1962 entschieden war, um das Torverhältnis zu korrigieren: Tottenham Hotspur 3, Burnley 1, hatten sie im Fernsehen gesagt, aber so ging das Spiel auf meinem Feld nicht aus. Die Bäume waren damals meine jubelnden Zuschauer. In späteren Jahren lag ich oft in ihrem Schatten, hörte den Wind in ihnen rauschen wie einen Bergbach und bildete mir ein, der bittersüßen Wehmut der Vergänglichkeit zu lauschen; ich wußte, ich würde eines Tages zurückkommen, und dann würde die Wehmut echte Trauer sein. Nun bin ich hier.

Viele Rentner und Pensionäre sterben, ehe sie ihre ersehnten, stets auf später verschobenen Abenteuer erlebt oder auch nur begonnen haben. Das Opus magnum meines Vaters ist dieses Haus, und immerhin hat er mehr als zehn Jahre darin wohnen können. Er hatte die Pläne selbst gezeichnet und sie dann von einem befreundeten Architekten vervollkommnen lassen. Von einem Bauern aus der Nachbarschaft borgte er sich einen Bagger, um die Baugrube auszuheben. Die Steine und Dachziegel holte er sich von einer alten Kirche, die in der Nähe seiner Praxis in Earby gerade abgerissen wurde (als er dort auf dem Dach gesehen wurde, wie er die Ziegel zum Lastwagen hinunterschaffen half, kam das Gerücht auf, der Doktor sei in Geldnot, seit er im Ruhestand sei, und habe sich als Bauarbeiter verdingen müssen). Bei einem Nachbarn erstand er eine Ladung kanadisches Fichtenholz, das er zu einer alten Sägemühle in Colne brachte und es eigenhändig zu Balken, Regalbrettern, Türen und Balkongeländern verarbeitete, um zu Hause dann noch jedes einzelne Teil dreifach zu lackieren. Für die Maurerarbeiten berief er einen Bauunternehmer, berief sich aber gleichzeitig selbst zum Polier und unentbehrlichen Helfer. Er suchte die Fenster aus – Alurahmen, Doppelglasscheiben, sowohl seitlich zu öffnen als auch zu kippen. »Um einen Aufpreis zu vermeiden« besorgte er auch alles Ausstattungsmaterial selbst, die Kupferrohre, die Elektrokabel, die Glaswolle, die Dachpappe, die Waschbecken, die Teppiche, das Linoleum, die hellblaue Badewanne mit dem Kratzer an der Seite, selbstverständlich stark verbilligt.

All die Jahre, die er anderen beim Ausbau ihrer Golfclub- und Pubrestaurants geholfen hatte – sehr zum Mißfallen meiner Mutter, denn die Zeit, die er für andere aufbrachte, blieb der Familie vorenthalten; seine lebenslange Heimwerker-Erfahrung: Wasserhähne auswechseln, elektrische Leitungen reparieren, Abflüsse entstopfen: all das war nichts als Vorübung für sein größtes Projekt, dieses selbstgebaute Haus. Von Natur aus eher ungeduldig und knickerig, war er kein wirklich sorgfältiger Handwerker. Wo es nur irgend ging, schusterte er sich irgendwas aus Überbleibseln und Restbeständen zusammen, egal, wie es hinterher aussah. Wozu einen passenden Eckschrank kaufen, wenn man auch einen alten Küchenschrank auseinandersägen konnte und dann gleich *zwei* hatte? Er gehörte zu den Leuten, die ihre eigenen Abfälle durchwühlen, für den Fall, daß sich noch irgend etwas Brauchbares darin fände. Die meisten seiner Werkzeuge sind alt und abgenutzt, stammen noch von seinem Vater, seinem Großvater oder seinen Onkeln; hier sind sie alle aufgereiht, mit dem Griffen nach oben, in Behältern mit Öl oder Sand, um sie vor Rost zu bewahren. Ich stehe in der Garage, die auch als Werkstatt dient, und betrachte diese stummen Zeugen seiner praktischen Begabung, die Zangen und Meißel und all die anderen Sachen, die er im Lauf der Jahre angeschafft hat (»Geben Sie Skonto für Barzahlung?«) und es nie übers Herz brachte wegzuwerfen: verbeulte Terpentinbüchsen, Lackdosen mit verkrusteten Farbresten, Sägen mit abgebrochenen Zähnen, klaffende Gartenscheren, eine leere Kabeltrommel, ein Rucksackbeutel für Insektenschutzmittel samt Spritze, eine Baustellenlampe mit Paraffindocht, ein Ölkanister mit schief verkeiltem Stöpsel. Zwei Autoreifen lehnen aufrecht an der Wand, als Puffer für die vordere Stoßstange seines Wagens. Auf der Werkbank ist ein Schraubstock befestigt. Seine Schraubenschlüssel und Schraubenzieher hängen der Größe nach geordnet an der Wand. Auf den Regalbrettern darüber reihen sich die Zigarrenkisten voller Schrauben und Nägel, säuberlich nach Formaten getrennt und entsprechend beschriftet. Eines Tages wird das alles mir gehören.

Zwei Winter in Handschuhen und blauen Overalls und zwei Sommer in Shorts dauerte es, bis er das Haus fertig hatte. Er veranstaltete eine Einweihungsparty und gab dem Haus einen Namen – Windyridge sollte es heißen, wie sein Elternhaus, wobei der Name hier an diesem ewig windgebeutelten Platz noch besser paßte. An jenem Abend lehnte er sich in seinem Sessel zurück, während die Sonne unterging und der Himmel sich über der langen Hügelkette am Horizont rosa färbte. Am nächsten Morgen begann er, den Garten anzulegen: den Rasen, die Obstbaumspaliere, die Gemüsebeete, das Sommerhäuschen (aus dem restlichen Baumaterial errichtet, dem Unterstand an einer Bushaltestelle nicht unähnlich), den Steingarten, das Gewächshaus. Sein besonderer Stolz waren die »seniorengerechten« Hügelbeete, wo die Erde bis auf Bauchhöhe aufgeschüttet ist, damit er – oder wohl eher meine Mutter – sich beim Jäten nicht zu bücken brauchte.

Er hätte es gern gesehen, wenn ich ihm beim Hausbau zur Hand gegangen wäre, sozusagen als lernwilliger Gehilfe. Doch ich war zu faul dazu und wohnte ja zweihundert Meilen weit weg, also hielt er sich eben an greifbarere Verwandte – meinen Schwager Wynn (Angestellter bei den Wasserwerken, sehr brauchbar für die Knochenarbeit), meinen Onkel Ron (dessen Fingerfertigkeit als Zahnarzt auch bei Schreinerarbeiten hilfreich war) sowie Nachbarn, Freunde und frühere Patienten. Jetzt habe ich ein schlechtes Gewissen, weil ich damals nicht dabei war; fühle mich schuldig, daß ich überhaupt erwachsen geworden und weggezogen bin. Mir hatte er oft genug beim Herrichten meiner diversen Behausungen geholfen. In einer Wohnung haben wir sogar eine Tür und einen Holzsteg vom Badezimmer in den Garten gebaut, den man sonst nur erreichen konnte, indem man durch den Vorgarten unseres bärbeißigen Nachbarn im Erdgeschoß stapfte: Der Steg wurde aus zwei alten Eisenbahnschwellen zusammengezimmert, die er billig ergattert und von Yorkshire herbeitransportiert hatte, und dem Nachbarn war ihr Anblick so zuwider, daß er uns förmlich anflehte, sie wieder abzuschlagen und lieber von seinem Vorgarten Gebrauch zu machen. Diese Art Hilfe sah so aus, daß mein Vater alles in eigener Regie erledigte und ich daneben stand, um ihm die Werkzeuge zu reichen. Als er dann schließlich sein Haus baute, war ich gar nicht in der Lage, mich zu revanchieren: Ich hatte immer nur zugesehen und nichts von seinen praktischen Fähigkeiten gelernt.

Außerdem tat es mir leid um das alte Pfarrhaus, und ich nahm es ihm egoistischerweise übel, daß er von dort ausziehen wollte, wo ich jederzeit hin zurückkehren zu können geglaubt hatte, jenem Hort meiner Kindheit, den ich gern ewig unverändert vorgefunden hätte. Das neue Haus stieß mich ab, eben *weil* es neu war, also gewöhnlich. Immer wenn ich zu Besuch da war, mußte ich mich von dem Buch losreißen, das ich gerade las, um mit meinem Vater die Baustelle zu besichtigen. Ich versuchte, irgendwelche zustimmenden Laute von mir zu geben, doch im Grunde war mir nur nach abweisendem Schweigen zumute: Ich wußte, daß ich meine Zeit sinnvoller verbringen konnte, und kaum hatte ich die Nase wieder ins nächste Buch gesteckt, sagte ich mir wohl auch, daß er seine Zeit ebenfalls besser hätte nutzen können. Nun aber, ernüchtert und voller Angst, möchte ich ihm am liebsten sagen, daß ich unrecht hatte – nun macht es mir nichts mehr aus, daß ich ihn nie ein anderes Buch lesen sah (und auch das nur zur Hälfte) als *Der weiße Hai*. Ich seh ihn noch, wie er sich eifrig über ein defektes Küchengerät oder einen verstopften Vergaser beugt (»Das werden wir gleich haben.«), völlig konzentriert und selbstvergessen. Warum nur hatte ich meine Interessen für wichtiger, weniger trivial als seine gehalten? Was habe ich denn vorzuweisen, das sich mit diesem selbstgeschaffenen Monument vergleichen ließe? Welchen Trost hat die Kunst denn zu bieten, was kann einem Lesen und Schreiben helfen, da nun die Trauer in den Bäumen rauscht und das Haus, in dem er hatte leben wollen, so bald schon das Haus sein wird, in dem er stirbt?

Ein plötzlicher Windstoß läßt die Plastikplanen des Gewächshauses flattern. Ich atme das süße Aroma von Tomaten und Kompost ein und sehe die braunen, vertrockneten Pflanzen an den Stöcken und muß daran denken, wie er sie mit Bast festband, als sich die ersten gelben Knospen zeigten. Das muß wohl im Juni gewesen sein. Da war er noch gesund oder fühlte sich zumindest noch gesund.

Im Zimmer 2 auf Station 19: Ich möchte ihn kräftig durchschütteln, eine Bombe unter ihm hochgehen lassen. Lieber wäre mir, er wäre tot als so apathisch, wie er dasitzt.

»Ich weiß, du fühlst dich nicht besonders, Dad, aber nach so einer Operation ist man eben noch eine Weile schlapp, und du bist doch schon wieder viel kräftiger als noch vor drei Tagen.«

»Das bin ich wohl.«

»Und die Ärzte sind doch ganz zufrieden. Wenn du

erst wieder richtig ißt und wieder in deiner eigenen Umgebung bist...«

Ich weiß nicht, ob dieses Geschwafel eher ihm oder mir gilt – weil er solche aufmunternden Sprüche schätzt und selbst immer von sich gegeben hat, oder weil ich es nicht ertrage, mir einzugestehen, daß er stirbt. Ich weiß, daß sie ihn aufgeschnitten und wieder zugenäht haben, ohne etwas anderes zu tun, als ihm einen Schlauch durch den Magen zu legen. Ich weiß, daß dies ihm nicht helfen kann, seinen Appetit wiederzugewinnen, geschweige denn seine Gesundheit. Ich weiß, daß seine Nieren demnächst versagen werden, wenn der Harnstau weiter anhält. Und ich weiß, daß er das alles auch weiß, sich zu gut mit den Körperfunktionen auskennt, um sich irgendwelchen Illusionen hinzugeben. Er hat sich längst seine eigene Diagnose gestellt, und deswegen ist er so deprimiert.

»Und obwohl dir jetzt wahrscheinlich nicht nach Leuten zumute ist, würden eine Menge Freunde dich demnächst mal gern besuchen kommen, und in einer Woche wirst du dich sicher schon ganz anders fühlen.«

Er schaut auf die Uhr und sagt: »Nummer eins, deine fünf Minuten sind um. Komm rein, Nummer zwei. Deine fünf Minuten sind auch um. Komm rein, Nummer drei... Nein, besten Dank.«

Es ist das einzige Mal, daß so etwas wie Zorn oder Leben in ihm aufblitzt. Nein, natürlich würde er es nicht wollen, daß jemand ihn so sieht, wie er jetzt ist. Er haßt es, sich fehlbar zu fühlen: »Ich habe vielleicht nicht recht, aber ich habe nie unrecht«, steht als Motto auf einem gräßlichen Messingschild, das er zu Hause aufgehängt hat. Er ist nicht eitel, aber stolz, sogar anmaßend – ein Mann mit einer aufgeblasenen Brust, der mit Mitte

Fünfzig noch Wasserschifahren gelernt hat und dachte, es würde ewig so weitergehen. Plötzlich so eingeschränkt und lahmgelegt zu sein ist schlimm genug; aber in diesem Zustand auch noch gesehen zu werden...

Um halb zwölf kommt das Mittagessen, ein Omelett mit Kartoffelbrei. Er verlangt nach Butter, um es etwas anzufeuchten (»Das ist ja so schwer runterzukriegen wie Stacheldraht«). Im Hintergrund läuft der Fernseher, man sieht gerade alte Archivaufnahmen von Arthur Scargill. Mein Vater fand es immer ärgerlich, den Gewerkschaftsführer als Namensvetter zu haben; da zieht er schon eher den Spitznamen »King Arthur« vor, mit dem manche seiner Freunde auf seine Neigung anspielen, den großen Zampano zu markieren. Nun würde ich ihn gerne dazu verleiten, etwas von dieser tyrannischen Energie zurückzugewinnen. Ich habe ihn wütend gesehen, verdrießlich, selbstmitleidig, aber nie so wie jetzt, niemals am Boden zerstört.

Meine Mutter läßt uns einen Moment allein: »Falls ihr noch was unter Männern bereden wollt, bevor du auf den Zug mußt.« Ich biete ihm an, ihn vom Stuhl aufs Bett zu heben, doch er will sich nicht hinlegen – »Kaum bin ich da oben, muß ich ja doch gleich wieder runter, um aufs Klo zu gehen.« Er bittet mich nur, die Decke zurückzuschlagen, sogar dazu ist er zu schwach. Ich drücke ihn an mich und spüre die unvertraute Kantigkeit seiner Knochen. Ich halte ihn etwas länger an mich gedrückt als üblich, weil ich nicht will, daß er mein Gesicht sieht. An der Tür wende ich mich ein letztes Mal zurück, doch er blickt nur vor sich hin ins Leere, oder auf das Ding, das an ihm frißt, nicht auf mich. Ich gehe mit meiner Mutter durch die Schwingtür der Station 19 und hinaus in den feuchten Nebel, der uns unbeweglich wie eine klamme Decke umfängt, einfach hilflos dahängt, als ob selbst der Himmel sich nicht erleichtern und weinen könnte.

Am Bahnhof von Keighley erkenne ich den älteren Bruder eines meiner Schulfreunde wieder oder glaube, ihn wiederzuerkennen. Er hat ein junges Mädchen am Arm, während ihre Schwester und ihre Mutter hinter ihnen stehen. Im Abteil setze ich mich ihnen schräg gegenüber. Flache Industriegebiete ziehen vorbei, die Pferche einer Schafauktion, vergilbtes Gras am Flußufer. Ja, er ist es tatsächlich, obwohl er hinter seiner Brille kein Zeichen des Erkennens von sich gibt. Das Mädchen tut ganz verliebt, lehnt den Kopf an die Schulter seiner braunen Lederjacke. Wie alt mag es sein? Achtzehn, zweiundzwanzig? Ich kann seinen Ehering sehen, und ich male mir aus, was er in den letzten Wochen, Monaten oder Jahren wohl alles durchgemacht hat: eine nörgelnde, abweisende Ehefrau, vielleicht auch einen Stall voller Kinder. Dann male ich es mir wieder anders aus: seine gnadenlose, nordische Sturheit, seine Trinkerei und bildungsbürgerliche Überheblichkeit. Unschlüssig schwanke ich zwischen beiden Versionen hin und her.

Wie hieß er noch gleich? Im Internat war sein Bruder Brian der Anführer unserer Klasse gewesen, gewitzt, aufsässig, eine Kämpfernatur. Die meisten von uns mußten sich früher oder später irgendwelche Demütigungen von ihm gefallen lassen: Als dicklicher Zwölfjähriger saß ich einmal im Zeichensaal und starrte statt zu zeichnen gedankenverloren aus dem Fenster, da sah ich ihn auf einmal ein Papier hochhalten, auf dem »Fetter PB« stand. P. B. war die Abkürzung (für Philip Blake), die die Lehrer verwendeten, um mich von A. R. Morrison zu unterscheiden, dem rothaarigen Jungen, den ich am ersten Tag auf dem Schulhof weinen sah (nicht etwa, weil das Internat so furchteinflößend war, sondern weil seine Eltern zu arm waren, ihm eine Schuluniform zu kaufen). Mit dem Spitznamen Fetter PB hänselten meine Schulkameraden mich dann noch eine ganze Weile. Da wir zu Hause immer unsere Teller leer essen mußten, waren meine Schwester und ich beide »pummelig«, wie meine Eltern es verniedlichend nannten. Sie meinten, vielleicht zu recht, wir würden da mit der Zeit schon herauswachsen. Jedenfalls hatte ich es aber Brian zu verdanken, daß ich mir unverzüglich eine Diät auferlegte und in sechs Wochen sechs Kilo abnahm.

Brian war ein hübscher Bengel und fing schon früh an, sich mit Mädchen zu verabreden. Mich zog er dabei im Kielwasser nach, nur war ich längst nicht so erfolgreich. Mit vierzehn gingen wir manchmal zusammen mit zwei Mädchen ins Kino – seins war natürlich das hübschere. Ich weiß noch, wie ich verlegen mit meiner Begleiterin (Janice? Helen? Linda?) unter den Lichterbalken des Plaza saß, in der Sechs-Uhr-Vorstellung, weil sie um neun zu Hause sein mußte. In einer fiebrigen Spannung, die mehr dem Schulbubengerede als dem eigenen Verlangen entstammte, versuchte ich, ihr an den Busen zu greifen (sofern es da überhaupt etwas zu greifen gab), als mir gerade noch rechtzeitig einfiel, daß ich sie anstandshalber erst mal zu küssen hatte. Aber wie sollte man ein Mädchen küssen, das die ganze Zeit starr geradeaus auf die Leinwand schaute? Nach ein paar weiteren Abenden des unergiebigen Gefummels im Dunkeln, wobei wir beide so taten, als wären wir eigentlich gar nicht daran beteiligt, gingen wir lieber dazu über, während des Films miteinander zu schwatzen. Wir waren schlechte

Fummler, aber gute Schwätzer, und die Verabredungen hätten sicher noch eine Zeitlang weitergehen können. Doch an einem Sommerwochenende, als ich nicht da war, verführte Brian sie in einer leeren Scheune – das behauptete er jedenfalls, und sogar sie erzählte irgendwas von groben Händen und Strohhalmen im Schlüpfer. Danach war es zwischen uns nie mehr wie vorher. Trotzdem bewunderte ich Brian meine ganze Schulzeit hindurch – er bekam immer die schönsten Mädchen, machte mir meine besten Eroberungen abspenstig oder gab mir das Gefühl, daß meine die Mühe nicht lohnten (»zaundürr«, »keine Titten«, »verkniffen wie ein Nonnenhintern«).

Und nun ist da plötzlich sein Bruder, ebenfalls mit einem jungen Mädchen, und ich höre ihn sagen: »Wenn wir da sind, setzt du dich neben deine Mutter.« Das Mädchen hat den gleichen dunklen Teint, die gleichen tiefliegenden Augen wie er. Da werde ich erst gewahr, in was für einer Zeitschlinge ich mich verfangen hatte: Dies ist nicht mehr der forsche Zwanzigjährige, Brians draufgängerischer Bruder; dies ist ein Mann von Mitte vierzig mit seiner Frau (die grauhaarige Dame, die ihm gegenüber sitzt) und seinen beiden halbwüchsigen Töchtern. Warum benimmt sich eins der Mädchen – das bei näherem Hinsehen doch wohl erst fünfzehn ist – wie seine Geliebte? Einfach bloß, weil sie ihren Daddy ganz unschuldig und altmodisch vergöttert? Ist die strenge Miene der Mutter als Eifersucht und Mißbilligung der alternden Ehefrau zu verstehen, die sich in ihrem eigenen Leben zur Seite gedrängt sieht? Ist es heutzutage überhaupt noch üblich, daß sich Töchter derart an ihre Väter klammern? Ich gehe hinter ihnen her, als wir in Leeds aussteigen, das Mädchen immer noch an seinem Arm, und bemühe mich, noch irgendeinen Gesprächsfetzen, ein weiteres Indiz aufzuschnappen. Aber da verschwinden sie schon in der Menge.

Ich warte auf den Zug nach King's Cross. War meine Schwester ihrem Vater gegenüber damals auch so anhänglich? Möchte ich, daß meine Tochter sich mit fünfzehn auch so verhält? Ich muß an den Schulbus denken, zu dem ich meinen Sohn jeden Morgen bringe: F. SCOTT & TÖCHTER prangt da als Firmenname auf der Wagenseite, und die provokante Abweichung von dem traditionellen & SÖHNE wirkt immer wieder ein bißchen schockierend, zumal F. SCOTT ja nicht mal unbedingt ein besonders fortschrittlich eingestellter Transportunternehmer sein muß – warum nicht auch eine Frau? Die Tage der Väter und Söhne sind vorbei: Generationenlang haben sie ihre ererbten Familienbetriebe geführt, haben ihr gutes Geld und ihren guten Namen investiert, und nun, da die Väter sterben und die Söhne das Geschäft nicht mehr übernehmen wollen, fällt das ganze Kartenhaus in sich zusammen. Die Frauen haben zu lange im Schatten gestanden – wie meine Mutter, die meinen Vater und mich immer im Arbeitszimmer allein ließ, wenn es finanzielle Dinge zu besprechen gab, die ihn für sie zum Tresen oder zur Bank gehen ließ, die uns Männern beim Essen die größeren Portionen auftat. Nun ist es an der Zeit, daß die Frauen vortreten, Zeit...

Der Zug nach London hat Verspätung. Ich schlendere hinüber zu der Stelle, wo die Postautos früher hielten, dem Schauplatz eines der gelungensten Ausfluchtsmanöver meines Vaters. Er war zum Bahnhof gefahren, um mich mit einer Sonderrückfahrkarte in London zu besuchen, und bis zur Abfahrt des Zuges blieben ihm nur noch fünf Minuten, um den Wagen abzustellen. Der

Parkplatz war voll, und so ließ er sein schnittiges oranges Fiat-Coupé einfach zwischen den Postautos stehen. Das war natürlich nicht erlaubt, wie er wohl wußte, doch er hatte es eben eilig. Als er zurückkehrte, war sein Wagen von einem engen, hämischen Kreis roter Postautos eingeschlossen. Geistesgegenwärtig erkundigte er sich am Bahnhof: »Hat jemand hier vielleicht einen orangen Sportwagen gesehen? Es ist meiner, aber mein Sohn sollte ihn auf dem Parkplatz abstellen, und da ist er nicht.« Er wurde an den Stationsvorsteher verwiesen, und von diesem weiter an drei verärgerte Postler.

»Ach du lieber Himmel«, sagte er, als sie ihn zu seinem Wagen brachten. »Was hat der Schlingel da wieder angestellt.«

»Student, wie?« fragte ein Postler, schon sichtlich besänftigt.

»Jawoll«, nickte mein Dad. »Hält sich für so neunmalklug, der Bursche. Nichts als Flausen im Kopf, wenn Sie mich fragen.«

Er rief mich gleich am Abend an, hocherfreut über den seltenen Fall, daß er mal einen Nutzen aus mir gezogen hatte, anstatt immer nur ich aus ihm: »Du hättest mal sehen sollen, was die für Gesichter gemacht haben, stinksauer, kann ich dir sagen. Ich war von mindestens zehn Postautos zugeparkt. Aber als ich schließlich losfuhr, waren wir die besten Kumpel. Und das Dollste ist: Auf dem Parkplatz hätte ich drei fuffzig berappen müssen. So hat es mich keinen Penny gekostet.«

In London, auf dem U-Bahnsteig der Northern Line, versprechen die Anzeigetafeln wieder mal mehr, als sie halten können: MORDEN 3 MIN. heißt es da, doch nach zehn Minuten ist noch immer kein Zug in Sicht. Statt mich zu ärgern, erfüllt mich dieser Aufschub mit seltenem Wohlwollen. Aber dann nähert sich schon das unvermeidliche Brausen aus dem Tunnel, die stumpfköpfige Ratte, die hyperaktiv und tödlich aus ihrer Falle springt. Das Abteil ist voller Männer, jeder von ihnen ein Killer, tiefe Stirnfalten der Wut und der Qual wie mit Hammer und Meißel eingegraben. Neben mir ein kurzgeschorener Halbstarker mit Lederjacke, an der ein AIDS INTERNATIONAL DAY-Button steckt. Er hockt an der Tür neben seinem Hund, einem schönen samtig grauen Weimaraner. Der Hund hat Angst, ist es wohl noch nicht gewohnt, in diesem ratternden, schuckelnden Ding zu fahren. Ab und zu jault er leise auf, und jedesmal reißt sein Besitzer ihn dann am Halsband, zerrt seinen Kopf dicht an sein Gesicht heran und starrt ihm drohend in die Augen, ganz der Herr und Gebieter. Kurze Zeit Ruhe, dann wieder ein Aufjaulen, und diesmal stößt er ihm den Kopf hart gegen die Tür. Nun bleibt der Hund länger ruhig, aber kurz bevor sie aussteigen, jault er noch mal, und der Junge beugt sich vor und beißt ihn knapp unters Auge. Das Tier fiept vor Schmerz, als sie durch die Tür verschwinden.

Inzwischen ist mir auch schon ziemlich nach Fiepen zumute. Ein Unwetter geht über der Stadt nieder. An der Station Lewisham stehen die Gleise unter Wasser, und während der Zug hält, sehe ich eine Maus an der gegenüberliegenden Bahnsteigkante, die von der Überschwemmung aus ihrem Schlupfloch vertrieben worden ist und auf der Suche nach einem Fluchtweg panisch auf einem überstehenden Stein hin und her huscht. In Blackheath steige ich aus und warte, bis die Fußgängerampel auf Grün springt, um das breite Stück Straße vor zwei Sackgassen zu überqueren. Ein schwarzer Wagen blinkt zum Abbiegen und beschleunigt. Ich gehe mit gesenktem Kopf weiter, tue so, als sähe ich ihn nicht, doch ich merke schon, daß er nicht abbremst. Plötzlich ist er dicht neben mir, ein Stanza, streift mich fast, und der Fahrer zeigt mir den Vogel, ehe er mit quietschenden Reifen an mir vorbeisaust. Er will mich nicht umbringen, nur recht behalten, doch schon renne ich hinter ihm her und brülle: »Du bist wohl vom wilden Affen gebissen, du Arschloch!« Immer weiter brüllend, renne ich an die hundert Meter hinter ihm her, bis der Stanza um die Ecke in der Sackgasse verschwindet. Ich stelle mir vor, wie ich ihn am Ende der Gasse stelle, wie der Fahrer erbleicht, als er mich kommen sieht, und noch schnell versucht, das Fenster hochzukurbeln, aber ich bin schneller, packe ihn am Schlafittchen und zerre ihn heraus oder springe mit einer unterwegs gefundenen Eisenstange auf die Kühlerhaube, zerschlage ihm die Windschutzscheibe und schnappe ihn mir dann, wie diese IRA-Schergen es mit den dienstfreien Soldaten gemacht haben, die am Friedhof von Milltown in einen Trauerzug gerast waren, Selbstjustiz, eine Kugel in den Kopf, die Leiche irgendwo über eine Mauer geworfen.

Ich bleibe stehen – ein Verrückter mit Reisetasche und Aktenkoffer, Mordlust im Herzen. Ich mache kehrt, gehe atemlos den Hügel hinauf und erreiche die Straße, in der ich wohne, wo ich endlich, dreihundert Meter vor meinem Haus, zu weinen beginne.

Bolton Abbey

*E*s ist der Donnerstag der Pfingstwoche, an dem meine Eltern ihren freien Nachmittag haben. An Feiertagen oder wenn Schulferien sind, fahren wir dann oft in die Dales hinauf: kleine Straßen zwischen Natursteinmauern, keine Bäume, und ein Wind, der winterlich durch die Telegrafendrähte pfeift. Doch heute ist es sonnig, und wir sind im Tal geblieben, und nun biegen wir in den – schon überfüllten – Parkplatz von Bolton Abbey ein. Ein brauner Fluß rauscht an der alten Abteiruine vorbei. Eine Reihe flacher Steine reicht vom einen Ufer zum anderen – Silberknöpfe auf der Brust eines Toten. Forellen springen aus den Strudeln, um nach Fliegen zu schnappen. Ich frage, ob wir aussteigen und am Fluß spielen dürfen, aber mein Vater sagt: »Nein, wir suchen uns lieber eine ruhigere Stelle«, also fahren wir weiter, am Ufer entlang in Richtung Burnsall. Meine Mutter ist zum Einkaufen nach Harrogate gefahren. Tante Beaty begleitet uns an ihrer Stelle.

Sie ist nicht meine richtige Tante, doch mein Vater nennt sie so, weil sie, wie er sagt, beinah zur Familie gehört. Er hat sie vor drei oder vier Jahren kennengelernt, als sie und ihr Mann Sam den Golfclub übernahmen. Wenn meine Eltern in einem Pub einkehren, müssen wir Kinder in Auto bleiben, mit Limonade und Kartoffelchips. Aber im Golfclub können wir durchs Gelände streifen und nach verlorenen Bällen suchen oder im Garten hinter dem Clubhaus spielen. Ich mag den Garten mit den leeren Getränkekästen unter dem beschlagenen Küchenfenster und den Wespen, bei denen man höllisch aufpassen muß, daß sie einem nicht in die Limonadeflasche krabbeln. Meine Eltern bleiben immer sehr lange drinnen an der Bar, wo Tante Beaty und Onkel Sam sie bedienen. Einmal waren sie alle sehr fröhlich und riefen uns Kinder auch herein, und wir kriegten Shandy und Sandwiches mit Zwiebeln und Zucker, die viel besser schmeckten, als man meint.

Wenn er außer für die Bar auch Zeit für eine Runde Golf hat, nimmt mein Vater mich als Caddy mit. Ich ziehe das Wägelchen über den kurzen, krausen Rasen, an Schwalbennestern vorbei, und sehe den Ball wie ein winziges weißes Geschwür in den Sand- oder Graslöchern leuchten. Am sechsten Loch sehen wir immer einen Kiebitz, auch Regenpfeifer genannt, wie ich aus dem Ornithologie-Atlas weiß. Es ist ein wunderhübscher schwarzweißer Vogel mit einem Schopf, der wie eine von Tante Beatys schwarzen Locken aussieht. Wenn wir mit den Golfschlägern vorbeigekarrt kommen, fliegt er auf, unter schrillem Protestgezwitscher, schießt dann im Sturzflug herab und flattert wie mit gebrochenen Flügeln am Boden herum. Mein Vater meint, man solle sich davon nicht täuschen lassen, der Vogel sei völlig in Ordnung und wisse genau, was er tut, er ziehe nur eine Schau ab, um uns von seinem Nest wegzulokken. Einmal stieß er direkt auf Onkel Gordons Kopf hinab, als er seinen zweiten Ball in die Büsche gesetzt hatte – er war dem Nest zu nah gekommen, und der Vogel versuchte verzweifelt, ihn in die Flucht zu schlagen.

»Warum sind wir eigentlich so oft mit Tante Beaty zusammen?« habe ich meinen Vater einmal gefragt, als wir übers Moor nach Hause zurückfuhren.

»Weil sie ein bißchen Kummer hat und Hilfe braucht«, sagte er.

»Warum?«

»Also erstens können sie und Onkel Sam keine Kinder kriegen. Und außerdem haben sie auch Geldsorgen.«

»Gibst du ihnen Geld?«

»Ich helfe ihnen bei der Buchführung, damit sie besser mit ihren Finanzen zurechtkommen lernen.«

Doch offenbar haben sie das bisher noch nicht gelernt, denn er verbringt dort immer noch die meisten Abende. Oft bis spät in die Nacht, und heute ist Tante Beaty auf den Ausflug mitgekommen. Sie sitzt auf dem Beifahrersitz und hält Josephine auf dem Schoß, während meine Schwester Gill und ich wie üblich hinten zusammengequetscht sind. Josephine – Josie – ist jetzt beinah zwei und sehr laut. Sie hat rote Backen und schwarze Locken. Ich kann mich noch an den Tag erinnern, als sie geboren wurde. Mein Vater nahm meine Schwester und mich zur Klinik mit, nach Cawder Ghyll: Wir durften nicht hinein, also hielt er uns draußen vor dem Erdgeschoßfenster neben Tante Beatys Bett hoch, und wir konnten das Babybett mit dem schwarzen Köpfchen darin sehen. Josie war eine Überraschung, und mein Vater sagte, Tante Beaty und Onkel Sam bräuchten uns jetzt nicht mehr leid zu tun; ihre Sorgen seien zwar noch nicht vorbei, aber wenigstens hätten sie endlich ein Kind, und das sei ein Segen. Meine Mutter war an jenem Tag nicht dabei, obwohl sie an der Klinik von Cawder Ghyll arbeitete und auch Tante Beaty entbunden hatte.

Tante Beaty besuchte uns oft. Einmal kam ich zufällig

ins Badezimmer, als sie dort gerade Josie stillte: Es war mir ein bißchen peinlich, aber sie schien sich nicht daran zu stören, und ich sah ihre große weiße Brust und den braunen Nippel, als Josie zu trinken aufhörte. Ein anderes Mal brachte sie ihren Vater mit, Josies Großvater: Er stand oben an der Kante des Steingartens, und plötzlich fiel er um und landete einen Meter tief auf dem Rücken. Platt und kreidebleich lag er da und schnappte nach Luft wie ein Fisch, und Tante Beaty schrie vor Angst, aber mein Vater kam mit seinem Arztkoffer angerannt und half ihm auf und sagte, es sei nur halb so schlimm, er habe wohl das Gleichgewicht verloren, es sei kein Herzinfarkt. Seitdem kommt Tante Beaty sogar noch öfter zu uns. Sie lacht die ganze Zeit, und mein Vater lacht auch, meine Mutter allerdings nicht. Manchmal ist Tante Beaty sehr nett zu mir, schenkt mir Kartoffelchips und Brausepulver, drückt mich an sich, bis ich das Parfüm an ihrem Hals schmecke, und läßt mich an ihren Locken ziehen. Aber manchmal sagen Gillian und ich auch, daß wir keine Lust mehr haben, mit Josie zu spielen, und meine Mutter läßt spitze Bemerkungen fallen. Dann wird mein Vater ärgerlich und sagt, wir sind doch alle eine große Familie, was ist denn schon dabei?

Hinten im Auto fange ich bald an, mich zu langweilen, obwohl das Dach heruntergelassen ist und die Haare uns um die Ohren wehen. Ich trainiere eifrig für die Olympiade, Hundert-, Zweihundert-, Vierhundertmeterlauf, Hochsprung, Weitsprung. Beim letzten Dorffest auf unserer Koppel wurde ich zwar Zweitletzter im Wettbewerb der unter Neunjährigen, aber ich weiß, daß ich dieses Jahr besser abschneiden kann. Das letzte Mal war es auch aus anderen Gründen ein schlechter Tag. Meine Mutter hatte furchtbare Migräne, und vielleicht hat mich das beeinflußt. Ich glaube, das war der schlimmste Tag, den ich je erlebt habe – schlimmer als der, an dem sie mit dem Wagen auf Kuhmist ins Rutschen kam und an einen Baum fuhr; schlimmer als der, an dem sie schreiend die Treppe heraufgerannt kam, weil der Kleiderschrank auf Gillian gekippt war; schlimmer als der, an dem ich den ganzen Tag im Bett bleiben mußte als Strafe dafür, daß ich in meinem Alter noch in die Hose machte. Nach dem Tauziehen kam ich ins Haus zurück und hörte von oben ein seltsames Geräusch. Sie wälzte sich stöhnend auf dem Bett und preßte den Handrücken an die Stirn. »Hol Daddy, schnell«, sagte sie, und ich rannte, so schnell ich konnte, zum Stand mit der Tombola, wo er Lose ausgab. Ich wartete unten, und dann kam noch ein anderer Doktor vom Krankenhaus, und sie schickten mich wieder raus zum Sportplatz. Wenigstens war ich bei dem Wettlauf noch schneller als Christine Rawlinson, aber Stephen Ormrod hätte ich ebenfalls schlagen sollen. Als ich zurückkam, sagte Lennie, unser Dienstmädchen: »Jetzt hat sie es überstanden«, und ich dachte, sie wollte damit sagen: Deine Mummy ist tot. Zum Glück war sie es nicht, und seitdem hat sie nur noch zwei Migräneanfälle gehabt, aber ich fürchte immer, sie noch mal so entsetzlich stöhnend auf dem Bett vorzufinden. In der Bibel spielt der Knabe David, bevor er Goliath gegenübertritt, für König Saul auf seiner Harfe, bis der König keine Kopfschmerzen mehr hat. Ich wünschte, ich könnte die Migräne meiner Mutter auch so einfach heilen, aber ich kann nur Klavier spielen, und Mrs. Brown sagt, ich muß noch viel üben, bis ich über die erste Stufe hinauskomme. Um Migränen zu heilen, muß man bestimmt schon eine sehr viel höhere Stufe erreicht haben, Stufe neun vielleicht oder zehn.

Mein Vater ist von der Straße in einen überwachsenen Feldweg zwischen zwei Zaunlatten abgebogen. Er parkt den Wagen, zieht die Handbremse an, stellt den Motor ab. Auf einmal herrscht himmlische Ruhe. Wir stehen auf einem Hügelkamm, blicken auf eine ungemähte Blumenwiese hinab.

»Wißt ihr was, Kinder? Lauft doch mit Josephine mal zu der Wiese da runter«, sagt er. »Keine Angst, ihr müßt sie nur an die Hand nehmen. Wir können euch ja von hier oben zugucken.«

»Ach, ich weiß nicht recht, Arthur«, sagt Tante Beaty.

»I wo, das geht in Ordnung«, entgegnet er. »Ist doch ein herrlicher Tag, keine Schafe oder Kühe in Sicht, ein idealer Spielplatz für die Kinder. Blake wird gut auf sie aufpassen, immerhin ist er schon neun. Laß sie ruhig ein bißchen laufen, was ist denn schon dabei?«

Also gehen wir zu der Wiese hinunter, Josies kleine Hand vertrauensvoll in der meinen, so daß ich mir wie ein richtig großer Junge vorkomme. Ich möchte mich umdrehen, um zu sehen, ob mein Vater und Tante Beaty uns wirklich beobachten, aber ich lasse es bleiben. Ich bin nicht wie Lots Frau auf dem Bild in der Sonntagsschule. Ich will ihnen beweisen, daß man sich auf mich verlassen kann.

Unten auf der Wiese gibt's nicht viel zu tun, doch ich weiß, daß wir nicht sofort zurückkommen sollen. Gill fängt an, Butterblumen zu pflücken. Josie läßt sich auf ihren Windelpo fallen. Für Spiele ist sie noch zu klein. Ich wünschte, mein Vater wäre hier, um mit mir um die Wette zu laufen. Ein Kiebitz schießt aus dem Gras auf, schwingt empor und taucht wieder ab, und ich denke: »Deine Tricks kenne ich schon. Ich weiß, daß du dein Nest in der Nähe hast. Ich könnte jedes Ei da drin zerschlagen, wenn ich wollte.« Ich habe in letzter Zeit eine Menge über Vögel gelernt. Wir haben ein Rotkehlchennest in der Mauer unter unserem Billardzimmer. Heute morgen habe ich auf dem Rasen eine Bachstelze ihr dikkes, plustriges Junges füttern sehen, das schon größer war als die Mutter und eigentlich längst für sich selbst sorgen sollte. Und das ferne Kreischen jetzt eben stammt von einem Brachvogel, der schnell an Höhe gewinnt.

Ich blicke hinauf zu dem Feldweg, wo unser Auto geparkt ist, doch die Windschutzscheibe spiegelt so, daß ich nicht hineinsehen kann. Es ist, als konzentriere die ganze Kraft der Sonne sich in der Scheibe, hinter der mein Dad und Tante Beaty sitzen, als ob niemand dorthin schauen könnte, ohne geblendet zu werden. Ich schirme die Augen mit der flachen Hand ab und riskiere noch einen Blick. Mir scheint, ich sehe zwei Köpfe, dicht zusammen, sicher und geborgen in der Glut. Ich warte, bis die Autotüren geöffnet werden und die Stimme meines Vaters sich wieder vernehmen läßt: »Das geht in Ordnung. Was ist denn schon dabei?«

Fetal

*D*ienstagabend, drei Tage, nachdem ich ihn auf Station 19 zurückgelassen habe, ruft meine Mutter an, während er schläft: Eigentlich dürfe ich das noch nicht wissen und solle bitte Verblüffung heucheln, wenn er es mir dann selber sagte, er sei nämlich schon zu Hause. Bis zehn warte ich auf seinen Anruf, der aber nicht erfolgt, so daß ich schließlich selbst anrufe; sie hebt ab, und er schaltet sich am Zweitapparat neben dem Bett dazu. Früher, als es nur ein Telefon im Haus gab, hatte er sich einen Zusatzhörer angeschafft, und wenn meine Mutter am Apparat war, stand er daneben, hörte mit und trompetete seine Kommentare dazwischen, bis sie entnervt aufgab und den Platz mit ihm tauschte. Dann kam British Telecom und damit die Installation beliebig vieler Nebenanschlüsse, so daß jeder Anruf unweigerlich zu einem Dialog für drei Stimmen wurde.

»Du bist ja schon zu Hause, Dad.«

»Ja, da staunst du, was?«

»Also, ich bin echt platt. Wie fühlst du dich denn?«

»Inzwischen schon etwas besser. Ein stechender Schmerz unter der Narbe, aber du kennst ja das bewährte Hausmittel – wenn ein Kind Bauchweh hat, legt man ihm einen Penny auf den Nabel und macht einen schönen festen Verband drum.«

»Er sagt, es wirkt ganz großartig.«

»Hast du tatsächlich einen Penny auf dem Bauchnabel?«

»Keinen Penny, aber einen festen Verband. Und ich hab heute vierzehn Stunden durchgeschlafen.«

»Er muß sich ausruhen, um zu Kräften zu kommen.«

»Das ist ein gutes Zeichen«, sage ich, obwohl ich weiß, daß es nicht stimmt, daß es zuviel des Guten ist. Mein Vater und vierzehn Stunden Schlaf? Er, der immer mit sechs Stunden Schlaf pro Nacht und ein, zwei Nickerchen zwischendurch ausgekommen war? Nein, das klang ganz und gar nicht ermutigend.

»Ich bin froh, wieder daheim zu sein.«

»Jetzt hat er seine eigenen Sachen wieder um sich, das hilft.«

»Ja, bestimmt.«

»Aber sonst weiß noch niemand, daß ich zu Hause bin, und ich sag's auch keinem.«

»Er hat es lieber, wenn alle glauben, er sei noch in der Klinik.«

»Warum?«

»Damit sie mir hier nicht gleich die Tür einrennen, ist doch klar.«

Ich lausche seiner schwachen Stimme und muß an meine Unterredung mit Doktor Taggart denken – »Kann er zu Hause sterben?« – »Ich wüßte nicht, was dagegen spräche: Ihre Mutter ist Ärztin, und hier in der Klinik können wir nichts mehr für ihn tun« –, und ich frage mich unwillkürlich, ob wir nun schon an diesem Punkt angelangt sind.

»Du bist also auf dem Weg der Besserung.«

»Jawoll. In den eigenen vier Wänden fühlt man sich doch immer noch am wohlsten.«

»Und ich kann ihn hier auch sehr gut pflegen.«

»Darf ich dich denn besuchen kommen?«

»Du bist doch gerade erst heimgefahren. Da wirst du doch nicht so bald schon wieder loszockeln wollen.«

»Er ist noch sehr geschwächt: Vor allem muß er sich jetzt mal schonen.«

»Aber demnächst, ja?«

»Wenn's mir noch etwas besser geht.«

»Wenn er ein bißchen zu Kräften gekommen ist.«

»Genau.«

Drei Tage später sitze ich schon wieder im Intercity nach Norden, während die rote Sonne über Cambridgeshire und Lincolnshire sinkt. Der Anruf war heute morgen gekommen, als er noch schlief: »Ich glaube, du solltest ihn lieber doch schon dieses Wochenende besuchen«, hatte meine Mutter gesagt. »Für alle Fälle; es sieht so aus, als würde es nicht mehr lange dauern.« Nicht mehr lange: und dabei ist es erst zehn Tage her, seit der Krebs bei ihm festgestellt wurde.

Mein Schwager Wynn holt mich am Bahnhof von Skipton ab. »Schlimme Geschichte«, murmelt er. Er ist noch nicht zu meinem Vater vorgelassen worden – gehört nicht zur Blutsverwandtschaft. Ich sage ihm, er solle ruhig mit ins Haus kommen, doch als wir dort eintreffen, sieht es düster und abweisend aus, wie verlassen oder in Trauer. Dicke Vorhänge verhüllen die Schlafzimmerfenster im Erdgeschoß, und die Glasscheibe der Haustür ist mit zwei Spanplatten abgedeckt. »Sie haben extra alles dichtgemacht«, erklärt Wynn, »damit die Leute nicht reinschauen können.« Und das, obwohl das Haus mitten im Grundstück steht und nur über eine lange Auffahrt zu erreichen ist: Allerdings gibt's da ja noch den Postboten, den Milchmann, den Zeitungsausträger, den gelegentlichen Hausierer. Mein Vater will offensichtlich kein Risiko eingehen.

Er sitzt in einem der beiden grünen Sessel, die er vor einem Vierteljahrhundert angeschafft hat, dem Lieblingsplatz für seine kleinen Nickerchen. Der Sessel hat einen Hebel an der Seite, mit dem man die Rückenlehne zurück- und die Fußstütze hochstellen kann. Doch jetzt kauert er vornübergebeugt an der Kante der Sitzfläche, den Kopf auf die Brust gesenkt. Er trägt ein rosa Hemd und eine grüne Strickjacke, sonst nichts. Zwischen die Schenkel hat er sich ein weißes Taschentuch geklemmt – als Feigenblatt, sozusagen. Die unteren Hemdknöpfe sind offen, und sein Bauch wölbt sich vor wie der einer Schwangeren, mit dem senkrechten, braunen Teilstrich, der direkt durch den Nabel verläuft. Bei genauerer Betrachtung ist es weniger ein Strich als eine Art gezackte Reißverschlußlinie, die verheilte Operationsnarbe. (Als mein dreijähriger Neffe sie zum erstenmal sah, hatte er sich wispernd erkundigt: »Was ist das da für eine Eisenbahnschiene auf Opas Bauch?«) Knapp über dem Nabel schiebt sich eine kleine Bruchbeule heraus, so etwa wie der Buckel, den ein herumliegender Gegenstand unter dem Teppich aufwirft.

Er schüttelt uns matt die Hand, hebt dabei kurz den Kopf. »Wie ihr seht, geht's mir einigermaßen bescheiden. Hätte nie gedacht, daß aus einem rüstigen Siebziger so schnell ein neunzigjähriger Tattergreis werden kann.« Er sagt es ohne Selbstmitleid, nur um klarzustellen, daß er sich den unleugbaren Tatsachen nicht verschließt – damit wir gar nicht erst so tun, als sähen wir nicht, was los ist.

Er hat einen kleinen Milchfleck am Kinn und versucht

immer wieder, aufzustoßen. »Ich fühle mich zum Platzen voll, dabei hab ich seit Wochen kaum was gegessen. Und die Sachen, die mir rülpsen helfen sollen, die schmecken mir alle nicht.« Trotzdem probiert er im Verlauf der nächsten Stunde: einen Schluck Obstsaft; ein mit Sherry aufgeschlagenes Ei; einen tüchtigen Schluck Liebfrauenmilch aus dem Glas meiner Mutter, worauf er sich mit geschlossenen Augen im Sessel zurücklehnt. Als Kopfpolster dient ihm die rotkarierte Decke, die er seit meiner Kindheit hat, vielleicht schon seit seiner eigenen Kindheit, die unverwüstliche Picknickdecke, die auf allen Ausflügen mit von der Partie war. Während wir uns leise um ihn her unterhalten, belangloses Familiengeplauder über das nahende Weihnachtsfest und den neuesten Dorfklatsch, bleiben seine Augen geschlossen, er scheint eingenickt zu sein, doch plötzlich steuert er eine Bemerkung bei, aus der ersichtlich wird, daß er die ganze Zeit über zugehört hat. Er hat die Hände im Nakken gefaltet, streckt aber zwischendurch manchmal die Arme in die Höhe, mit angewinkelten Ellbogen, die Handflächen nach oben, als ob er eine schwere Last abstützen müßte. Von Zeit zu Zeit bittet er mich, die Decke hinter seinem Kopf neu zu falten, sie ein wenig höher oder tiefer zu schieben. Ich stehe hinter ihm, blicke auf sein schütteres Haar hinab, und der erdige Grasgeruch der Decke weckt in mir die Erinnerung an so manche abendliche Heimfahrt, als ich in die mollige Decke eingewickelt auf dem Rücksitz unseres Alvis döste, mit halbem Ohr das Stimmengemurmel meiner Eltern auf den Vordersitzen vernahm und das wohlige Gefühl genoß, so behütet und geborgen und schläfrig durch die Nacht gefahren zu werden.

Mit einem Ruck kippt er die Sessellehne nach vorne.

Das Taschentuch zwischen seinen Beinen fällt zu Boden, und ich sehe seinen zusammengeschrumpelten Penis, eine traurige kleine Rose, kein bißchen mehr geschwollen. Ich weiß noch, wie groß er mir vorkam, wenn ich ihn als Junge im Schwimmbad sah, und wie ich es kaum erwarten konnte, erwachsen zu werden, um endlich auch so einen großen zu haben. Eigentlich komisch, fällt mir dabei ein, wie selten wir als erwachsene heterosexuelle Männer gegenseitig unsere Penisse zu sehen bekommen, und schon gar nicht in erigiertem Zustand – am allerwenigsten die Erektionen unserer Väter –, und prompt ertappe ich mich bei einem Anflug von Mitleid bei dem Gedanken, daß er vielleicht nie wieder eine Erektion haben wird. Ein wenig beschämt ob dieser abwegigen Grübeleien bücke ich mich nach dem Tuch und reiche es ihm, und er stopft es behutsam an seinen Platz zurück.

Alles, was er zur Unterhaltung beiträgt, ist von seinem charakteristischen Hang zum positiven Denken geprägt.

»Ich kann mich ja wirklich noch glücklich schätzen, weißt du. Ich hab dich hier, und Gill gleich nebenan, und Pat und Mummy immer zur Stelle. Ist doch wunderbar.«

Oder: »Falls wir auf der Welt sind, um sie für unsere Kinder ein wenig schöner zu machen, haben wir das doch eigentlich ganz gut hingekriegt.«

Oder: »Heute geht's mir schon wieder etwas besser als gestern. Und gestern besser als vorgestern. Und vorgestern besser als am Tag davor.«

So hält er sich den ganzen Abend bei Laune. Er schwärmt von dem neuen schnurlosen Telefon, das er kurz vor seiner Einlieferung in die Klinik noch für 129 Pfund gekauft hat – »man kann es an die zweihundert Meter weit in den Garten mit runternehmen – das wird sehr praktisch sein, wenn ich nächsten Sommer draußen in der Sonne liege oder beim Blätterharken im Herbst.« Er erzählt mir von den neuen Halogenscheinwerfern, die er sich schon für die Zeit bestellt hat, wenn er wieder fit genug zum Autofahren ist, wenn er wieder in die Klinik muß, um sich die Fäden ziehen zu lassen. Es steckt eine gewisse Durchhaltekraft in dieser Verleugnung der Tatsachen, ein tiefsitzender, beharrlicher Überlebenswille, und wir bestärken ihn darin, so gut wie können. Meine Mutter neckt ihn – »Bisher hat er zwar noch keinen Hügel bestiegen, aber vielleicht morgen, wer weiß?« – und fährt ihm mit der Hand durch die Haare. Ich kann mir vorstellen, daß er gut und gerne noch die zweieinhalb Wochen bis Weihnachten durchhält, wie er dann, in seine rotkarierte Decke gehüllt, mit tapferem Lächeln seinen Enkeln beim Geschenkeauspacken zusieht, wohl ein wenig traurig, daß es vielleicht sein letztes Weihnachten ist, aber getröstet von der Freude um ihn her und dem sicheren Fortbestand der Familie. Ich war schon halb darauf gefaßt gewesen, länger als nur übers Wochenende dazubleiben, doch anscheinend besteht kein unmittelbarer Grund zur Panik. Um zehn geht er zu Bett, leicht schwankend, unsicher auf den Beinen wie ein Kleinkind in den Stöckelschuhen seiner Mutter. Ich rufe meine Frau an und sage ihr, daß ich am nächsten Abend zurück sein werde.

*

Gegen halb sieben Uhr morgens wache ich auf und höre die tiefe Stimme meines Vaters beruhigend von unten heraufklingen, ein Echo aus der Kinderzeit, mit all ihren vertrauten Morgengeräuschen – die Tür, die entriegelt wurde, um den Hund hinauszulassen, das Klirren der

Milchflaschen, die wie Wachtposten auf dem Fenstersims aufgereiht wurden, das schrille Pfeifen des Teekessels auf dem Küchenherd. Ich lese ein paar Seiten, lasse mir dann ein Bad ein und sperre die Tür ab. Die ganze letzte Woche schon hatte ich einen verstimmten Magen, leichte Schmerzen und einen undefinierbaren Druck, als ob ich – ebenso wie mein Vater angeblich Bauchweh hatte, als meine Mutter in den Wehen lag – unbewußt versuchte, seinen Krebs mit ihm zu teilen. Aber heute geht's mir besser. Das heiße Wasser schwappt mir über Bauch und Schenkel. Ich muß an die pubertären Heimlichkeiten hinter verschlossenen Türen denken, und die Erinnerung, oder das seifige Wasser, erregt mich; ich kriege einen Ständer und fange an zu onanieren, frage mich gleichzeitig, ob das in der gegenwärtigen Situation nicht ungehörig sei, möchte mir aber die kurze Ausflucht gönnen, das Wohlgefühl noch etwas andauern lassen... Nun wirbeln kleine weiße Schlangen durch das Wasser, spannen wie elastische Fäden auf der Haut. Erst werden sie fest wie Gelee, dann trocknen sie zu einer schuppigen Glasur. Ich steige aus der Wanne, spüle sie mit der Dusche aus. Der Himmel über Pendle Hill ist dunstig blau, und Schafe ziehen gemächlich über die Stoppelfelder.

Doch meine Mutter ist den Tränen nahe, als sie mir den Tee bringt. »Ich mache mir Sorgen, Liebes. Er ist um sechs aufgewacht und mußte sich heftig übergeben – scheußliches braunes Zeug, fetales Erbrechen, wie wir Mediziner das nennen.«

»Was ist das?«

»Na ja, grob gesagt bedeutet es, daß man seine eigenen Exkremente auskotzt. Meistens ein sicheres Zeichen, daß es zu Ende geht.«

»Aber gestern wirkte er doch noch ganz munter.«

»Ja, aber heute nacht hat er drei Schlaftabletten genommen, sagt er jedenfalls, und jetzt ist er ganz schlapp und benommen. Ohne deine Hilfe kriege ich ihn gar nicht von der Stelle bewegt.«

Er sitzt an der Bettkante, wie üblich vornübergebeugt. Er ist außer Atem und sieht zehn Jahre älter aus als gestern abend. Seine Augen sind gelblich und trübe.

»Wie fühlst du dich, Dad?«

»Gräßlich. Speiübel ist mir.«

»Aber gestern abend warst du doch noch so guter Dinge.«

»Das war ich wohl.«

Ich hebe seine Beine aufs Bett, dann packen meine Mutter und ich ihn unter den Armen und versuchen, ihn auf die Kissen hochzuhieven. Es ist, als wollte man einen Haufen Schotter umsetzen, und als wir ihn endlich oben haben, schläft er sofort ein. Wir wissen nicht recht, ob wir seiner Geschichte von den Schlaftabletten Glauben schenken sollen oder ob dieses plötzliche Abbauen schon die Katastrophe ankündigt. Meine Mutter zeigt mir das Laken, auf das er sich erbrochen hat, den dunkelbraunen Fleck, der zwar nicht nach Scheiße riecht, aber genauso aussieht.

Wir schauen in seiner Krankentabelle nach, den Seiten 622 und 624, die er aus einem alten Rechnungsbuch gerissen hat, um seine Medikamentendosierung, Injektionen und Nahrungsaufnahme zu dokumentieren – immer noch der alte Arbeitsgaul. Die Tabelle ist penibel mit unzähligen Senkrechtstrichen unterteilt, so dicht an dicht, daß sie fast aussieht wie ein Totoschein: Redoxon, Amiodaron, Heparin, Valium, Maxolon, Diconal, Paracetamol, Frusemid, Periactin, Complan, Eier, Getreideflocken, Chivas Regal, Wasser. Alles sehr übersichtlich und fanatisch akkurat, wie alle die anderen endlosen Listen, Diagramme und ärztlichen Instruktionen, die er im Lauf der Jahre erstellt hat, und die alle die gleiche Botschaft verkünden: Er hat die Zügel in der Hand. Doch die letzten Eintragungen stammen von der Hand meiner Mutter; *er* kann keinen Stift mehr halten. Aus seinen Notizen ist nicht zu ersehen, wie viele Diconal er diese Woche schon genommen hat und wie viele noch übrig sein sollten – in der Flasche sind noch siebenundvierzig, aber hat er heute nacht wirklich drei genommen?

Um elf schläft er immer noch, als draußen ein Wagen vorfährt. Ein älterer Mann steigt aus und sperrt den Wagen mit einer piepsenden Fernbedienung ab. Der Mann trägt ein Namensschild von der Airedale-Klinik am Jakkenaufschlag: Es ist Dr. May, der Kollege, der damit betraut ist, regelmäßig nach meinem Vater zu schauen. Mein Vater freut sich schon seit Tagen auf seinen Besuch und erwacht prompt, wie von den Toten auferstanden, um dem Arzt in voller geistiger Klarheit haarklein auseinanderzusetzen, welche Medikamente er inzwischen genommen hat, wieviel Milligramm, und inwieweit man die Dosierung ändern sollte, um die Genesung zu beschleunigen. Dr. May hört aufmerksam zu, mißt seinen Puls, erkundigt sich nach der Temperatur, klopft ihm mit dem gekrümmten Mittelfinger auf die Brust.

»Und jetzt den Rücken«, sagte er, was bedeutet, daß wir meinen Vater aus den Kissen ziehen müssen. Ich halte ihn an den Handgelenken fest, spüre ihr leises Knacken und Zucken, das Leben in ihm, das wie in einem seiner alten Schwarzweißfilme unstet flackert.

»Was Sie brauchen, Arthur, ist erst mal eine höhere Dosis Frusemid, um Ihren Appetit anzuregen. Außerdem haben Sie ein bißchen Wasser im Bauchraum, das Ihr Zwerchfell hochschiebt und Ihnen Übelkeit verursacht. Dagegen werde ich Ihnen auch noch was geben. In spätestens zwei Tagen sollte sich die Darmtätigkeit entsprechend gebessert haben. Dann komme ich Sie wieder besuchen.«

Doch dieser Optimismus ist für meinen Vater bestimmt, nicht für uns. Dr. May hat das Laken gesehen, und im Eßzimmer eröffnet er uns: »Sein Zustand ist sehr bedenklich. Ich fürchte, es geht jetzt eher um Tage als um Wochen.«

»Sie halten es also auch für fäkales Erbrechen?«

»Es sieht ganz so aus.«

Die Autotür entriegelt sich piepsend, er steigt ein und fährt davon. Jetzt wird mir erst bewußt, daß er eben *fäkales* Erbrechen gesagt hat, nicht *fetales*. Hatte ich mich vorhin verhört, weil ich es nicht richtig verstehen wollte, weil ich es lieber mit Geburt als mit Tod verbinden wollte? *Fetal* hatte mich an Mekonium denken lassen, auch Kindspech genannt, die Ausscheidung des Babys, wenn es während der Geburt in Not gerät, ein Signal für die Hebamme oder den Arzt, daß es höchste Zeit für die Zange oder einen Kaiserschnitt ist. Auch bei meinem Vater hat sich der Darminhalt in den Magen entleert, eine Grenzverletzung, die nichts Gutes verheißt. Auch er ist – jetzt, da der große Moment näher rückt – ein Baby in Not.

Camp Cuba

Das Sonntagsfrühstück im Eßzimmer, während die Morgensonne allmählich über der hügeligen Horizontlinie von Embsay Moor aufstrahlt. Mein Vater hat vor kurzem eine Kühltruhe gekauft, und seine Lobeshymnen auf die Tiefkühlkost hören sich an, als entstammten sie einem Werbeprospekt: »Wenn man bedenkt, daß die Himbeeren hier schon vor drei Monaten gepflückt worden sind! Und dabei schmecken sie, als ob ich sie heute morgen direkt aus dem Garten geholt hätte. Fabelhaft. Das ist doch was ganz anderes als die matschigen Dosenfrüchte mit dem metallischen Nachgeschmack. Wirklich toll, was die moderne Technik alles zustandebringt.« Die Himbeeren leuchten in saftigem Purpurrot, hie und da vom darübergesprenkelten Zucker verblaßt. Danach gibt es Kleieflocken oder Weetabix, aus derselben dunkelblauen Himbeerschüssel (»Wir müssen Geschirr sparen, damit Mummy nicht so viel Abwasch hat«). Auf unseren Frühstückstellern hat mein Vater eine Reihe von Vitamintabletten verteilt: Er ist neuerdings zu einem fanatischen Apostel des ABCD-Kults geworden, felsenfest davon überzeugt, daß wir Erkältungen und Grippen vermeiden können, wenn wir nur genügend Pillen und Kapseln schlucken. Manche davon sind schwer herunterzuwürgen, andere zerplatzen einem ölig auf der

Zunge, wenn man sie mit den Zähnen anritzt. Es ist nicht das erste Mal, daß wir für ihn als Versuchskaninchen herhalten müssen: Was wir heute schlucken, schluckt morgen jeder Patient in Earby.

Dieses Gesundheitsbewußtsein läßt sich allerdings kaum mit dem nächsten Gang vereinbaren, gebratenem Speck, Ei, Tomaten und Tunkbrot – eine Scheibe Weißbrot, die in dem restlichen Bratfett geröstet wird. »Es geht doch nichts über Tunkbrot«, sagt mein Vater, während er mit dem letzten Bissen seinen Teller blankwischt, um sich nur ja keinen Tropfen von dem unverdaulichen Schmand entgehen zu lassen. Das geheiligte Tunkbrot ist die letzte der falschen alten Eßgewohnheiten, die sich noch hält, selbst nachdem die Butter schon längst durch Margarine ersetzt worden ist. Früher haben wir auch das heiße Fett an den Koteletts verputzt, die knusprige Schwarte vom Schweinebraten, die weißen Fettränder der Rindfleischscheiben, den fetttriefenden Bratensaft von der Hammelkeule. Und dies nicht nur um der häuslichen Gepflogenheit willen, »seinen Teller leer zu essen«; Fett, hieß es immer, würde uns »groß und stark« machen. Mittlerweile achtet mein Vater auf Cholesterinwerte, und keiner behauptet mehr, Tunkbrot sei gut für die Gesundheit. Trotzdem wird es auch weiterhin gegessen.

Nach dem Toast mit Orangenmarmelade verziehen mein Vater und ich uns auf die Liegesessel, die am Erkerfenster mit Blick auf die Moorlandschaft stehen. Er studiert die Börsenkurse, ich den Sportteil des *Sunday Express*. Endlos kann ich mich an einem verwackelten Schnappschuß weiden, auf dem ein Torwart mit panischer Miene und hochgerissenen Armen rückwärts hechtet, während eine Bombe von Burnleys Torjäger

Ray Pointer (die Schußbahn ist mit einer gestrichelten weißen Linie auf dem Foto eingezeichnet) das Netz hinter ihm ausbeult – für mich als Zwölfjährigen der erotischste Anblick, den es gibt: die busenähnliche Wölbung eines Treffers im Fußballtor. Meine Mutter, die inzwischen den Tisch abgeräumt hat, bringt uns zwei Becher Kaffee: »Mit heißer Milch, Mummy? Wunderbar.«

Das sagt mein Vater, nicht ich. Unsere ganze Kindheit hindurch hat er seine Frau »Mummy« genannt, nie bei ihrem Vornamen Agnes, den er nicht mochte, weil er ihn hausbacken und altmodisch fand – aber auch nie Kim, wie ihre Freunde sie nennen; obwohl er sie doch selbst zu dem Namenswechsel überredet hatte, und zwar weniger, um ihr einen Anstrich von Fünfziger-Jahre-Schick zu verleihen, à la Kim Novak, als zur Vertuschung ihrer bäuerlichen irischen Herkunft. Sie hat ihren Namen abgelegt, ihre Heimat verlassen und ihre angestammte Mundart aufgegeben; dafür nennt er sie nun »Mummy«. Bisher fand ich nichts dabei, aber mit zwölf wird er mir langsam peinlich: Ich würde sie lieber Mum und Dad nennen, wie all meine Schulkameraden ihre Eltern, doch *meine* Eltern finden das »gewöhnlich«; und ich wünschte, sie würden sich gegenseitig Kim (oder von mir aus auch Agnes) und Arthur nennen. Müßige Phantastereien; mein Vater ändert seine Gewohnheiten nie. Er wird sie immer Mummy nennen – »Ein Gläschen Wein, Mummy, Liebes?« – selbst dann noch, wenn meine Schwester und ich längst erwachsen und aus dem Haus sind. Und nachdem seine eigene Mutter gestorben ist, wird er sie erst recht und immer öfter Mummy nennen, nicht nur vor seinen eigenen Kindern, sondern auch in Gesellschaft von Freunden, Kneipenbekanntschaften, ja sogar, wenn sie allein sind.

»Bald fangen deine Schulferien an.«

»Mhm.«

»Ich finde, es wird mal Zeit, daß wir beide eine Campingtour machen.«

»Camping?«

»Na, du weißt schon, Dummkopf – Zelten, mit Schlafsäcken und allem Drum und Dran.«

»Mhm.«

»Nur wir beide, so eine richtige zünftige Tour unter Männern.«

Ich bin gerade erst zwölf geworden. Seitdem zähle ich anscheinend zu den Männern. Der Gedanke an eine Campingtour mit meinem Vater ist mir gar nicht geheuer.

»Wir könnten zu den Seen rauffahren. Die Frauen können ja später nachkommen, und wir treffen uns irgendwo in einem Gasthof zum Essen.«

»Mhm.«

»Es tut gut, ab und zu mal ein bißchen wegzukommen, weißt du – so gern wir Mummy und Gillian haben, aber manche Sachen unternimmt man besser ohne das schwache Geschlecht, dann muß man sich nicht dauernd darum sorgen, ob es ihnen zu kalt oder zu unbequem ist: Drei Nächte im Zelt machen ihnen bestimmt nicht solchen Spaß wie uns.«

»Mhm.«

»Unter freiem Himmel, jede Menge frische Luft und viel Bewegung – herrlich.«

Eine Woche später sitzen wir auf einem Hügel oberhalb von Lake Windermere und hören uns die Sechs-Uhr-Nachrichten an. Es geht irgendwie um Fidel Castro, mit seinem Räuberbart, und Präsident Kennedy, so jung und strahlend und fabelhaft, und Präsident Chruschtschow, von dem mein Vater sagt, ihm sei nicht zu trauen. »Geheime Kernwaffenstützpunkte«, wiederholt der Sprecher mehrmals, und ich denke mir, wie schwierig es wohl sein muß, Atombomben zu verstecken: Ich habe Bilder davon gesehen, und sie sind wirklich riesig, oder jedenfalls sind die Atompilze riesig, die bei der Explosion entstehen. Unten auf dem See fährt ein Ruderboot in abgehackten Schüben über das Wasser. Die Schafe auf dem grünen Hang gegenüber sind in wattigen Tupfen bis zum Gipfel hinauf verstreut, wo sie sich in kleine Cumuluswolken auflösen. »Herrlich«, sagt mein Vater. »Wir hätten uns gar keinen besseren Tag aussuchen können. Frische Luft, blauer Himmel, keine Menschenseele, so weit das Auge reicht – da freut man sich doch richtig, am Leben zu sein.«

Ich hocke auf der karierten Wolldecke, während er im Kofferraum kramt und einen schweren, mit einer Kordel verzurrten Segeltuchsack neben mich auf den Rasen plumpsen läßt. Er lockert die Kordel, nestelt den Sack an der zusammengefalteten Zeltplane entlang herunter und lupft ihn dann mit einem Ruck, wie eine Mutter, die ihrem trägen, windelschweren Kleinkind die Latzhose auszieht. Es ist sicher Jahre her, seit das Zelt zum letzten Mal aufgebaut wurde, am Strand von Abersoch oder bei uns im Garten, doch der Geruch, der von dem Bündel ausgeht, ist mir sogleich wieder vertraut – ein Aroma von muffigem Wachstuch, Sanddünen, Heu, Sonnenöl und toten Ohrwürmern.

»Komisch«, sagt mein Vater und geht zum Kofferraum zurück. Ich stehe auf, fummele unschlüssig an den Haltesträngen herum.

»Liegt da noch ein Beutel unter dem Zelt?« ruft er herüber, während er die Autotür öffnet und unter den Rücksitz späht. Ich hebe eine Ecke an und entdecke einen kleinen blauen Leinwandbeutel.

»Ja-ha«, rufe ich zurück.

»Was ist da drin?«

»Heringe.« Ich ziehe eine Handvoll davon hervor – sie sehen aus wie zugespitzte kurze Holzscheite mit Kerben an der Seite.

»Keine Stangen?«

»Nein.«

Ich weiß noch, wie die Stangen aussehen – dick, hölzern, etwa einen Meter hoch, mit langen Metallspitzen an den Enden. Ich suche ringsum den Boden ab, wühle unter der Zeltplane, schaue unters Auto.

»Ich hatte sie aber doch eingepackt«, sagt mein Vater, doch es klingt nicht sehr überzeugt.

»Können wir nicht einfach ein paar Zweige abbrechen und die statt dessen nehmen?«

»Red keinen Unsinn. In einer halben Stunde ist es dunkel.«

»Was sollen wir dann machen?«

»Zusammenpacken und nach Hause fahren.«

Auf dem Rückweg hat er einen neuen Einfall. »Wir könnten eigentlich auch im Hotel übernachten. Ich rufe Mummy an, daß sie uns auf halbem Weg mit den Stangen entgegenkommt.«

Montagabend, diesmal mit Stangen. Nach dem Mißgeschick vom Vortag – das von meinem Vater prompt zu einem humorigen Zwischenfall umgemünzt wurde, sobald wir ein gemütliches Hotel mit Kaminfeuer gefunden hatten und es uns bei heißer Suppe und Backente wohlsein ließen – nach dieser Schlappe also haben wir den größten Teil des Tages im Auto verbracht. Zuerst haben wir meine Mutter und Schwester wie verabredet in Kirkby Lonsdale getroffen und mit ihnen zu Mittag gegessen. Dann sind wir wieder in Richtung Norden gefahren, durch anhaltenden Nieselregen, und haben Autoradio gehört, immer wieder den Wetterbericht und die neuesten Nachrichten aus Cuba. »Es klart bestimmt bald auf«, meint mein Vater, der nie zum Schwarzsehen neigt und dessen Wettervorhersagen stets von unerschütterlichem Optimismus geprägt sind. Für ihn gehört der Regen eben mit zur Natur, was in den Yorkshire Dales auch wahrhaftig der Fall ist, und alles andere als Regen empfindet er schon als besondere Gunst des Schicksals. »Mit dem Wetter haben wir wieder mal Glück«, sagt er, wenn der Himmel tiefgrau verhangen ist. »Ein herrlicher Tag«, heißt es, wenn die Wolken ein bißchen aufgelockert sind. »Wundervoll, wie an der Riviera«, jubelt er, wenn hin und wieder mal die Sonne durchblitzt.

Gegen fünf fangen wir an, nach einem geeigneten Rastplatz Ausschau zu halten – »Es gibt natürlich auch richtige Zeltplätze, aber wild Zelten ist doch viel abenteuerlicher, und außerdem kostet's nix.« Wir fahren durch Ambleside und Windermere: nichts. Wir biegen links nach Skelwith Bridge ab: Die Felder am Flußufer sind mit Stacheldraht eingezäunt. Wir fahren zurück nach Grasmere, durch Chapel Stile, am Hotel Dungeon Ghyll vorbei (standhaft bemüht, das Wort Hotel zu übersehen), und als es anfängt zu dämmern, finden wir schließlich einen Übernachtungsplatz am Fluß. Es ist ein flacher, ungeschützter Grasstreifen. Der Himmel über uns droht mit heftigeren Regengüssen als dem augenblicklichen dünnen Geniesel. Ich sehne mich schon jetzt nach dem Platz von gestern abend zurück, doch mein

Vater meint, zweimal an dieselbe Stelle zu fahren »bringt Unglück«. Der Bauer, den wir fragen, ob wir hier zelten dürfen, scheint verwundert, hat aber nichts dagegen. Und es wäre ja auch ein guter Ausgangspunkt für die Wanderung morgen, hinauf zu den Langdale Pikes. Während der helle Strahl der Taschenlampe sich zu einem mattgelben Blinzeln abschwächt – »Die verflixte Batterie ist schon wieder alle« –, befestigen wir die letzte Halteschnur am Zelt, klappen die wackeligen Feldbetten auf. Es ist, kaum zu fassen, erst halb acht, doch ich möchte am liebsten gleich in den Schlafsack kriechen.

Wir binden die Zeltplane zu und machen uns auf den Weg zum nächsten Pub, lassen unsere dürftige Behausung am Fluß zurück. Während der Fahrt geht es in den Nachrichten wieder ausschließlich um die Präsidenten Kennedy und Chruschtschow: Der strahlende junge Held hat die Welt mit einer Blockade von Cuba überrascht; russische Kriegsschiffe sind schon dorthin unterwegs. Es fallen Worte, die ich nicht verstehe – diplomatische Maßnahmen, potentieller Vergeltungsschlag – und Worte, die keiner Erklärung bedürfen, wie dritter Weltkrieg. Wird mein Vater diesmal zu alt zum Kämpfen sein? Seit Jahren schon male ich mir aus, wie wir ihn auf dem Speicher verstecken werden, falls er wieder eingezogen wird, so wie auf dem Bild in der Schule der königstreue Edelmann, der sich vor Cromwells Soldaten in einem hohlen Baum verbirgt. Und wenn sie dann jemanden schicken, um nach ihm zu fahnden, und mich fragen, ob ich weiß, wo er ist, wann ich ihn zuletzt gesehen habe, werde ich ihn nicht verraten, werde sein Geheimnis felsenfest bewahren... Doch nun, da der nächste Krieg tatsächlich bevorsteht, kommt mein Plan mir kindisch vor. Vielleicht wird diesmal gar keiner kämpfen müssen, es wird einfach nur auf Knöpfe gedrückt. Wir schlagen die Wagentüren zu und gehen über den düsteren Kneipenparkplatz. Die endgültige Vernichtung muß wohl so aussehen wie der Himmel jetzt – nichts als Blindheit und Finsternis. Und so wie jetzt muß man sich wohl als Soldat im Krieg fühlen – irgendwo nachts an einem fremden Ort, das vertraute Zuhause unerreichbar weit weg und in Gefahr.

Drinnen im Pub ist es ruhig, und der Barkeeper sieht großzügig über meine Minderjährigkeit hinweg (hält er mich für vierzehn, für achtzehn gar? Oder tut er nur so, als merkte er nichts?). Die Wärme, die Rauchschwaden, die mit Sägemehl bestreuten Holzbohlen schaffen eine Atmosphäre von behaglicher Geselligkeit, doch es fällt nicht leicht, sich ihr zu überlassen, wenn man weiß, daß man hinterher ins kalte Zelt zurück muß, und daß vielleicht schon bald das Ende der Welt anbricht. Hier im Pub sind nur Männer, große, qualmende, lachende Männer, die über den Krieg palavern.

»Den verdammten Sowjets gehört schon längst eins auf den Deckel«, tönt der Dicke mit dem Backenbart von seinem Barhocker herab. »Dieser Kennedy hat denen mal ordentlich Bescheid gestoßen. Endlich einer, der ihnen Kontra gibt. Hut ab, kann ich da nur sagen.«

»Nee, nee, Frank«, wendet der Barkeeper ein. »So schlimm sind die Roten nun auch wieder nicht. Immerhin haben *die* ihre Bomben noch auf niemand draufgeschmissen.«

»Mag sein, aber dafür sind sie jetzt schon bis nach Cuba vorgedrungen, und dieser Scheißer Castro empfängt sie mit offenen Armen, nach dem Motto, immer hereinspaziert, ihr könnt eure Kernwaffen gern in meinem Bart verstecken.«

»Na und, Frank? Cuba ist halt ein kommunistisches Land, warum sollen sie da nicht mit den Russen unter einer Decke stecken? Schließlich haben die ja den Kommunismus erfunden.«

»Nee, mein Lieber, da irrst du dich aber, den Kommunismus hat der Karl Marx erfunden, und der hat in England gelebt. Hatte auch so' n Rauschebart. Ich sage dir, wenn wir diese Kommunisten nicht bald daran hindern, ihre Waffen auf uns zu richten, müssen wir am Ende noch alle dran glauben.«

»Jaja, die Welt ist wirklich aus dem Lot«, mischt mein Vater sich kopfschüttelnd von unserem pockennarbigen Messingtisch am offenen Kamin aus ein, in der Hoffnung, mit dieser neutralen, friedfertigen Bemerkung in das Gespräch einbezogen zu werden. Der Dicke mit dem Backenbart hält augenblicklich den Mund, der Barkeeper macht sich daran, einen anderen Kunden zu bedienen, und mein Vater bleibt sozusagen in der Luft hängen, am Rande einer fremden Unterhaltung, und möchte doch so gerne akzeptiert werden, dazugehören. Ich weiß schon, was jetzt kommt, weil es in jeder Kneipe das gleiche ist. Mein Vater wird unsere Gläser zum Tresen mitnehmen, für sich ein neues Bier bestellen, für mich Shandy und Chips, und mit dem backenbärtigen Mann einen Schwatz anfangen: »Schönes Fleckchen Erde, das hier: Ich wünschte, ich könnte öfter herkommen. Was trinken Sie? Theakstons?« Allmählich vermisse ich meine Mutter. Ich habe keine Lust, das Ritual mit anzusehen, das sich jetzt abspielen wird: wie mein Vater die mißtrauischen Dörfler langsam für sich gewinnt; wie das Gespräch über die Weltpolitik nach und nach in Legenden von Lokalmatadoren, Streithähnen und Hochstaplern mündet; wie Bier auf Bier folgt,

Whisky auf Whisky, zum Schluß noch ein Glas für den Heimweg, dann noch ein letztes Glas für den Heimweg, und noch ein allerletztes. Ich starre auf den Rauch im Kamin und stelle mir vor, wie er durch den Schornstein aufsteigt und über dem Dach in der Unendlichkeit des Nachthimmels verweht, jedem Blick entzogen, und dennoch nicht ganz verschwunden, denn sicherlich kann nichts für immer verloren gehen, ist jede Spur von dem, was je auf Erden geschah, irgendwo aufgehoben, sicher trägt auch das schwächste Lebenszeichen einen Funken Unsterblichkeit in sich: Die Sterne filmen unsere Existenz für irgend jemanden ab.

Es kommt mir sehr spät vor, aber vielleicht ist es nicht später als die übliche Sperrstunde, als wir endlich aufbrechen und mein Vater mich mit verspätetem schlechtem Gewissen von meinem Platz am Kaminfeuer erlöst, wo ich den Messingtisch inzwischen mit einer Collage von zerfitzelten Bierdeckeln überzogen habe. Der kalte Nieselregen auf dem Parkplatz trifft uns wie ein Schock, und auf der Rückfahrt sirrt und knistert das Radio zum beständigen Zischen des Scheibenwischers – »Krise«, »Dringlichkeit«, »Ultimatum«. Bald taucht unsere gebrechliche Heimstatt im Licht der Scheinwerfer auf: Es sieht aus wie ein schiefes Hexenhäuschen im Bilderbuch. Inzwischen ist ein kräftiger Wind aufgekommen, kein beängstigendes Sturmgebraus, aber heftig genug, um an den Haltestricken zu zerren und die Zeltplane zum Flattern zu bringen. Wir krauchen hinein, erleichtert, wenigstens dem Regen entronnen zu sein, doch selbst der gewohnte Optimismus meines Vaters kann den Unterschlupf nicht behaglich wirken lassen, geschweige denn heimelig. Er reicht mir eine Thermoskanne mit Kaffee, dem ein Schuß Whisky zugesetzt ist.

»Das hilft dir zum Einschlafen«, sagt er, während mir ein ätzender Lavastrom die Kehle zusammenschnürt. Ich höre den Regen gegen die Zeltwand prasseln, den Fluß immer lauter, bedrohlicher rauschen. Ich schaue hinauf in die Finsternis und stelle mir vor, wie russische Kriegsschiffe über das dunkle Meer gefahren kommen, auf amerikanische Schiffe treffen und ein endzeitliches Feuerwerk entfachen, das den ganzen Himmel in Brand steckt. Und nirgends scheint es ein tröstliches Licht zu geben, das uns da hinaus geleiten wird, meinen Vater und mich, die wir hier in unserer Papiertüte all der Schwärze rings umher auf Gedeih und Verderb ausgeliefert sind.

Wir wachen sehr früh auf. Der Fluß ist über die Ufer getreten, und unser Zelt, das keine Bodenplane hat, steht zwei Fingerbreit hoch im Wasser. Ich spähe hinab und sehe die Fluten um die Eisenfüße des Feldbetts schwappen. Mein Rücken fühlt sich feucht an, mein Hintern naß – er *ist* auch naß, eingetunkt, wo die Kuhle des Feldbetts bis auf den Boden hängt. Draußen regnet es immer noch, und der Wind heult wie ein Schloßhund. Wir schälen uns aus den Schlafsäcken, quälen uns in die nassen Schuhe und platschen in panischer Hast herum, falten eilig die Betten zusammen, ziehen die Heringe aus dem Matsch, die Stangen aus der Plane, brechen das Zelt ab. Jetzt bei Tageslicht scheint es uns geradezu hirnverbrannt, ausgerechnet diesen Platz gewählt zu haben – der Wasserspiegel wirkt höher als der Grasstreifen, auf dem wir unser Lager aufgeschlagen haben. Aber wenigstens bleibt uns jetzt das öde Ritual des Zelteinpackens erspart: Wir stopfen alles drunter und drüber in den Kofferraum, und um acht sind wir schon unterwegs, vom stetigen Brummen der Autoheizung begleitet, die sich lautstark bemüht, gegen unsere Niedergeschlagenheit anzukämpfen. »Das Zelt können wir auch später trocknen, wir breiten es einfach über ein paar Büsche, wenn wir irgendwo zum Picknick halten«, meint mein Vater und beäugt durch das Metronom des Scheibenwischers hindurch schon wieder hoffnungsvoll den Himmel.

Wir bestellen uns zwei Grillteller (»Gibt's die auch mit Tunkbrot?«) in einem dampfigen Café in Ambleside, machen einen nässetriefenden Rundgang durch die Stadt, essen in einem Pub in Patterdale zu Mittag. Gegen vier hört der Regen auf – »Ich wußte doch, daß Petrus es gut mit uns meint« –, aber bis dahin ist es zu spät, das Zelt noch trocken zu kriegen, selbst wenn die Sonne hervorgekommen wäre, was allerdings nicht der Fall ist. Natürlich können wir es auch in feuchtem Zustand aufbauen, was mein Vater tatsächlich vorzuhaben scheint. Er holt die Landkarte aus dem Handschuhfach. »Ich glaube, ich weiß einen idealen Übernachtungsplatz«, sagt er, und weiter geht es durch überschwemmte Hohlwege, an feuchten Hecken, nebelverhangenen Hügelausläufern entlang. »Ich muß mal in der Praxis anrufen«, erklärt er und bremst unvermittelt vor einer roten Telefonzelle, nicht zum ersten Mal auf diesem Ausflug, wie auch auf allen anderen. Aber wozu gerade jetzt? Was kann er so Wichtiges zu besprechen haben? Durch die beschlagene Scheibe sehe ich ihn eifrig nicken. Jeder normale Mensch hätte inzwischen das Handtuch geworfen, wäre umgekehrt und nach Hause gefahren, doch wir müssen uns natürlich beweisen, was wir für tolle Kerle sind, ohne jeden Sinn und Zweck.

Eine Stunde später sitze ich vor dem prasselnden Kaminfeuer in einem gemütlichen Landgasthof. Mein Vater bringt mir einen dampfenden Whiskygrog. »Das geht in Ordnung, die merken hier nichts, es wird dir helfen aufzutauen. Meine Füße sind die reinsten Eisklumpen.«

»Danke, Dad.« Er strahlt immer noch vor Selbstzufriedenheit über den gelungenen Streich, den er mir gespielt hat.

»Na, geht's schon besser?«

»Ja.«

»Der wahre Campinggeist ist das zwar nicht, aber ich sah wirklich nicht ein, wieso wir schon wieder in das dämliche Zelt kriechen sollen, zumal der Wetterbericht noch mehr Regen voraussagt.«

»Du hast ganz recht.«

»Schließlich ist es unsere letzte Nacht, und wir wollen den Ausflug ja auch ein bißchen genießen. Wenn ich allein unterwegs wäre, oder mit Onkel Ron, dann hätte ich schon durchgehalten, aber dir wollte ich das lieber doch nicht zumuten. Ich vergesse manchmal, daß du erst zwölf bist.«

Ich lasse ihm seine bequeme Ausrede, zu erleichtert, um Streit anzufangen. Im Raum steht ein Fernseher, eine kleine graue Mattscheibe hoch oben auf einem Walnußmöbel, und als die Nachrichten anfangen, sieht man Präsident Kennedy breiter grinsen denn je: Die russischen Kriegsschiffe haben abgedreht, verkündet der Sprecher, und Chruschtschow hat sich bereit erklärt, seine Kernwaffenstützpunkte in Cuba zu räumen. Ein Mann mit einem Mikrophon steht vor dem Weißen Haus und sagt: »Noch weiß hier niemand so genau, was die Russen letztendlich zum Rückzug bewogen hat.«

Mein Vater und ich stoßen auf die gute Neuigkeit an.

»Ein Hoch auf Kennedy«, sagt er.

»Auf Kennedy«, stimme ich ein, und die Tränen schießen mir in die Augen.

Eine ganz andere Geschichte

Mein Vater schläft, schon seit Stunden. Sein langsamer, rasselnder Atem, sein weit offenstehender Mund mit den trockenen, aufgesprungenen Lippen erinnert mich an Terry Kilmartin, meinen früheren Chef, drei Tage bevor er im Krankenhaus von Lister starb. Terrys Krebsleiden hatte sich lange hingezogen, und bei meinem letzten Besuch war eine friedliche Ergebenheit um ihn gewesen, wie ich sie all die Monate zuvor nie in seinen schmerzerstarrten Zügen gesehen hatte. Seine von Altersflecken gesprenkelte Hand lag auf dem weißen Bettuch, und ich hielt sie lange, wie ich heute die Hand meines Vaters gehalten habe: Liebe, Ehrerbietung, der Schüler, der dem Meister seinen Respekt erweist. Aber was ist das für ein Friede, was für eine Schicksalsergebenheit, die man nur dem Morphium verdankt? Ich möchte meine Meister wiederhaben, so wie sie früher waren, hellwach und skeptisch.

Meine Mutter und ich sitzen auf der langen Frisiertischbank am Fußende des Bettes und besprechen die Modalitäten der Beerdigung. Wir sind ein wenig befangen, nicht ganz sicher, ob dies die richtige Art und Weise ist, die Dinge anzugehen, nähern uns jedem neuen Teilaspekt – der Totenfeier, dem Testament, der Frage, wo die Asche hin soll – mit einem zögernden: »Ich weiß, es klingt pietätlos, aber...« Wir können an nichts anderes denken als an sein Sterben, aber ist es nicht irgendwie unanständig, unheilvoll, defätistisch, darüber zu reden? Sie erzählt mir, daß sie auf sein Drängen hin heute morgen bei der Werkstatt angerufen hat, um zu fragen, ob die Halogenscheinwerfer schon geliefert worden seien, und daß man ihr gerade per Rückruf Bescheid gegeben habe, die Rechnung belaufe sich auf siebzig Pfund – worauf mein Vater prompt erwacht und sagt: »Ich bin sicher, bei Halfords kann man's billiger kriegen«, um dann sofort weiterzudösen. Wir müssen beide darüber grinsen, wie er bei dem Wort *Werkstatt* augenblicklich zu sich gekommen ist, während *Sarg* und *Krematorium* ihn nicht aus dem Schlaf zu reißen vermochten. Oder tut er bloß so, als ob er nichts mitbekäme? Mütter verdrängen nach der Niederkunft die Erinnerung an die Geburtswehen: Genauso hat mein Vater auch die Diagnose von vor zehn Tagen verdrängt. Er kann das Wort *Tod* nicht hören, weil er überzeugt ist, auf dem Wege der Besserung zu sein.

Ich gehe in sein Arbeitszimmer. Hinten in der Ecke steht der Amiga, den er sich vor einem Jahr angeschafft hat. In den letzten Monaten hatte er begonnen, sich mit der Textverarbeitung vertraut zu machen. In der Ecke gegenüber steht sein papierbedeckter Schreibtisch, und darüber an der Wand hängen eine Karte aus West Riding aus dem Jahr 1616, ein Barometer, dessen Zeiger zwischen Heiter und Wechselhaft steckengeblieben ist, und eine Sammlung von Messingschildern mit flapsigen Kneipensprüchen (DIE BESTEN 10 JAHRE EINER FRAU SIND ZWISCHEN 28 UND 30; WENN DU SO EIN SCHLAUKOPF BIST, WIESO BIST DU DANN NICHT REICH? ALLES, WAS MIR SPASS MACHT, IST VERBOTEN ODER MACHT DICK; EINE EHEFRAU STEHT

IHREM MANN BEI ALLEM ÄRGER ZUR SEITE, DEN
ER OHNE SIE GAR NICHT HÄTTE; und natürlich sein
Wahlspruch: ICH HABE VIELLEICHT NICHT RECHT,
ABER ICH IRRE MICH NIE). Mitten auf der überhäuften
Schreibtischplatte liegt der auf Computerpapier ausge-
druckte Brief, den er mich zu lesen gebeten hat; drei
Stunden lang hatte er am Tag, bevor ich herkam, an sei-
ner Abfassung gesessen.

VERTRAULICH
Liebe Kollegen,
mit diesem Schreiben möchte ich mich zuerst einmal
dafür entschuldigen, daß ich es bisher unterlassen habe,
Sie in angemessener Weise über unsere Krankengeschichte auf dem laufenden zu halten.

Als Kim und ich in den Ruhestand gingen, war ich der
Auffassung, daß wir uns gegenseitig die erforderliche
ärztliche Versorgung zukommen lassen könnten, ohne
Sie, die Sie mit Ihrer Praxis schon voll ausgelastet sind,
unnötig zu beanspruchen. Bei den gelegentlich konsul-
tierten Ärzten, von denen viele unserem persönlichen
Freundeskreis angehören, setzte ich mich sogar dafür
ein, keinerlei Befunde nach Earby weiterzuleiten – da
wir ja alle wissen, wie rasch solche Neuigkeiten sich her-
umzusprechen pflegen –, es sei denn, WIR würden ihnen ausdrücklich grünes Licht geben.
Doch wie es scheint, ist es nun soweit!!!
Vor etwa dreieinhalb Jahren ließ ich mich trotz völliger
Beschwerdefreiheit in der Airedale-Klinik auf meinen
allgemeinen Gesundheitszustand hin untersuchen, nur
um die Tretmühle mal auszuprobieren, und mußte zu
meiner Bestürzung erfahren, daß meine Herztätigkeit
einige Unregelmäßigkeiten aufwies. Allerdings versi-

cherte man mir sogleich, daß dies sich in keiner Weise negativ auswirken werde, weder auf meine Lebenserwartung noch auf meine gewohnte Tagesgestaltung, Gartenarbeit usw. Als zusätzliche Absicherungsmaßnahme wurde mir ein Zweikammer-Schrittmacher eingesetzt.

Letzteres bestärkte mich noch in dem Entschluß, keinerlei Gerüchte wie »Dr. Morrison hat ein schwaches Herz« aufkommen zu lassen, und ich nahm meine üblichen Betätigungen uneingeschränkt wieder auf.

Vor einem Jahr hatte ich einen Anfall von Kammerflimmern, bekam darauf Amiodaron (200 mg pro Tag) verschrieben und erholte mich schnell, ohne jegliche Nachwirkungen.

Doch jetzt ist noch eine ganz andere Geschichte hinzugekommen. Ich leide gegenwärtig unter einem Pfortaderstau und daraus erfolgender Aszites, mittlerweile weitgehend überbrückt; die vollständige Diagnose werden Sie in Kürze auf dem Postweg erhalten.

Zur Zeit benötige ich keinen ärztlichen Besuch, ehrlich gesagt ist mir jeder Besuch zuwider – nichts für ungut.

Arthur B. Morrison

Der Brief ist nicht unterschrieben. Ich lese ihn mehrmals durch und lege ihn dann so zurück, wie ich ihn vorgefunden habe.

Warum hatte er gerade jetzt mit seinem Hausarzt Kontakt aufgenommen? Weil er wußte, daß man den Totenschein nur dann ohne Autopsie ausgestellt bekommt, wenn man innerhalb des vorhergehenden Jahres einen Arzt konsultiert hat? Aber andererseits hätte die Unterschrift des Krankenhausarztes doch sicher ausgereicht; und außerdem hat er sich in dem Brief ja deutlich genug jeden Kollegenbesuch verbeten. Wollte er mit dem Schreiben vielleicht nur sein unprofessionelles Verhalten wiedergutmachen? Ich kann mir vorstellen, wie er seinerseits jeden abgekanzelt hätte, der, so wie er, fünfzehn Jahre lang nicht zum Arzt gegangen war – »Sie haben sich die ganze Zeit vor der Vorsorge gedrückt: Jetzt müssen Sie eben die Konsequenzen tragen.« Doch in erster Linie ist der Brief wohl für uns bestimmt, seine Familie: Er hatte ihn in drei Exemplaren ausgedruckt und fragte mich hin und wieder, ob ich ihn schon gelesen hätte. Während er nie explizit eingestehen wollte, daß er dem Tod schon so nah war, hatte er uns brieflich mitzuteilen versucht, daß er wußte, woran er war, und daß ihm daran lag, uns dies wissen zu lassen.

Unter den drei Briefausdrucken entdecke ich seinen Krankenpaß, der alte braune Umschlag der staatlichen Gesundheitsfürsorge mit den roten linierten Kästchen auf der Vorderseite. Er trägt nur zwei Stempel – einen kreisrunden vom 5. Juli 1948 und einen ovalen vom 24. April 1975. In dem Umschlag steckt eine braune Karte, außerdem noch vier ziemlich neu aussehende, zusammengeheftete Briefe: 1. 11. Oktober 1991, die Bestätigung, daß eine endoskopische Untersuchung in der Klinik ohne Befund verlaufen war, bis auf eine »mäßig ausgeprägte Hernie im Nabelbereich«; 2. ein auf den 27. 9. 1991 datiertes Entlassungsformular nach einer vorhergehenden Untersuchung wegen »Bauchschmerzen«; 3. ein Brief von der Führerscheinausgabestelle in Swansea, in dem der Zugang eines Antrags auf einen neuen Führerschein bestätigt und zugleich gefragt wird, ob sich seit dem letzten Antrag etwas an seinem Gesundheitszustand geändert habe; 4. ein Brief vom 28. November 1978, in dem es um eine Hämorrhoidenoperation geht – »Drei innere und zwei äußere H. verödet, abgebunden und entfernt.«

Die Eintragungen auf der Karte selbst sind nicht sehr zahlreich – nur zweiundzwanzig in vierundvierzig Jahren; sieben davon betreffen eine Lungenentzündung, die er sich im langen kalten Winter 1962 zugezogen hatte, drei weitere sind nur knappe Impfungsvermerke. Zwischen 1964 und 1976, als er in den Fünfzigern und Anfang Sechzig war, gab es überhaupt keine Eintragungen. Hastig am oberen und unteren Rand hingequetscht, in seiner eigenen Handschrift (wie das meiste auf der Karte), finden sich noch ein paar Bemerkungen über das Einsetzen eines Schrittmachers (11. 4. 88) und über heftige Magenschmerzen (10. 10. 91). Er war zeit seines Lebens bei guter Gesundheit, und insgesamt gibt es nur drei Vermerke von größerer Tragweite:

24. 10. 53 Brechdurchfall und Darmkolik. VKG: SC mit 8 Jahren. Chronische Laryngitis. Mn und Pn mit 22.

9. 6. 64 Riß der Achillessehne (L)

?. ?. 83 Glaukom. Bilaterale Iridectomie

Letzteres bezieht sich wohl auf ein Augenleiden, vielleicht einen operativen Eingriff, aber hat er mir je davon erzählt? Und was bedeutet das VKG im ersten Eintrag? Vorhergehende Krankengeschichte? Mn und Pn stehen gewiß für die Entfernung der Mandeln und Polypen im Alter von zweiundzwanzig, eine Operation, die ihm so segensreich erschien, daß er sie meiner Schwester und mir später dann auch verordnete. Aber was soll SC heißen? Und warum ist nichts über die Operation vermerkt, der er sich wegen chronischer Schmerzen in den Handgelenken unterzog? Hier habe ich die Biographie seines Körpers vor Augen, aber so unvollständig, daß es mir nicht gelingt, sie mit ihm in Verbindung zu bringen.

Nur an den Riß der Achillessehne kann ich mich noch gut erinnern. Es war an einem Pfingstwochenende passiert, in der Badeanstalt von Airedale, wo er meiner damals zwölfjährigen Schwester den Startsprung beibringen wollte. Im Jahr zuvor hatte ich mich dabei als ziemlich hoffnungsloser Schüler erwiesen (»Zieh doch nicht dauernd die Knie ein. Wovor hast du denn Angst?«), und nun war meine Schwester an der Reihe, die Dressur über sich ergehen zu lassen. Er nahm sie zum tiefen Ende des Beckens mit und machte ihr vor, wie es ging. Doch als er sich mit schwungvollem Anlauf vom Sprungbrett abstieß (und für einen Mann seiner Größe, einssiebzig, war er ein ziemliches Schwergewicht: sechsundsiebzig Kilo), riß ihm die Sehne, er landete mit schlackernder Ferse im Wasser und mußte vom Bademeister herausgezogen werden. Obwohl er genau wußte, was passiert war, begnügte er sich mit einem provisorischen Verband und fuhr meine Schwester noch die hundert Meilen nach Windmere ins Internat zurück (betätigte er dabei vielleicht die Kupplung etwas weniger als sonst?). Am nächsten Tag erst begab er sich in die Klinik, wo man ihn gleich dabehielt. Der Unfall ging dann als klassisches Beispiel für »dem Angeber folgt die Strafe auf dem Fuß« in die Familienlegende ein. Drei Monate im Gips, lautete das Urteil in diesem Fall. Wahrscheinlich hatte es im Schwimmbad noch andere junge Mädchen außer meiner Schwester gegeben, die er mit seiner sportlichen Leistung beeindrucken wollte – tja, das war eben seine Achillesferse.

Abgesehen von gelegentlichem Murren über den jukkenden Gipsverband nahm er das ganze mit Humor – der Doktor, der nicht etwa aus einem alpinen Schiurlaub, sondern aus dem nahe gelegenen Schwimmbad

mit einem Gipsbein zurückkommt. Scherze im Familienkreis waren ja schön und gut; aber vor den Patienten als
Witzfigur dazustehen, das wollte er sich dann doch nicht
zumuten. Anstatt sich wie erwartet gleich wieder in die
Arbeit zu stürzen und sich irgendwoher einen Chauffeur für die Krankenbesuche zu besorgen, weigerte er
sich strikt, im Rollstuhl zur Praxis zu fahren. Es war eine
seltsame Zwischenphase, sechs Wochen, die sich endlos
hinzogen: Während er verdrossen zu Hause hockte,
mußten die beiden Kollegen in der Praxis (deren einer
meine Mutter war) seine Arbeit mit übernehmen und
sein unentschuldigtes Fehlen so gut es ging vertuschen.
»Mußt du denn unbedingt so oft nach Cawder Ghyll?«
fragte er sie immer wieder, wenn sie erschöpft vom
Dienst auf der Entbindungsstation zurückkam: Von
schlechtem Gewissen wegen der zusätzlichen Arbeits-
belastung geplagt, die er ihr verursachte, bildete er sich
wohl ein, daß wenigstens die Babys mal ein bißchen
Rücksicht nehmen und nicht so zahlreich zur Welt kommen könnten. Zum Schluß begann der dritte Kollege,
sich zu beschweren: Wenn mein Vater schon so an den
Rollstuhl gefesselt war, wieso konnte er dann trotzdem
jeden Abend in seiner Stammkneipe verbringen? Tatsache war, daß meine Mutter sich aus lauter Gutmütigkeit
stets überreden ließ, ihn dorthin zu kutschieren, ihn
vom Rollstuhl in den Wagen, vom Wagen ins Lokal und
wieder zurück zu verfrachten. Aber sogar ihre Engelsge-
duld nutzte sich schließlich ab: Die Leute fingen schon
an, darüber zu tratschen, was sein Rollstuhl ihm zu tun
erlaubte und was nicht. Ein paar Tage später nahm mein
Vater seinen Dienst in der Praxis wieder auf, an Krük-
ken.

Als wir dann im August in die Ferien fuhren, hatte er

seinen gewohnten Elan zurückgewonnen. Freunde hatten uns einen Wohnwagen an der schottischen Westküste geliehen, und es wäre ihm unerträglich gewesen, untätig zuzusehen, während wir anderen Flundern fischen und Krabben fangen gingen. Da das Gipsbein sich nicht in Fischerstiefel zwängen ließ, behalf er sich statt dessen mit einem leeren Plastiksack für Düngemittel, den er auf Schenkelhöhe zuband, so daß er bis über die Knie ins Wasser waten konnte. Es ging ein paar Tage gut, bis das Wasser natürlich doch in die Plastikhülle sickerte und den Gips aufzuweichen begann. Er mußte sich im Ortskrankenhaus einen neuen anlegen lassen, und als er wiederkam, zeigte er sich keineswegs beschämt ob seines unverantwortlichen Verhaltens, sondern schwenkte den alten, über und über von den Unterschriften des Klinikpersonals bekritzelten, wie eine wohlverdiente Trophäe.

Ich lege seine Krankengeschichte auf den Schreibtisch zurück und fange an, die oberste Schublade zu durchforsten. Ein Tagebuch aus dem Jahr 1940, als er im Charing Cross Hospital angestellt war. Ein Zeitungsausschnitt von 1942 (»LONDONER ARZT ALS NOTHELFER... Ein Stabsarzt der Royal Airforce befand sich unter der Besatzung einer Maschine der Küstenwache, die einem an Tetanus erkrankten portugiesischen Jungen auf den Azoren das Leben rettete. Leutnant A. B. Morrison registrierte den SOS-Ruf und verabreichte dem Elfjährigen das rettende Serum...«). Ein Programmheft des Duke of York Theatre vom Oktober 1946 (aus der Zeit seiner Flitterwochen). Ein Menü vom festlichen Abendessen zur Jahresversammlung der britischen Ärztegenossenschaft im Swan Hotel, Clitheroe, 1948 (Shrimp Cocktail, Zwiebelrostbraten, Käseplatte mit Sellerie und zum Abschluß der unvermeidliche Toast auf seine Majestät, den König von England). Eine Eintrittskarte für die Einweihungsparty des Golfclubs von Colne, 1949. Die offizielle Teilnehmerliste für das Pendle Forest Querfeldeinrennen, April 1955 (die Sieger mit Bleistiftkreuzen markiert). Eine knappe Tagebuchaufzeichnung von unserem ersten gemeinsamen Auslandsurlaub in Mallorca, 1961 (was eingekauft, was getrunken, was besichtigt wurde, Gerangel um die Liegestühle auf der Sonnenterrasse: »Fetter Arsch versuchte, uns den reservierten Platz streitig zu machen.«). Vier abgerissene Kinokarten (wahrscheinlich für *South Pacific*, den einzigen Film, den wir jemals alle zusammen sahen, auf Wunsch meiner Mutter). Ein Ticket für das Schrottautorennen im Bellevue Stadion von Manchester, am 8. Oktober 1963 (es war eines seiner gelungensten Überraschungsgeschenke zu meinem Geburtstag). Eine Quittung des Regent Palace Hotel, 29. Juli bis 1. August 1966 (das Weltmeisterschaftsendspiel: Wir standen ganz in der Nähe des russischen Schiedsrichters, als er das strittige Entscheidungstor für gültig erklärte, nahmen an der ausgelassenen Siegesfeier teil und hörten die ganze Nacht lang die Autohupen am Piccadilly Circus tuten). Noch eine Hotelquittung, für eine Woche im Cairngorm Hotel, Aviemore, 1969, Kostenpunkt: siebenundvierzig Pfund, zwölf Shilling und drei Pence (unser erster Schiurlaub, den ich ihm ziemlich verdarb, weil ich mit einem infizierten Insektenstich das Bett hüten mußte).

Ich schließe die Schublade. Jeder Restaurantbesuch, jeder Ausflug ins Theater oder ins Sportstadion, jeder einzelne Hotelaufenthalt, bis hin zu denen in dem Jahr, als ich mich um einen Universitätsplatz bewarb (und er natürlich darauf bestand, mich zu den Vorstellungsgesprächen zu begleiten, am liebsten noch daran teilgenommen hätte), alles sorgsam aufgehoben und zur Erinnerung bewahrt. Ich ziehe die nächste Schublade auf, dann noch eine: Feuerzeuge; brüchige Uhrarmbänder; eine alte Lupe; vergilbte Glückwunschkarten zum Valentinstag (ob von ihm an meine Mutter, ob von ihr oder jemand anderem an ihn, ist nicht zu erkennen, da er es vorzog, wenn man die Karten nicht unterschrieb, um sie bei Gelegenheit wiederverwenden zu können), ein grüner Brieföffner aus Plastik mit dem Markennamen »Dettol« auf dem Griff, ein typisches Werbegeschenk. Ich schiebe die Laden wieder zu, schließe die Augen und versuche, mir ihren Inhalt noch mal aufzuzählen, wie in dem Gedächtnistest, bei dem man sich in Windeseile die Gegenstände auf einem Tablett einprägen soll, ehe es weggezogen wird. Seltsamerweise kann ich mich nur noch an die Sachen erinnern, die aus der Zeit vor meiner Geburt stammen. Verzweifelt klammere ich mich an sie, als ob plötzlich alles, woran ich nie teilhatte, für immer verloren sei – der ewige Mythos, die besten Jahre um Haaresbreite versäumt zu haben: die Zeit, als meine Eltern sich kennenlernten; den Krieg und die eigenartige Benommenheit der Nachkriegszeit; ihre Hochzeit; die Einrichtung ihrer ersten und einzigen gemeinsamen Praxis. Mit geschlossenen Augen versuche ich, die Nebel der Vergangenheit, den Mythos zu durchdringen. Doch vor meinem inneren Auge will sich kein anderes Bild einstellen als das eines Mannes an seinem Schreibtisch vor einer herabgelassenen Jalousie, eines Mannes um die vierzig, der einen Bleistift in der Hand hält und versucht, etwas zu entwerfen – aber was? Ein Motiv für eine Glückwunschkarte? Eine Speisefolge? Eine Krankentabelle? Doch er bringt nichts Brauchbares zu Papier, und schließlich knüllt er das Blatt zusammen: »So wird das nichts. Versuch's noch mal.«

*

Um drei Uhr hole ich seinen Wagen aus der Garage. Ich habe die Lederhandschuhe übergestreift, die er auf dem Beifahrersitz liegenlassen hat. Ich fahre in Richtung Elslack Moor, das ich vor mir allmählich aus den Nebelschwaden auftauchen sehe. Im Dorf Elslack, wo die Straße sich gabelt, biege ich rechts ab und schraube mich den steilen Serpentinenweg hinauf zum Hügelkamm, an dem Bauernhof vorbei, wo der Schäferhund früher immer bellend herangeschossen kam und hinter dem Wagen herjagte, durch die Fichtenschonung, wo mein Vater und ich einst ein magisches Objekt aus Metall und Segeltuch mit einem morschen Gummiband und einem Pappkärtchen gefunden hatten: einen Wetterballon (der Finder wurde gebeten, das Kärtchen auszufüllen und zurückzusenden), für mich damals Siebenjährigen aber ein reines Wunder.

Ich halte den Wagen an und steige zu dem felsigen Gipfel empor. Das Tal unter mir liegt unter einer Nebeldecke, aus der nur das Rupfgeräusch der unsichtbar grasenden Schafe heraufdringt. Mein Vater behauptete, die Namen der umliegenden Ortschaften stammten aus der Zeit des englischen Bürgerkriegs, als Cromwell auf dem Weg zu einer der großen Entscheidungsschlachten, Preston oder Marston Moor, die Pennines überquerte und hie und da einen historischen Ausspruch tat, der sich seither – verkürzt, verballhornt, aber durchaus noch erkennbar – in den jeweiligen Ortsnamen erhalten habe. Ich mochte das nie so recht glauben – als ob der Lord Protector immer einen Sekretär mit eifrig gezücktem Gänse-

kiel dabeigehabt hätte, um das ganze Königreich umzu-
benennen! Doch gleichviel: *Er* hat es mir erzählt, und das
ist die einzige Geschichte, auf die es mir ankommt.

Ich kehre zum Wagen zurück. Ein Range Rover rattert
ohne das Tempo zu drosseln über das Viehgitter auf der
Straße. In früheren Zeiten war eine Fahrt über die Paß-
straße mit häufigem Stoppen und Aussteigen verbunden, um die vielen Gatter der Schafweiden zu öffnen
und hinter dem Auto wieder zu schließen, was meine
Schwester und ich immer abwechselnd übernahmen.
Damals gab es hier keinen Verkehr; man *war* der Verkehr. Doch nun ist die Straße ziemlich stark befahren,
eine beliebte Aussichtsstrecke auf dem Weg von Colne
nach Keighley. Ich fahre noch ein bißchen weiter und
parke an dem Rastplatz, der einen weiten Rundblick
über Earby bietet. Wie anders die Gegend wohl aussah,
als meine Eltern sich hier 1946 niederließen? Damals
muß es noch ein halbes Dutzend Sägewerke mit den typischen hohen Schornsteinen gegeben haben, nicht bloß
das eine. Und die Wohngebiete beschränkten sich noch
auf das dunkel gesprenkelte, zentrale Areal aus Reihenhäusern, ohne sich in Neubausiedlungen bis nach
Sough und Barnoldswick hin aufzufächern. Man sah
noch die hölzernen Schwellen und den blitzenden Schie-
nenstrang der Eisenbahnlinie, wo jetzt nur die hellgraue
Schottertrasse und die trostlos in die Landschaft ragen-
den Pfeiler einer abgerissenen Brücke übrig sind. Zu jener Zeit gab es noch Kurzwarenläden und Eisenwaren-
handlungen statt Fast-Food-Ketten und Video-Shops.
Es gab mehr Rauch, mehr Felder, weniger Lärm, weniger Autos.

Das Straßennetz rings um den erstaunlich grünen
Fleck des Kricketstadions sieht anders aus, als ich es in

Erinnerung habe. Ich kann unser früheres Haus sehen, just an der Ecke, wo die Durchgangsstraße A 56 die Eisenbahnlinie Colne–Skipton kreuzt. Es war nicht gerade der günstigste Standort für eine Arztpraxis, ganz besonders ungeeignet für Migränepatienten, aber bis sie Mitte der fünfziger Jahre schließlich neue Praxisräume in der Water Street fanden, hatten meine Eltern keine andere Wahl. Ich kann mich noch an das Rollpult im Behandlungszimmer erinnern, den Geruch von Desinfektionsmitteln, die lederbezogene Bank im Wartezimmer, die stillen, bleichen, ergeben vor sich hin starrenden Besucher. Stündlich brachten die Züge das Haus zum Beben. Die Personenwaage meiner Mutter schepperte. Mein Vater faßte seine Spritze fester. Einmal entdeckten sie mich kleinen Knirps mitten auf dem Bahndamm.

Wie mochte er sich diese ersten Jahre in Earby gefühlt haben? Besonders angetan kann er von dem abgelegenen Provinzkaff nicht gewesen sein. Während der Kriegszeit hatte er immer gesagt, er würde hinterher nie mehr weiter als fünfzig Meilen außerhalb seiner Heimatstadt Manchester leben wollen. Sobald er aus der Airforce entlassen wurde, sah er sich nach einer Arbeitsstelle in Cheshire um, in der Nähe des Wohnorts seiner Eltern. Doch das Geld, das sein Vater ihm für eine Existenzgründung geliehen hatte, reichte nur aus, diese Hinterwäldlerpraxis zu erwerben. Immerhin lag der Ort ja wenigstens in einer schönen Umgebung. Er setzte seinen ganzen Ehrgeiz daran, ein erfolgreicher Arzt zu werden, und es gelang ihm bald, den beiden anderen Praxen am Ort etliche Patienten abspenstig zu machen. Er war noch jung, knapp über dreißig, als 1948 die Reform des Gesundheitswesens durchgeführt wurde, und trotz seiner konservativen Einstellung paßte er sich den neuen

Gegebenheiten mühelos, ja geradezu freudig an. Er war stets für vernünftige Neuerungen aufgeschlossen, und es bedeutete ihm sicher eine große Erleichterung, bei seinen Patienten keine Schulden für die Behandlungskosten mehr eintreiben zu müssen. In den sechziger Jahren liebäugelte er kurzfristig mit dem Gedanken, nach Kanada oder Australien auszuwandern oder in North Yorkshire eine ruhigere Kugel zu schieben, aber schließlich blieb er doch an Ort und Stelle, bis er in den Ruhestand ging – fünfunddreißig Jahre einer ewig gleichen, unerbittlichen Routine: Praxisstunden ab halb neun, Krankenbesuche von zwölf bis zwei, ein schnelles Bierchen im Pub, nach Hause auf ein Sandwich, ein Nickerchen und eine Tasse Tee und wieder Praxisstunden von halb fünf bis halb acht, wobei vorher oder nachher oft noch weitere Krankenbesuche anfielen.

Ich habe mich oft gefragt, was für eine Sorte von Arzt er wohl war: »Einer der jähzornigsten Typen, die ich je getroffen habe«, so hat ein Patient mir mal seinen ersten Eindruck von ihm beschrieben, um gleich hinzuzusetzen: »Ich habe meinen Irrtum allerdings schnell eingesehen.« Aber vielleicht entsprach dieser erste Eindruck doch der Wahrheit. Mein Vater konnte sehr barsch und unfreundlich sein. Für Placebos und milde Trostworte hatte er nichts übrig. »Frische Luft und viel Bewegung« war sein Allheilmittel für jedes Gebrechen, und obgleich er letzten Endes ebenso unbedenklich Tabletten verschrieb wie jeder andere Arzt, kam es mir manchmal so vor, als hätten die Naturheilverfahren aus der guten alten Zeit ihm eigentlich mehr gelegen. »Gibt man den Leuten ein Medikament, sind sie nach einer Woche wieder auf den Beinen, gibt man ihnen keins, dauert es sieben Tage«, pflegte er immer zu sagen. Bisweilen konnte er auch haarsträubend unwissenschaftlich sein: Onanie sei schädlich, hatte er mich als Halbwüchsigen gewarnt, »weil das Organ dadurch für das Erwachsenendasein geschwächt wird«. Da er solchen Wert auf gesunde Lebensweise legte, warf er sich immer vor, daß er den Herzinfarkt seines Vaters nicht zu verhindern gewußt hatte (hätte er ihn doch nur dazu bewogen, rechtzeitig abzuspecken) und brachte die Willenskraft auf, sein eigenes Gewicht von 76 auf 68 Kilo zu reduzieren. Für seine Patienten stellte er einen drakonischen Diätplan auf: »VERBOTEN SIND Brot, Kuchen, Gebäck, Butter, Margarine, Sahne, fettes Fleisch, Zucker, Marmelade, Schokolade und Kartoffeln. ERLAUBT SIND, in kleinen Mengen, Gemüse, Salat, frisches Obst, Fisch, Huhn und mageres Fleisch. Stehen Sie IMMER noch ein bißchen hungrig von jeder Mahlzeit auf, und VERGESSEN SIE NIE, daß alles dick macht, wenn man zuviel davon ißt, sogar Gras – sehen Sie sich die Kühe an. DENKEN SIE DRAN: Kein Fettwanst hat das KZ überlebt.« In Earby und Barnoldswick gab es eine ganze Menge polnischer Flüchtlinge. Unsere eigene Haushälterin war eine österreichische Jüdin. Er konnte von Glück sagen, daß niemand seinen Diätplan an die ortsansässige Presse weitergeleitet hat.

Seinem Wesen nach konnte mein Vater gar nichts anderes sein als der zupackende, oft beleidigend direkte, allen feineren Zwischentönen abholde Landarzt, der er war, obwohl meine Mutter, zu der viele Patienten, besonders Frauen, lieber gingen, seine brüske Art immer rechtfertigte: sie sei der Mentalität der Leute hier genau angemessen, die Patienten schätzten es, daß er sie nicht von oben herab behandelte, ihnen nichts vormachte, nicht um die Tatsachen drumrum redete. Und seine harte Schale reichte nicht sehr tief, diente vor allem dazu, eine gewisse Verletzlichkeit und Unsicherheit zu verbergen. Eines Abends wurde er zu einem randalierenden Betrunkenen gerufen, und da er ihn nicht mit konventionellen Mitteln sedieren konnte (keine Chance, ihm eine Spritze zu verpassen), beschloß er, ihn k. o. zu schlagen: »Ich dachte, ich versuch's mal mit einem Kinnhaken.« Der Mann war leicht verdattert von dem Schlag, beruhigte sich sogleich und ging lammfromm zu Bett. Mein Vater mußte mit einem gebrochenen Finger ins Krankenhaus.

Ich spähe auf die matt blinkenden Lichter von Earby hinab und versuche, mich an das letzte Mal zu erinnern, daß ich ihn in Aktion sah. Erst heute vormittag noch habe ich auf seinem Schreibtisch die Liste seiner »chronischen Fälle« gesehen, fünfzig, sechzig oder mehr. Seit er im Ruhestand war, hatte er es sich zur Gewohnheit gemacht, sie jedes Jahr um Weihnachten herum zu besuchen, und das Datum eines jeden Besuchs war penibel in der Liste vermerkt. Die Namen der Gestorbenen, mit gelbem Filzstift durchgestrichen, waren mittlerweile in der Überzahl. Dies wird nun das erste Mal sein, daß er seine Weihnachtsbesuche nicht abgehalten hat. Vielleicht war sein letzter Einsatz als Arzt also der vor fünf Monaten, auf einem gemeinsamen Ausflug nach Suffolk. Ein Mädchen war vor dem Gartentor unserer Pension mit dem Fahrrad gestürzt – eine pummelige Zwölfjährige mit schweinchenrosa Pausbacken, die blutend und heulend auf der Straße lag. Ich traute mich nicht, sie aufzuheben, aber er schleifte sie einfach auf die Grasböschung und strich ihr die Haare zurück, um nachzusehen, wo das Blut herkam. Ich rannte ins Haus nach Verbandszeug, rannte zurück und wieder hinein, um ihre

Eltern zu benachrichtigen. Bis ich wieder an seiner Seite war, hatte er ihr schon das Blut abgewischt und war dabei, ihr das Gesicht und die Beine mit Jod zu betupfen. Das Jod hinterließ häßliche gelbe Flecken, die schlimmer aussahen als die Schürfwunden. Ihre Eltern fuhren sie dann gleich ins Krankenhaus »zum Röntgen, für den Fall, daß doch was gebrochen ist«. Am nächsten Tag traf ein Dankschreiben ein. Mein Vater war hochzufrieden, sich mal wieder nützlich gemacht zu haben, als Helfer und Heiler dazustehen. Doch ich fragte mich im stillen, was der Ambulanzarzt wohl gesagt haben mochte, als er die gelbe Bescherung sah: »Du lieber Gott, Jod, das benutzen wir doch schon längst nicht mehr bei Gesichtswunden. Wer hat denn das arme Kind so entstellt?«

In meiner Angst und Ernüchterung bin ich jetzt natürlich versucht, all seine Widersprüche in einem Schwall von Lobhudelei zu verwischen. Und doch kann ich mich diesen Widersprüchen nicht verschließen: Der Volksfreund, der Beschützer und Fürsprecher des »einfachen Mannes« besaß ein großes Haus und einen Mercedes, beschäftigte eine Hausangestellte und war sich seiner gesellschaftlichen Stellung durchaus bewußt; der sentimentale Familienvater verhielt sich oft autoritär, ja tyrannisch; der offenherzige Plauderer hatte einen unantastbaren Fundus an Geheimnissen und verdrängten Komplexen.

Ich fahre den Hügel hinab, vorbei an seiner alten Praxis in der Water Street, wo der Fluß tosend unter der steinernen Fußgängerbrücke durchrauscht, die das Areal von Reihenhäusern mit der Straße verbindet. Als ich gegen fünf nach Hause zurückkomme – der Mond geht gerade auf, eine blasse, melancholische Scheibe, deren An-

blick meinen Schmerz wie Zahnweh aufflackern läßt –,
sitzt meine Mutter noch genau so da, wie ich sie verlassen hatte, alles unverändert, und doch nichts mehr so
wie früher.

Autowaschen

*I*ch liege im Bett, um meinem Vater zu entgehen. Ich weiß, daß er verschiedene Aufgaben für mich parat hat, wie jeden Sonntag, denn sonntags legt er besonderen Wert darauf, daß wir uns gemeinsam betätigen und uns »nützlich machen«. Ich hasse es, mich nützlich zu machen. Früher, als ich noch im Chor sang, konnte ich wenigstens zur Kirche ausbüxen und die Chance wahrnehmen, die drei anderen Jungen aus dem Dorf zu treffen. Doch nun, da ich nicht mehr an Gott glaube, da ich der heiligen Familie den Rücken gekehrt habe, bleibt mir als einzige Fluchtmöglichkeit nur noch der Fußballplatz, auf den ich mich jeden Sonntagnachmittag verdrücke. Der Regen prasselt an mein Fenster. Was ist, wenn das Spiel gegen Bradley heute wegen schlechten Wetters abgesagt wird? Ich schließe die Augen und stelle mir vor, wie die Nässe sich auf dem Sportplatz von Barnoldswick langsam zu Pfützen sammelt, den Rasen in eine Schlammwüste verwandelt. Bitte, lieber Gott, mach, daß der Regen aufhört.

Außerdem quält mich noch die Sorge, daß mein Vater vielleicht mitkommen und zuschauen könnte, was mich immer verlegen macht, weil er Arzt ist, nicht so wie die Väter der anderen Jungen, und weil er einen großkotzigen schwarzen Mercedes fährt, den ich lieber vor den anderen verheimlichen möchte. Zum Glück interessiert er sich nicht besonders für Fußball. *Er* hat als Junge nur Rugby, Squash und Tennis gespielt. »Ich hatte ein gutes Ballgefühl. Das hast du von mir geerbt. Du solltest es auch mal mit Rugby oder Tennis probieren.« Einmal probierte ich es tatsächlich mit Tennis, doch er hetzte mich so gnadenlos über den Platz, daß mir das eine Mal vollkommen gereicht hat. Nun, mit fünfzig, versucht er es mit anderen Sportarten. Beim Segeln in Abersoch kriegte er die Wendemanöver nicht richtig hin, so daß wir schließlich ohne Wind in den Segeln dasaßen und mit einem Motorboot in den Hafen abgeschleppt werden mußten (während unser Wagen am Ufer fast von der Flut weggeschwemmt wurde). Beim Reiten am Strand von Anglesey verlor er in vollem Galopp einen Steigbügel und krallte sich für eine Meile in panischer Angst an den Pferdehals; Freunde beobachteten das Debakel johlend von der Hotelterrasse aus; er kehrte blaß, aber grinsend zurück: »Zorro ist nichts dagegen.« Mir rät er immer, es bei den Ballspielen bewenden zu lassen. Ich würde ihm am liebsten das gleiche raten.

Der Regen scheint nachzulassen. Es ist elf Uhr vormittags. Ich habe mir vorgenommen, mit meinem Roman von Kerouac, Salinger oder Mailer so lange im Bett zu bleiben, bis es Zeit für mein rituelles Sonntagsmahl wird, das Kraftfutter für den hoffungsvollen Fußballchampion: Steak und Fritten. Doch schon kommt mein Vater hereingeplatzt, wie üblich ohne anzuklopfen, wohl in der Hoffnung, mich bei verbotenem Treiben zu ertappen.

»Auf, auf, mach's Buch zu und zieh dich an, ich brauche wen, der mir beim Autowaschen hilft.«

»Ich muß aber nachher zum Fußball.«

»Na und? Bis dahin ist noch jede Menge Zeit.«

»Aber es ist doch so kalt draußen.«

»Quatsch. Das ist doch in einer halben Stunde erledigt. Du mußt lernen, wie man Autos wäscht, schließlich machst du nächstes Jahr den Führerschein. Na los, steht schon auf.«

Widerwillig ziehe ich mich an. Ich wünschte, es wäre Frühling, dann müßte ich meinem Vater nicht beim Autowaschen, sondern beim Rasenmähen helfen. Das ist bei unserem welligen Garten zwar auch kein reines Vergnügen, aber wenn ich das Gras am Straßenrand schneide, kann ich dabei wenigstens nach den Mädchen in den vorbeifahrenden Autos linsen (und sie nach mir). Und ich genieße immer den Moment, wenn ich den Motor abstelle und mir durch die Haare streiche – die Erschütterungen des Rasenmähers machen meine Finger ganz sensibel, so daß die Haare sich dann seidig-sinnlich anfühlen wie in einer Shampoo-Reklame.

Draußen bei der Garage ist es eiskalt. Auf dem gepflasterten Hof vor der alten Scheune steht der Wagen meines Vaters schon bereit, sein schwarzer Mercedes, sein rotweißer Metropolitan, sein schnittiger Triumph Vitesse, sein dunkelbrauner Alvis, oder welches Modell zur Zeit gerade seinen Ansprüchen genügt: Hauptsache sportlich, PS-stark und mit aufklappbarem Verdeck. In seinen Augen ist das Autowaschen eine Sache, die man grundsätzlich selbst erledigt, eine Art geheiligtes Ritual; für die neuerdings aufkommenden automatischen Waschstraßen mit ihren dicken, flauschigen Rollbürsten und doppelreihigen Brausevorrichtungen hat er nur Verachtung übrig. Das Autowaschen gehört ebenso zu seinen unverbrüchlichen Sonntagsgewohnheiten wie das üppige Frühstück und der Blazer samt Krawatte, den er dann zu seinem abendlichen Pubbesuch trägt. Es ist mehr als nur ein kleinbürgerlich-konformistischer Ordnungsfimmel. Für ihn gehört das Autowaschen einfach mit zu dem Lernprozeß, in dem man nach und nach mit der Mechanik des Autos vertraut wird: Seit meinem achten Lebensjahr, als er mein altes Tretauto mit einem Moped-Motor ausstattete und mir die Grundbegriffe des Fahrens beibrachte, dauern diese Lektionen schon an. In letzter Zeit erteilt er mir schon regelmäßig Fahrstunden auf dem stillgelegten Flugplatz von Pwllheli, auf dem Strand von Black Rock Sands, oder wo immer man sich sonst noch ohne Führerschein ans Steuer wagen kann. Mit dem Autowaschen hat es aber auch noch eine andere Bewandtnis: Er will, daß sein Wagen immer möglichst sauber und anständig aussieht, weil er hofft, dadurch weniger *auffällig*, weniger *anrüchig* zu wirken, wenn er – wie üblich – schneller fährt als erlaubt. Es gehört einfach zu seinem sportlichen Ehrgeiz, sich nicht von der Polizei erwischen zu lassen; er hat extra einen zweiten Seitenspiegel links von der Windschutzscheibe angebracht, damit der Beifahrer ebenfalls aufpassen kann, ob hinten ein Streifenwagen in Sicht kommt. Wenn meine Mutter nicht mitfährt, beziehen meine Schwester oder ich neben ihm Posten. Er fuhr, und ich paßte auf, als er eines unvergeßlichen Sonntagmorgens die 181 Meilen nach North Wales (keine Autobahn, fast nur kleine Landstraßen) in 180 Minuten zurücklegte. Er liebt solche Fahrten bei Tagesanbruch, weil die Straßen dann noch frei sind und er selbst in Wohngebieten nicht vom Gas runter muß. In Rawtenstall mußte er sich mit quietschenden Reifen durch ein Netz von Seitenstraßen schlängeln, um einen Streifenwagen abzuschütteln, und einmal wurde er sogar angehalten, konnte sich aber auf einen ärztlichen Notfall herausreden und kam mit einer Verwarnung davon. Er hat noch nie ein Bußgeld aufgebrummt gekriegt, geschweige denn den Führerschein entzogen bekommen. Seiner Meinung nach liegt das einzig und allein an der makellosen Unauffälligkeit seiner Autos.

Ich stehe da und schaue zu, während er sich vergewissert, daß die Türen und Fenster auch richtig geschlossen sind: »Fest zu müssen sie sein, das Wasser läuft noch durch die kleinste Ritze.« Er drückt mir den Schlauch in die Hand, und ich fange lustlos an, den dünn pritschelnden Strahl über die Kühlerhaube zu schlenkern.

»Nein, nein, paß doch auf – du stehst ja mit dem Fuß auf dem Schlauch. So ist es schon besser. Und jetzt halt den Daumen hier vorne drauf.«

Ich tue, wie mir geheißen, doch nun spritzt der Strahl nach allen Richtungen, mal über das Autodach, mal in meine Gummistiefel. Mein Daumen wird langsam zu Eis, doch nach und nach gelingt es mir, die Fontäne besser unter Kontrolle zu bringen, die jetzt zwar über die Kühlerhaube und den Kofferraum sprüht, aber die Wagenseiten noch nicht erreicht. Ich knicke den Daumen noch etwas mehr ein und schaffe es endlich, den breitgefächerten, kräftigen Strahl zu produzieren, den mein Vater von mir erwartet.

»Na also. Es gibt nur *eine* richtige Methode, das Auto zu waschen.«

»Ich weiß, Dad.«

»Man braust es zuerst mit dem Schlauch ab, fängt oben an...«

»...und dann über die Seiten bis nach unten. Ich weiß.«

»Und zum Schluß die Radkappen nicht vergessen.«
Die zwei Lederlappen schwimmen in einem roten Ei-

mer mit Seifenlauge. Ich tauche meine rauhen Hände hinein und lasse sie so lange im heißen Wasser, wie es nur geht, wringe den Lappen immer wieder aus. Mein Vater ist bester Laune – zufrieden, mich aus meinem warmen Bett gescheucht zu haben, geht er jetzt ganz in der praktischen Tätigkeit auf, die ihm noch mehr Spaß macht, wenn er dabei jemanden zum Rumkommandieren hat. Gemeinsam wischen wir den Lack mit den warmen Lappen trocken, gehen abwechselnd noch mal mit dem Schlauch über die Schlammspritzer, die wir übersehen haben. Meine Ohren schmerzen im Dezemberwind, mein Dufflecoat ist durchweicht, meine Zehen in den feuchten Gummistiefeln sind vollkommen taub. Mein Vater scheint in seinem dünnen Overall die Kälte nicht zu spüren.

Draußen auf der Straße hört man Bremsen kreischen, und mein Vater sagt: »Sonntagsfahrer. Die kriegen die Kurve nie.« Die »Kurve« ist eine T-Kreuzung gleich hinter unserer Auffahrt. Bis die Beschilderung verbessert wurde, gab es dort fast jeden Sonntag einen Unfall. Ich weiß noch, wie uns vor zwei Jahren mal ein lautes Knallen und Glassplittern beim Mittagessen aufschreckte. Mein Vater ließ Messer und Gabel am Tellerrand in einem Klacks Meerrettich liegen und rannte mit seinem Arztkoffer die Auffahrt hinab. Ich ließ den Pudding Pudding sein und lugte durch die Büsche an der Grundstücksmauer. Der reglose Motorradfahrer unter dem Lastwagen war schneeweiß im Gesicht und halb von dem Rad verdeckt. Mein Vater hockte über ihn gebeugt im Regen. Der Notarztwagen fuhr vor, und nun kauerten noch ein paar mehr Leute vor dem Lastwagenkühler. Als die Feuerwehr eintraf, ging ich zurück ins Haus. Ich konnte mir nicht vorstellen, wie sie den Motorradfahrer

unter dem Rad weggezogen kriegen würden. In letzter
Zeit gibt es dort keine Unfälle mehr, aber während wir
weiter putzen und wischen, läßt mein Vater ein paar der
gräßlichsten Unfälle Revue passieren, zu denen er als
Arzt gerufen wurde: Das junge Pärchen, das auf einem
unbeschrankten Bahnübergang der Nelson-Skipton-Li-
nie von einem Zug erfaßt wurde (»Völlig zerfetzt – nicht
mehr zu identifizieren«); der junge Kerl in dem Liefer-
wagen, der zu heftig auf die Bremse trat und von der Leiter geköpft wurde, die hinter ihm lag; das kleine Mädchen, das vom Schulbus überfahren wurde (»mitten auf
dem Zebrastreifen – kriminell, so was«); die Frau, deren
Leiche im Moor gefunden wurde – MORD! zeterten die
Schlagzeilen, bis ihr Freund sich nach ein paar Wochen
der Polizei stellte (»erwürgt hat er sie – wenn du älter
bist, erzähle ich dir mal die Einzelheiten«). Die Geschichten sind gruselig, doch der Klang seiner Stimme ist tröstlich, beruhigend. Vielleicht redet er von all diesen Unfäl-
len, um mich zur Vorsicht zu mahnen – oder in der Hoffnung, ein Interesse für den Arztberuf in mir zu wecken.

»Welche Fächer willst du denn jetzt in der letzten
Klasse belegen?«

»Ach, weißt du – in Englisch und Sprachen bin ich halt
am besten. So was in der Richtung.«

»Und was kann man dann später damit werden?«

»Lehrer, nehme ich an. Oder Journalist.«

»Journalist? Da wirst du ja wohl in London arbeiten
müssen. Obwohl die *Yorkshire Post* auch keine schlechte
Zeitung ist.«

»Man könnte auch Jurist werden.«

»Das ist wenigstens ein solider Berufsstand.«

»Ja, Dad.«

»Aber wenn du in der letzten Klasse auch naturwissenschaftliche Fächer belegen würdest«, sagt er und wienert dabei eifrig an der spiegelblanken Radkappe herum, »dann hättest du mehr Auswahl, wenn du dich später für einen Beruf entscheidest. Selbst wenn du kein As in Naturwissenschaften bist und eine Weile ziemlich büffeln mußt, könntest du danach immerhin Medizin studieren.«

»Ich weiß, Dad.«

»Und das Medizinstudium ist ja sehr vielseitig, beileibe nicht nur graue Theorie – es würde dir bestimmt gefallen.«

»Ich weiß, das hast du mir schon öfters erklärt.«

»Du mußt natürlich tun, was du für richtig hältst, aber Mummy und ich haben doch diese Praxis aufgebaut, und ich glaube kaum, daß Gillian Ärztin werden will... wenn du sie übernehmen würdest, der Sohn, der in die Fußtapfen seines Vaters tritt... und bis dahin hast du dann schon einen ordentlichen Hausstand gegründet und könntest mit deiner Familie in unserer Nähe wohnen, das wäre doch das Beste, was passieren kann, wenn wir alle zusammenbleiben.«

»Mhm.«

»Denk mal drüber nach.«

Ich nehme mir die letzte Radkappe vor und kratze mit dem Lappen die eingetrockneten Matschkörnchen ab, die von den Pfützen und schlammigen Wegen dort hängengeblieben sind. Ich schrubbe mit aller Kraft, bis die Chromscheibe in ihrem schwarzen Gummirad wie der Vollmond leuchtet.

»Schau mal, wie an der Riviera«, sagt mein Vater, als die Sonne durch die Wolken bricht und den polierten Lack zum Blitzen bringt. Ich hebe noch mal den Schlauch auf, der schon eine ganze Weile unbenutzt in den Gulli tröpfelt, und richte den zischenden Wasserstrahl auf die Räder. Dann kippe ich die schwarze Lauge aus und fülle den Eimer am Hahn bei der Stallwand mit kaltem Wasser, um den Lederlappen auszuspülen. Er ist khakifarben, steif und plattgedrückt wie eine kleine Scholle: Als ich ihn in die Hand nehme, muß ich an ein Gedicht denken, das wir diese Woche in der Schule durchgenommen haben, Audens »Miss Gee«. Ich tunke ihn in den Eimer, wo er sofort seine Konsistenz ändert, weich und glitschig wird. Mein Vater nimmt ihn mir ab und dreht ihm den Hals um.

»Quietschsauber«, sagt er, während er ein letztes Mal über die Windschutzscheibe wischt. »Ich muß noch schnell den Wackelkontakt an den Bremslichtern reparieren, aber du kannst ruhig schon reingehen und dich aufwärmen, wenn du möchtest.«

»Gut.«

»Und denk daran, was ich dir gesagt habe. Man lebt ja nicht schlecht als Arzt. Eine fertige Praxis, die nur auf dich wartet – der Sohn, der in die Fußtapfen seines Vater tritt, das imponiert den Leuten. Überleg's dir noch mal.«

Johnson's Babypuder

Irgendwann kommt immer ein Tiefpunkt, wenn man lange an einem Krankenbett gesessen hat – meist so gegen sechs Uhr abends, wenn es dunkel geworden ist und man sich das erste Glas einschenkt, um sich ein wenig zu betäuben. Mein Vater schläft, seit Dr. May heute vormittag weggegangen ist. Er liegt auf dem Rücken, ein flaches Kissen unter dem Kopf, und sein Mund steht weit offen, so daß man (was mir bisher noch nie aufgefallen ist) die Unregelmäßigkeiten seiner unteren Zahnreihe sieht. Während meine Mutter und ich Seite an Seite auf der Frisiertischbank an unseren Glenfiddichs nippen, fühle ich auf einmal ganz deutlich, daß er nicht wieder aufwachen wird. Der Hund kommt ins Zimmer gewuselt und schnüffelt um unsere Füße herum. Durch mein Glas schimmert sein Fell whiskyfarben. »Armer kleiner Nikki, du verstehst das alles nicht«, sagt meine Mutter. »Du weißt nicht, was heute für ein Tag ist. Du weißt nicht, was hier oben passiert.«

Die letzten paar Tage hat mein Vater jedesmal, wenn er an der Bettkante saß und Nikki angelaufen kam, die Hände von sich gestreckt (als ob er sie am Feuer wärmen wollte), damit der Hund ihm nicht auf den Schoß sprang, und Nikki, der solche Ablehnung nicht gewöhnt ist, schlich dann mit hängenden Ohren davon. Aber sein hündisches Nichtbegreifen der Lage unterscheidet sich gar nicht so sehr von unserer allem Wissen zum Trotz bestehenden Verständnislosigkeit. Eine Träne fällt auf meinen Schuh, eine zweite auf den Teppich zwischen meinen Füßen. Ich halte den Kopf gesenkt, will nicht, daß meine Mutter es sieht, doch sie reicht mir eine Schachtel Papiertaschentücher herüber und sagt milde: »Weinen sollte man besser, wenn man allein ist.«

Ist es das, was meinen Vater aufgeweckt hat? Plötzlich ist er wieder bei sich, hellwach, möchte pinkeln gehen und schafft es ohne Hilfe bis ins Badezimmer. »Gehen« ist vielleicht nicht das richtige Wort; es sieht mehr wie schwimmen aus, als bewegte er sich zögernd durch ein neues Element, verrichtete eine bisher noch nie versuchte Tätigkeit. Neulich gab es mal einen Werbespot für Atomenergie im Fernsehen, wo eine Gruppe Strommasten zum Leben erwacht und steifbeinig über Land zu schlurfen beginnt; so sieht sein Gang jetzt aus. Doch immerhin ist sein Penis nun von ansehnlicher Größe, keine geschrumpfte Miniaturrose mehr, und er bringt es auch fertig, normal zu pinkeln, ein wahrer Triumph. Wieder im Bett, beugt er sich zu dem Glas mit Eiswasser vor, das ich ihm hinhalte, umfaßt es mit zitternden Händen und schließt die Lippen um den Strohhalm. Während er trinkt, berühren die Finger meiner rechten Hand, vom Glas abgekühlt, seine linke Brustwarze, die sich ein wenig zusammenzieht – eine leuchtend rosa Perle nun, nicht mehr der schlaffe, abwärts gerichtete Nippel von vorhin. Die Hautfalten unter seinen Brüsten sehen aus wie eine zierlich geraffte, in der Mitte unterteilte Gardine. Über Brust, Bauch, Rücken und Schultern zieht sich das vertraute Gesprenkel seiner Leberflecke und Muttermale hin.

Die nächste Stunde verbringt er abwechselnd wach und dösend. Meine Schwester gesellt sich zu uns, sie weiß jetzt, daß wir ihn nicht mehr lange bei uns haben werden, und jedesmal, wenn er die Augen schließt und wegzudriften scheint, holen wir ihn mit irgendeiner Frage zurück, wie junge Eltern, die von einer Party heimkommen und – angeheitert, übermütig, gefühlsduselig – ihr Kleinkind zum Schäkern und Spielen wecken. Ich erzähle ihm, was heute in den Nachrichten gebracht wurde: ein Zugunglück im Severn-Tunnel, das glimpflich ausging, ohne Todesopfer; das Neueste über Robert Maxwells verschwundene Millionen, das Finanzdebakel, dem seine Söhne nun gegenüberstehen. Er schüttelt den Kopf, in seiner typischen Was-soll-aus-dieser-Welt-noch-werden-Manier. Ich berichte ihm von den jüngsten Fußballergebnissen, und er möchte, daß ich ihm seinen Totoschein vom Schreibtisch hole. Seit vierzig Jahren spielt er Toto, immer erfolglos, jede Woche das gleiche komplizierte Kreuzchenmuster. Ich kann den Schein in dem Papierwust nicht finden, also diktiert er es mir aus dem Gedächtnis: »Eins, das Kreuz kommt in Spalte E, drei D, vier F, sechs A, sieben B, sieben C, neun F«, und so weiter bis in die Fünfziger. Es ist ein langwieriges Unterfangen, da er zwischendurch immer wieder einnickt, doch als ich später den Musterzettel wiederfinde, stelle ich fest, daß seine Gedächtnisleistung fast fehlerfrei war. Das ist ja gerade das Tragische: Sein Körper kriegt die Kurve nicht mehr und schlingert unaufhaltsam in den Graben, aber sein Verstand schnurrt in bester Verfassung weiter dahin. Als ich ihm sage, im Sportkanal laufe gerade das Match Bolton gegen Blackpool, zwei großartige alte Teams, die mittlerweile in die zweite Liga abgestiegen sind, meint er:

»Großpapa hatte eines seiner Autos in Blackpool gekauft, einen Austin, FX 709 stand auf dem Nummernschild. Einmal fuhr er damit zum Stadion von Bolton, wo seine Mannschaft in einem Heimspiel gegen die aus Blackpool antrat, und die Autoschlange vor dem Eingang hörte überhaupt nicht mehr auf, also sagte er sich »Scheiß drauf« und überholte sie einfach alle. Vorne wurde er von einem grimmigen Wächter angehalten, der natürlich dachte, er wollte sich bloß vordrängeln – stimmte ja auch –, aber als er das Blackpooler Nummernschild sah, hat er ihn direkt in den Besucherparkplatz eingewinkt, auf die Seite, die für die Blackpool-Fans reserviert war.«

»Daher also deine Gewohnheit, immer an den Schlangen vorbeizudüsen«, sagt Gill.

»Wie war das noch gleich mit deinem eigenen Wagen?« frage ich, so gekünstelt wie ein BBC-Interviewer aus den fünfziger Jahren. »Gab's da nicht auch ein paar komische Vorfälle?«

»Welchen meinst du? Ich hatte mal einen kleinen Austin, mein erstes Auto überhaupt, ich war furchtbar stolz darauf, aber die Handbremse klemmte immer. Also habe ich das Bremskabel mit Schmieröl behandelt, aber das Öl schien sich nicht richtig zu verteilen, und ich dachte, ich laß den Motor mal ein bißchen warmlaufen, das hilft vielleicht, doch in voller Fahrt auf der Hauptstraße war ich so damit beschäftigt, nach dem Kabel zu spähen, daß ich an einen Laternenpfahl gebrummt bin.«

»Und bist du nicht auch mal in Manchester an ein Eisengitter gefahren?«

»Ja, da hatte ich versucht, in einer engen Einfahrt zu wenden, und um besser zu sehen, wie weit ich zurücksetzen konnte, wollte ich die Beifahrertür aufmachen und bin dabei an den Schalthebel gestoßen. Der Wagen sprang in den dritten Gang, schoß quer über die Straße auf den Gehsteig und krachte in eine Mauer mit Gitterstäben drauf. In dem Untergeschoß dahinter saßen ein paar Tippfräuleins in einem Büro, und plötzlich hagelte es bei denen Schotter durch die Fenster, und sie kamen alle rausgelaufen, um zu gucken, was passiert war. Ich war damals Anfang zwanzig und genierte mich schrecklich, wie ich da in meinem Blazer mit Krawatte vor diesen kichernden Hennen stand. Ich mußte Großpapa anrufen, damit er mich abschleppen kam. Jaja, damals bin ich mir ganz schön blöd vorgekommen.«

»Aber immerhin war das doch nicht so schlimm wie die Sache mit der Trambahn in Bolton«, wirft meine Schwester ein, um ihm eine weitere Geschichte zu entlocken: Als Schulbuben hatten er und sein Freund mal irgendwelches explosive Material aus dem Chemiesaal stibitzt und daraus ein Sprengstoffpaket gebastelt, das sie aus Jux auf den Trambahngleisen in Bolton deponierten. Wir kennen die Geschichte natürlich längst auswendig – wie es knallte, wie der Straßenbahnschaffner sich verdutzt am Kopf kratzte, wie der Verkehr darauf zum Erliegen kam und die beiden Spaßvögel sich unerkannt davonmachten. Es ist tröstlich, ihn das alles noch mal erzählen zu hören – einen Moment lang scheint der Tod in den Hintergrund gerückt zu sein. Andererseits ist er eben dadurch nur um so gegenwärtiger: Daß wir unseren Vater förmlich anstacheln, Reminiszenzen zum besten zu geben, die uns früher immer nur genervt oder gelangweilt haben, zeigt deutlich, wie verzweifelt wir uns an ein letztes Lebenszeichen klammern, wie wenig Hoffnung noch besteht, seine Geschichten jemals wieder zu hören. Es ist wie mit seinen Bildern oder Nippessachen, den dekorativ gruppierten Hunden, süßlichen Gänselieseln und kitschigen Souvenirs, die ich immer verabscheut habe und die mir plötzlich lieb und wert geworden sind. Wir wollen keine neuen Geschichten; wir wollen genau die, die wir seit jeher kennen. Es spielt keine Rolle, was er sagt, solange er nur redet: Jetzt, da alles von der Aura letzter Worte umgeben ist, klingt sogar die banalste Äußerung tiefschürfend.

In der Küche treffe ich meine Cousine Kela, die gerade aus Ormskirk eingetroffen ist. Wir hatten ihr zwar gesagt, daß mein Vater keinen Besuch wollte, doch sie hat sich nicht abschrecken lassen: »Schließlich gehöre ich mit zur Familie. Er glaubt, er könnte sich einfach so ohne Abschied davonstehlen, aber das kommt nicht in Frage, ich will ihn noch mal sehen.«

Wir haben sie immer Kela genannt, doch eigentlich heißt sie Mikela, nach ihrem Vater, Michael, der zwei Wochen vor ihrer Geburt über Frankreich abgeschossen wurde. Zusammen mit Ronnie Astle war Mike Thwaites der beste Freund meines Vaters: Die drei sind zusammen zur Schule gegangen, haben als Kinder immer zusammen gespielt, als Jugendliche zusammen Spritztouren unternommen und als Soldaten zusammen bei der Luftwaffe gedient. Die Schwester meines Vaters, Mary, hatte Mike 1940 geheiratet; nach seinem Tod, nach Kelas Geburt, nach dem Krieg, heiratete sie Ronnie, und die beiden bekamen noch drei Kinder, Richard, Edward und Jane. Früher haben wir jedes Weihnachtsfest zusammen verbracht, immer abwechselnd bei uns in Yorkshire und bei ihnen in Manchester. Kela, die Halbwaise, hat meinem Vater immer besondere Zuneigung entgegengebracht, sah in ihm wohl eine Art Verbindung zu ihrem eigenen, nie gekannten Vater, der für sie nur ein Geist ist, ein Gott, ein Kriegsheld, im Kampf verschollen. Sie setzt sich für eine halbe Stunde zu meinem Vater ans Bett, hockt dann wieder bei uns in der Küche, mit ihrer rotfleckigen ekzemgeplagten Haut, ihren Zigaretten, ihrem Weinglas, ihrem warmen Lachen, ihrer unerschöpflichen Geselligkeit. Seit Tante Mary vor zehn Jahren an Krebs starb, hat Kela, die nun auch schon fast fünfzig ist, sich stets für den Zusammenhalt in der Familie eingesetzt. Trotz der offiziellen Besuchssperre sind wir alle froh, sie bei uns zu haben. Sie macht es uns leichter, uns zu entkrampfen, in Erinnerungen zu schwelgen, obwohl die Vergangenheit, die wir heraufbeschwören, mehr mit dem Tod als mit dem Leben zu tun hat.

»Der gute Onkel Arthur«, seufzt Kela, »hält sich so tapfer, genau wie Mummy damals.«

»Ist die Veranlagung zum Krebs eigentlich erblich?« frage ich.

»Du meinst, ob sie genetisch bedingt ist?« sagt meine Mutter. »Oder ob bestimmte Persönlichkeitstypen... Ich weiß auch nicht, Liebes. Dein Vater gehört ja wohl kaum zu der Sorte von Leuten, die ihre Gefühle unterdrücken. Mary ebensowenig. Und sie waren charakterlich sehr verschieden.«

»Mummy hatte noch ein Jahr zu leben, nachdem sie die Primärgeschwulst entfernt hatten«, sagt Kela. »Sie lief mit einem Kolostomie-Beutel herum.«

»Und sie hat ihre Krankheit nicht vor sich selbst verleugnet wie Dad?«

»Am Anfang schon. Aber sobald die Metastasen festgestellt wurden, hat sie ganz offen vom Sterben gesprochen. Sie hatte keine Angst vor dem Tod an sich – nur vorm Ersticken oder unerträglichen Schmerzen. Und dann hat sie uns lauter kleine Botschaften in Schubladen und Schrankfächern hinterlegt, die wir später gefunden haben: ›Familienmitglieder brauchen einander‹, ›Bleibt weiter in Kontakt, auch wenn ich nicht mehr da bin‹, ›Grübelt nicht darüber nach, wo ich wohl hingegangen sein mag‹.«

»Aber sie hatte doch keinen schweren Tod?«

»Nein, wir waren alle dabei und haben noch ganz normal mit ihr geplaudert. Und dann, ein paar Minuten, ehe sie starb, hat sie plötzlich gesagt: ›Ich kann Michael nicht finden.‹«

»So ähnlich war es auch bei meinem Bruder Patrick«, sagt meine Mutter. »Seine letzten Worte waren: ›Ich sehe meine Mutter am Fußende stehen.‹«

Kela trinkt ihr Glas aus und steckt sich noch eine Zigarette an.

»Wenigstens ist Mummy friedlich gestorben«, sagt sie.

»Großmama auch«, nickt meine Mutter und zitiert wieder einmal die wohlbekannten Details vom Tod ihrer Schwiegermutter. »Rüstig und munter bis ins fünfundachtzigste Lebensjahr. Dann bekam sie Arthritis in den Händen und konnte nicht mehr Klavier spielen. Eines Morgens hat sie schließlich gesagt: Mir reicht's jetzt, ich möchte sterben. Am selben Nachmittag hat sie plötzlich vor Schmerz aufgeschrien – ich habe ihr Pethidrin gegeben, nur eine schwache Dosis, aber sie ist nicht wieder zu sich gekommen.«

»Mit anderen Worten, du hast ein bißchen nachgeholfen«, bemerke ich.

»Nein, sie war siebenundachtzig und hatte einen Bauchinfarkt – ich habe ihr nur das Schlimmste erspart. Bei meinem Bruder Patrick habe ich das genauso gemacht. Er lag in einer Sterbeklinik, die von Nonnen geführt wurde, und ich saß an seinem Bett und sah, wie er sich vor Schmerzen wand, weil die dort so mit dem Morphium knauserten. Also bin ich zur Oberschwester gegangen und habe sie um eine Extradosis gebeten. In derselben Nacht ist er gestorben. Es ist wirklich eine Gnade, wenn man ohnehin nicht mehr gesund werden kann.«

Ich öffne noch eine Flasche Wein. Wir beziehen das Bett im Gästezimmer für Kela. Am Fenster blühen Eisblumen.

*

Ich träume, daß ich im Büro sitze. Ein Anruf vom Empfang: »Hier ist ein Herr, der Sie sprechen möchte – er sagt, er hat einen Termin.«

»Sagen Sie ihm, ich komme gleich runter.«

Ich erwarte niemanden, fällt mir ein, und bin bis obenhin mit Arbeit eingedeckt, also beschließe ich, ihn warten zu lassen. Doch bald gebe ich der Neugier nach und gehe hinunter.

»Er saß da drüben. Ist wohl wieder gegangen.«

»Welchen Namen hat er hinterlassen?«

»Keinen.«

»Wie sah er denn aus?«

»Ihre Größe etwa. Schütteres Haar.«

»Wie alt?«

»Alt genug, Ihr Vater zu sein.«

Ich stürze hinaus auf die City Road. Niemand zu sehen. Ich suche in der U-Bahn. Auch dort niemand. Ich streife durch den Friedhof von Bunhill Fields. Nichts.

Es ist Sonntagmorgen, und ich höre gleich beim Aufwachen die Stimme meines Vaters von unten. Er hat meine

Mutter gebeten, ihm ein zweites Frühstück zu bringen: Der Löffel Complan hat ihm nicht genügt, er möchte noch eine Vierteltasse Cornflakes. Jetzt will er eine Dusche nehmen, und ich schraube eine neue Birne in die Badezimmerlampe, während er mir vom Bett aus mit schwacher Stimme Anweisungen zuruft: »Die alte Birne linksrum rausdrehen! Hast du's? Gut, dann die neue jetzt rechtsrum rein.« Meint er etwa, ich wüßte immer noch nicht, wie man Glühbirnen wechselt? Aber ich bin froh, daß er es noch schafft, mich zu irritieren: Dann muß es ihm doch ein bißchen besser gehen.

Obwohl es eigentlich nicht so aussieht. Ich sehe ihn ins Bad wanken, sehe die lose Haut um seinen Körper schlottern wie die eines alten Elefanten. Seine Brust sieht aus, als wäre jemand mit dem Pflug drübergefahren, tiefe Rillen zwischen den drei oberen Rippenbögen. Sein Schrittmacher, einst diskret im Fettmantel der Brust verborgen, steht nun dreist hervor, so unübersehbar wie ein Päckchen auf der Fußmatte vor der Tür; ich kann sogar die zwei Kontaktpunkte oben rechts erkennen, wo die beiden Drähte angeschlossen sind. Nach der Dusche, bei der er sich mit einer Hand an der Wand abstützt, legt er sich aufs Bett und bittet meine Mutter, ihm den Hintern zu pudern – Johnson's Babypuder, der mit der zarten Duftnote – »und vielleicht auch gleich den Sack, der wird immer so eingeklemmt«. Sie stäubt die Puderwolken aus der großen, phallischen Büchse, verreibt die seidig weißen Flocken dann sorgfältig unter ihm. Johnson's Babypuder: Die Fabrik ist hier ganz in der Nähe, in Gargrave; als Kind schon ist er mit dem Zeug gepudert worden, sah seine eigenen Kinder damit gepudert und sieht sich nun damit für den Tod hergerichtet. Die Hand meiner Mutter verweilt eine Sekunde unter seinem Sack. Dann küßt sie ihn schnell auf die Stirn und eilt aus dem Zimmer, mit Tränen hinter den Brillengläsern.

Als Richard und Edward eine Stunde später eintreffen, sitzt er in seinem Sessel am Kamin, vornübergebeugt, das Hemd wie üblich offen, das weiße Taschentuch im Schoß. Nach unserem Anruf gestern hatten sie erwartet, einen Sterbenden anzutreffen, doch der, der ihnen da aus seinem Sessel entgegenschaut, scheint vergleichsweise munter und guter Dinge. Richard ist aus Manchester angereist, Edward den ganzen langen Weg aus London, obgleich beide behaupten, nur mal zufällig auf der Durchfahrt hereinzuschauen: Er soll nicht denken, sie hätten sich aus einem bestimmten Grund eingefunden. Ich habe ein schlechtes Gewissen, als ob wir sie unter einem Vorwand hergelockt hätten: Man kann ja nie wissen, vielleicht lebt er doch noch ein paar Monate. Dies ist die Achterbahnphase, das Endstadium der Krankheit, mit trügerischen Hochs und schaurigen Tiefs, und schon ertappe ich mich dabei, daß ich ihm seine Zähigkeit fast ein wenig übelnehme, seine erstaunliche Fähigkeit, sich immer wieder aufzurappeln. Eine kleine, pietätlose Stimme wispert in meinem Kopf: *Kannst du denn nicht endlich sterben.* Selbst seine Zuversicht geht mir auf die Nerven. »So eine Operation ist wahrhaftig kein Zuckerschlecken«, sagt er, »aber allmählich geht es wieder aufwärts.« Er nickt ein – doch als wir über Kelas Wagen reden, der bei der Kälte nicht anspringen will, wird er plötzlich wieder wach und erklärt, die Batterie müsse mit einem Überbrückungskabel aufgeladen werden.

Später beschwatze ich meine Cousins, in den Pub mitzukommen. Die verschneiten Feldwege knirschen unter unseren Schritten, ringsumher ist alles einheitlich weiß. Die doppelte Kanalbrücke in East Marton spiegelt sich mehrfach im Wasser. Gleich oberhalb davon ist das Cross Keys, eines der beiden Stammlokale meines Vaters, das er regelmäßig besuchte, seit es von Hilly und Brian Thackeray übernommen wurde, mit denen er inzwischen gut befreundet ist. Vom Tresen aus, wo wir unser Bitter trinken, fällt mein Blick auf einen Gast, der mir vage bekannt vorkommt und der auch mich wiederzuerkennen scheint. Kein Zweifel, diese verkniffenen, verlebten, unduldsamen Züge, die ich heimlich durch mein Bierglas beäuge, gehören meinem alten Schulfreund Charles Torrance. Vor vielen Jahren bin ich in den Sommerferien mal mit seiner Familie nach Seahouses in Northumberland gefahren, wo wir tagaus, tagein auf dem langen, weißen, windigen Strand Kricket spielten. Ein anderes Mal haben wir die Ferien über zusammen als Barkeeper im Clubhaus eines Campingplatzes in North Wales gejobbt, wo er dann allerdings gefeuert wurde, weil er sich mit der hirnverbrannten Sittenstrenge eines achtzehnjährigen Grünschnabels weigerte, eine dicke Blondine zu bedienen, von der jeder wußte, daß sie ein Verhältnis mit dem am Platz beschäftigten Klempner hatte. Seit zwanzig Jahren hatte ich ihn aus den Augen verloren, aber nun saß er plötzlich hier, unverkennbar in seinem roten Golfpullover, immer noch die gleiche, eigenartige Mischung aus Selbstgerechtigkeit und Nervosität.

»Charles«, sage ich und gehe zu ihm hinüber.

»Blake – ich dachte mir schon, daß du es bist.«

Wir unterhalten uns eine Weile, während sein Sohn neben ihm auf seinem piepsenden Gameboy herumtippt. Charles ist auch längst von hier weggezogen, lebt

jetzt als Anwalt in Sussex und ist nur auf einen Wochenendbesuch hergekommen. Er erkundigt sich nach meinem Vater, und ich erinnere mich an seinen, Tim, der
ebenfalls Arzt war, aber einer von der vornehmen Sorte,
Internist mit Privatpraxis, immer wie aus dem Ei gepellt
mit gestreiftem Blazer und Krawatte, in seiner Jugend
ein Kricketspieler der Eliteklasse. Auf den Neujahrspar-
tys meiner Eltern war es meistens Tim, der das Klavier
aufklappte und lässig zu klimpern begann. Und als mein
Vater mich zu überreden versuchte, mit den Klavier-
stunden fortzufahren, sagte er immer: »Ist doch was
Wunderbares, so eine musikalische Begabung.« Wobei
er unter pianistischem Erfolg nicht etwa eine fehlerlose
Darbietung im Konzertsaal verstand (mein Vater ist sein
ganzes Leben kein einziges Mal im Konzert gewesen:
»Ein Haufen Leute, die einen Haufen Geld zahlen, um
sich was anzusehen, was nur zum Hören gedacht ist –
nee, ohne mich«), sondern nur die Fertigkeit, sich zu be-
trunkenem Singsang an den Tasten zu begleiten. Zu seinem Leidwesen gab ich das Klavierspielen jedoch bald
auf – und daß ich mich statt dessen in einer Band namens
The Crofters am Schlagzeug versuchte, war ihm auch
kein rechter Trost, da wir nur einmal auftraten (bei einem Talentwettbewerb in Gargrave, wo wir auf den
zweiten Platz kamen – es nahmen allerdings auch nur
zwei Gruppen teil), und zwar mit einem Song, den er
spöttisch »die Kameltreiberklage« nannte. Doch wenn
wir uns im Fernsehen *Top of the Pops* anschauten, war er
immer ganz begeistert davon, wie die Musik die Leute
»mitreißen« konnte, und es war ihm anzumerken, daß er
Tim um seine Musikalität beneidete. Er selbst konnte
nur pfeifen, aber nur ein paar Takte des Schlagers »Put
Another Nickel In«, der einzigen Melodie, die er kannte.

Während ich hier sitze und den Gameboy vor sich hin dudeln höre, fallen mir noch andere Dinge zu Tim ein: wie er sich angewöhnt hatte, meine Mutter am Spätnachmittag auf einen Drink zu besuchen, und wie sie sich dann vor dem breiten Wohnzimmerfenster mit gesenkter Stimme unterhielten. In gewisser Hinsicht schien er besser zu ihr zu passen als mein Vater: Tim war clever, und ich hatte immer den Eindruck, daß meine Mutter cleverer war als mein Vater, auf jeden Fall intellektueller. Tim war auch sehr ritterlich, wie eine Figur aus den Stücken von Noel Coward, und meine Mutter war als junges Mädchen offenbar an Ritterlichkeit gewöhnt gewesen (einmal hatte ich in ihrem Regal eine im Selbstverlag herausgegebene Vers-Sammlung gefunden, von einem gewissen Michael McKenna, mit der Widmung: »Meiner geliebten Agnes aus tiefstem Herzen zugeeignet«). Tim gehörte zu jener versunkenen Welt von romantischen Gefühlen und Musik. Er hatte sogar einen romantischen Hang zur Selbstzerstörung – er trank zuviel. Manchmal blieb er den ganzen Abend da und mußte in seinem Rover heimgefahren werden; mein Vater bugsierte ihn auf den Beifahrersitz und setzte sich ans Steuer, meine Mutter fuhr mit unserem Wagen hinterdrein, um meinen Vater wieder nach Hause zu chauffieren – der typische Alkoholikerkonvoi. Tim war dann – viel zu jung – einer Leberzirrhose erlegen. Meine Mutter war eine der wenigen, die ihn im Krankenhaus besucht hatten.

Nun sitze ich hier mit seinem Sohn, der mit seinem säuerlichen Gesicht so angespannt wirkt wie eh und je, und mit *dessen* Sohn, einem netten Bub, der mehr seinem Großvater nachgeschlagen scheint. Wir trinken noch ein Glas und unterhalten uns mit meinen Cousins über die Belastungen des Arbeitsalltags und der hohen Zinsverschuldung. Wir sind uns alle darin einig, daß es an der Zeit wäre, wieder hierher zu ziehen und unser aufreibendes, hektisches Städterdasein mit dem einfachen, geruhsamen Leben auf dem Land zu vertauschen. Und wir alle wissen ganz genau, daß keiner von uns das ernsthaft vorhat.

Wieder zu Hause. Richard, Edward und Kela sind fort, mein Vater schläft; meine Mutter und ich sitzen am Fußende des Bettes, vom Alkohol und von der Todesnähe in dem Gefühl bestärkt, daß wir nun keine Geheimnisse mehr voreinander zu haben brauchen, daß alles offen ausgesprochen werden kann.

»Sicher hast du in dem Zusammenleben mit Dad manchmal einiges vermißt«, taste ich mich vor.

»Wie meinst du das?«

»Na ja – Bücher, Musik, Gesellschaft...«

»Gesellschaft? Na hör mal – du weißt doch selber, wie gesellig er ist, ständig im Pub, und wie oft er Leute hierher mitgebracht hat!«

»Aber das ist doch nicht deine Art von Gesellschaft – richtig abends ausgehen, Dinnerpartys und so.«

»Ach, Dinnerpartys kann er nicht ausstehen – erst dieser ganze Aufwand und dann die Verpflichtung, die Leute zurückeinzuladen. Wir haben kein einziges Mal eine Dinnerparty gegeben. Er ist ja im Grunde sehr unsicher, obwohl er es sich natürlich nicht anmerken läßt, und daran liegt es wohl auch: Wenn das Tischgespräch sich um Dinge dreht, bei denen er nicht mitreden kann, fühlt er sich wie in einer Falle – im Pub dagegen kann er sich dann immer ein neues Bier holen gehen und mit jemand anderem reden. Er will nicht mal Trivial Pursuit spielen, um sich ja keine Blöße zu geben. Und er kann

141

auch ganz schön biestig sein. Ich weiß noch, es war in der ersten Zeit in Earby, da hat uns ein nettes Paar, die Melroses, mal ins Konzert eingeladen. Er wollte natürlich nicht mit, aber ich bin mitgegangen und hab's genossen. Auf dem Heimweg waren wir wohl irgendwo was trinken, aber da es nicht besonders spät war, erst halb elf, habe ich sie noch auf einen Kaffee hereingebeten – und da stand er in der Tür, im Schlafanzug, und wollte wissen, wo wir so lange geblieben sind: Ich wäre vor Scham am liebsten im Boden versunken. Natürlich haben sie mich dann nie wieder mitgenommen.«

»Und Bücher rührt er auch nicht an.«

»Und geht auch nicht ins Theater oder zu Ausstellungen, und vor dem Fernseher schläft er meistens ein. Ich weiß, ich weiß. Es tut mir oft leid für ihn, daß er nicht liest. Im Bett habe ich fast ein schlechtes Gewissen, wenn ich nur darauf warte, daß er ›Gute Nacht, Liebes‹ sagt und zu schnarchen anfängt, damit ich das Licht wieder anknipsen kann. Schließlich hat Großmama doch auch gelesen und Mary und meine Mutter erst recht – den ganzen Tag lang.«

»War es das, was dir an Tim sympathisch war?«

»Ach, Tim«, sagt sie. »So viele Talente und alle verschwendet. Er war nicht glücklich in seiner Ehe – Cheryl war immer so *damenhaft* und mißbilligend.«

»Er war wohl ziemlich in dich verschossen, was?«

»Ja, ich glaub schon, aber ich war nicht der Typ für Seitensprünge, und ich wollte auch Cheryl nicht weh tun. Es war besser so, wie es war, nur ab und zu ein paar Drinks, ein bißchen Plaudern.«

»Aber niemand hätte dir einen Vorwurf machen können, wenn du was mit ihm angefangen hättest. Es hätte dir sicher gutgetan, dich ein bißchen an Dad zu rächen.«

»Wegen Beaty, meinst du?«

»Ja.«

»Ach, weißt du, ich glaube gar nicht, daß sie eine richtige Affäre hatten, jedenfalls nichts Physisches. Ich glaube, Dad hatte einfach nur Mitleid mit ihr. Sie war ja auch so unglücklich in ihrer Ehe.«

»Du wußtest also immer schon Bescheid über Beaty und Dad?«

»Ja. Er war immer ganz aufrichtig. Wahrscheinlich habe ich mir zuviel von ihm gefallen lassen, aber ich dachte halt, wenn ich das nur geduldig aussitze, wird es irgendwann einfach im Sande verlaufen. Und das tat es ja dann auch.«

»Aber es hat ganz schön lange gedauert.«

»Zehn Jahre. Und weh getan hat es natürlich auch. Aber ich konnte ihn schließlich nicht rauswerfen. Und ich wußte, daß er mich überall wiederfinden würde, falls ich versuchte, mit dir und Gillian zu verschwinden – er war ja ganz vernarrt in euch beide. Und ich hätte euch auch nie verlassen können. Also mußte ich mich eben damit abfinden.«

»Irgendwie wundert es mich ja, daß er kein Geheimnis daraus gemacht hat. Sonst war er doch auch nicht so offenherzig.«

»Einmal hat er mir im Billardzimmer erklärt, daß es durchaus möglich sei, zwei Frauen zu lieben. Und das tat er eben – ich sei seine erste Liebe, hat er gesagt, und sie seine zweite, aber auf andere Weise.«

»Nicht jeder hätte sich so was bieten lassen.«

»Ich konnte nie mit deinem Vater streiten – dabei zog man doch immer den kürzeren. Eines Tages hat er mir zum Beispiel aus heiterem Himmel verkündet, daß Beaty und Josephine mit uns in die Ferien fahren würden. Ich fand das wirklich unverschämt – immerhin waren wir bei Freunden eingeladen, da konnten wir doch nicht einfach noch zwei Leute mehr mitschleppen. Aber zum Schluß hat er natürlich wieder seinen Willen durchgesetzt.«

»Ja, ich weiß noch, wie sie mitgefahren ist.«

»Und trotzdem glaube ich, daß es nichts Sexuelles war. Nun ja, nach Gillians Geburt hatte ich eine postnatale Depression und war ihm sicher keine sehr anregende Gesellschaft. Und Beaty hatte ja den Golf Club und amüsierte sich gern. Da fing er an, sie einmal die Woche auszuführen. Es wurde ein richtiges Ritual – jeden Montagabend, um sie ein bißchen von ihrer häuslichen Misere abzulenken, Sam war ja so ein Jammerlappen. Montags hat Dad sie dann immer gleich nach der Praxis abgeholt, er kam gar nicht erst nach Hause. Und ich mußte ihn auch noch decken. Ich habe mich oft gefragt, ob ihr wohl was gemerkt habt, wenn ich sagte, er sei bei J. J. Duckworth oder bei einem Treffen vom Rotary Club. Einmal war er mit ihr in einem Lokal in Blackburn und hat dort jemand getroffen, den wir kannten – und das wurde mir dann zugetragen. Und dann starb sein Vater, den er eine ganze Weile nicht besucht hatte, und er war vollkommen niedergeschmettert. Wahrscheinlich konnte Beaty ihm da mehr Trost spenden als ich. Großmama ist dann bei uns eingezogen, weil der Großvater sich extra schriftlich ausgebeten hatte, daß wir sie keine einzige Nacht allein lassen würden. So hat Dad sie zu uns geholt und sogar darauf bestanden, daß ich bei ihr im Gästezimmer schlief. Manchmal kam er erst um drei Uhr morgens nach Hause, dann bin ich zu ihm ins Schlafzimmer gegangen und hab ihn gefragt: ›Wo warst du so lange?‹ und er hat gesagt: ›Unterwegs.‹ Später hat er mir gestanden, daß er zu der Zeit oft allein aufs Moor hinausgefahren ist und da nur so gesessen und nachgedacht hat.«

»Das hat er dir wörtlich gesagt?«

»Ja.«

»Ich weiß noch, wie du einmal deine Koffer gepackt hast.«

»Kann sein. Ein- oder zweimal bin ich wohl zu Freunden geflüchtet. Aber ich hätte euch ja doch nie verlassen können.«

»Und zum Schluß hat sich das Warten ausgezahlt.«

»Ja, die ganze Geschichte hat sich von selbst gelöst.«

»Also ist Josie doch nicht meine Halbschwester?«

»Aber nein, wie konntest du nur so was denken?«

»Ich hab mir immer eingebildet, sie sähe ihm irgendwie ähnlich. Und ich weiß noch, wie er uns zur Klinik mitnahm, als sie gerade zur Welt gekommen war. Später habe ich mir dann eben meinen eigenen Reim drauf gemacht.«

»Aber jetzt interessiert er sich schon längst nicht mehr für Josie, erwähnt sie nicht mal mehr: So gleichgültig könnte er doch nicht sein, wenn sie seine Tochter wäre.«

»Nein, jetzt sehe ich ein, daß ich mich geirrt habe.«

»Na, dann...«

»Und Onkel Sam hat das auch alles brav geschluckt, genau wie du.«

»Ja, ich glaube, er hat Dad von Herzen gehaßt, aber viel konnte er auch nicht dagegen tun.«

»Und seit die Sache vorbei war, bist du glücklich gewesen?«

»Die letzten zwanzig Jahre sind dein Dad und ich besser miteinander ausgekommen denn je. An dem Tag vor seiner Operation, als wir die ganze Zeit zusammensaßen, hat er noch zu mir gesagt: ›Wir sind doch glücklich miteinander gewesen, nicht wahr, Schatz? Ich weiß, ich war manchmal gemein zu dir, aber wir waren doch glücklich.‹ In jeder Ehe gibt es Schwierigkeiten. Wir haben unsere am Ende gemeistert.«

Ihre Augen sind rotgerändert, während sie mir dies alles erzählt, obgleich sie nicht weint – und selbst wenn, wüßte ich nicht zu sagen, ob es sein nahender Tod ist, der sie zum Weinen bringt, oder die aufgefrischten Erinnerungen an das, was er ihr in seinem Leben angetan hat.

Der Mann, der den
Freiluftschlafsack erfand

*D*er Himmel ist klar, und mein Vater lächelt. In der Öffentlichkeit, bei der Arbeit, lächelt er aus Prinzip, routinemäßig, aus Umgänglichkeit; eine mürrische oder ausdruckslose Miene mißbilligt er als »unprofessionell« oder »beschränkt«. Heute aber, im Familienkreis, lächelt er aus reinem Behagen. Er sitzt vor unserem neuen Feriendomizil, einem Wohnwagen oder »Chalet«, wie er es nennt, in luftiger Höhe auf einer Sanddüne in Abersoch, North Wales – sein Lieblingsort, das Ferienidyll seiner eigenen Kindertage, wo alles geboten ist, was er zu seinem Glück braucht: Sonne, Sand und Meer. Hinter seiner Schulter neigt sich der Strandhafer im Wind, weiter unten erstreckt sich der lange weiße Strand mit seinem noch weißeren Gischtsaum und den zwei felsigen Inselchen draußen in der Bucht. Er lächelt auch, weil es angenehm warm ist – er hat kein Hemd an, nur ein Paar Shorts. Er lächelt, weil er arbeitet, an einer uralten Nähmaschine mit Riemenantrieb, die unter seinen Händen eifrig vor sich hin surrt. Und er lächelt, weil er gerade dabei ist, seine neueste Erfindung zu vollenden, einen Schlafsack, der es ihm ermöglichen soll, bequem unter freiem Himmel zu nächtigen.

Sosehr er sich auch als abgeklärter Vernunftmensch betrachtete, hatte mein Vater doch eine exzentrische

Ader, die sich etwa alle zehn Jahre in einer neuen Erfindung ausdrückte. Er schwärmte oft von der »Genialität« des Mannes, der Katzenaugen für das Fahren bei Nacht erfunden hatte, und war immer bestrebt, einen ähnlich bedeutenden wissenschaftlichen Durchbruch zu erlangen. Sein erster Versuch, oder zumindest der erste, den er für wert erachtete, ihn dem Patentamt zu unterbreiten, war der Schaumschutz für elektrische Zahnbürsten. Denn als er sich kurz nach deren Einführung in England gleich voller Begeisterung eine solche Bürste angeschafft hatte, fand er nur eins daran auszusetzen – nämlich, daß der Zahnpastaschaum ungehindert den Griff hinunter bis ins Batteriegehäuse sickern konnte, was Leistung und Lebensdauer des Geräts beeinträchtigte. Also entwarf er ein neues Modell mit einer Art Dornenkranz am unteren Bürstenrand, der dazu gedacht war, den Schaum aufzufangen, und schickte den Entwurf samt Erläuterung an die Herstellerfirma. Doch leider war man dort wohl der Ansicht, daß die Schutzvorrichtung nicht nur den Schaum auffangen, sondern auch Lippen und Zahnfleisch des Benutzers aufreißen würde – jedenfalls erhielt mein Vater nur einen höflichen Schrieb zum Dank für seinen »interessanten Vorschlag, den wir an das zuständige Ressort weitergeleitet haben«.

Seine Verbesserungsidee für Chemieklos hätte vielleicht mehr Aufmerksamkeit verdient. Wenn er gezwungen war, diese Einrichtungen auf Campingplätzen oder größeren Freiluftveranstaltungen zu benutzen, hatte er sich oft darüber beklagt, daß der Geruch von anderer Leute Notdurft ja schon schlimm genug sei, der Anblick aber schlichtweg unzumutbar. Wäre das ganze nicht wesentlich erträglicher, wenn der Toiletteninhalt, ob nun auf niederem Pegel oder, scheußlicher noch, bereits in Richtung Sitz ansteigend, dem Auge des unfreiwilligen Betrachters verborgen bliebe? Die Lösung des Problems bestand seiner Meinung nach aus einem runden weißen Papierdeckel, vielleicht aus mehreren Lagen Klopapier, den man nach der Verrichtung in die Toilette werfen sollte, um dem nächsten Besucher das Grausen zu ersparen. Ich konnte mir den Einwand nicht verkneifen, daß, selbst wenn die Leute sich tatsächlich die Mühe machten, so einen Papierdeckel zu verwenden, dieser entweder sofort im Orkus versinken oder zumindest seine dezente weiße Farbe einbüßen würde. Mein Vater winkte nur siegessicher ab und sandte seinen Vorschlag wiederum an die Hersteller, offenbar überzeugt, postwendend eine begeisterte Erwiderung, einen Scheck, einen ehrenamtlichen Beraterposten in der Design-Abteilung oder gar im Verwaltungsausschuß zu erhalten. Statt dessen bekam er überhaupt keine Antwort, auch nicht auf seinen zweiten Brief, und die Idee des verbesserten Chemieklos verpuffte ebenso wie seine übrigen Erfindungen, während die leidigen Chemieklos selbst (wie er später gern schadenfroh betonte) allmählich immer seltener wurden im Zuge der allenthalben installierten Wasserspülungen.

Ernüchtert von diesen Erfahrungen, behielt mein Vater seine nächste und letzte Erfindung für sich.

Meine ganze Kindheit hindurch pflegte er unter freiem Himmel zu schlafen, wann immer das Wetter danach war, und manchmal auch, wenn es nicht danach war. Er schlief im Garten oder auf der Veranda oder auf dem Rasen neben der Einfahrt und, als ich später eine eigene Wohnung hatte, auch auf meiner Dachterrasse in Greenwich. Doch am liebsten übernachtete er auf dem Platz vor seinem Chalet: »Herrlich, so in der Natur, nichts zwischen dir und dem Sternenhimmel.« Jeden Sommer schien er mehr Nächte außerhalb seines Bettes zu verbringen. Ich fing schon an, mir Sorgen deswegen zu machen, doch meine Mutter beschwerte sich nie über seine Marotte, abgesehen von gelegentlichen spöttischen Kommentaren, wenn der klare Nachthimmel sich gegen Morgen mit Regenwolken bezog. *Sein* einziger Kummer war, daß der Schlafsack, in dem er voll bekleidet auf einem Feldbett schlief, am Morgen immer klamm war: »Entweder ist es der Regen oder die Taufeuchtigkeit, die nach innen kriecht. Das läßt sich einfach nicht vermeiden.«

Doch schließlich verfiel er auf eine gewitzte Lösung. Angenommen, er würde den Schlafsack in einem *anderen* Schlafsack unterbringen, einer Plastikhülle, die alle Nässe von außen abhielte? Er besorgte sich etliche Meter Plastikplane, Ausschußware von der ortsansässigen Fabrik, und schnitt sie in zwei Streifen auf Sarggröße zu. Dann brachte er sich selber bei, mit der Nähmaschine meiner Mutter umzugehen, ein Sieg der Willenskraft über den Instinkt, da mein Vater sich bisher noch nie dazu herabgelassen hatte, irgendwelche »hausfraulichen« Tätigkeiten zu verrichten. Meines Wissens hat er niemals eine Socke gestopft, einen Knopf angenäht, ein Ei gekocht, ein Hemd gewaschen oder gebügelt, den Boden gefegt, den Herd saubergemacht oder den Teppich gestaubsaugt. Und zum Abwaschen hat er sich auch erst als Ruheständler bereitgefunden, allerdings strikt nach seiner eigenen Methode: Das Spülmittel verschmähte er, hielt jedes Stück Geschirr oder Besteck einzeln unter den heißen Wasserhahn und schrubbte es mit der Nagelbürste auf Hochglanz. Nur Krebse pulte er stets eigenhändig aus der Schale, da er keinem anderen zutraute, das richtig hinzukriegen. Und nun, mit über fünfzig Jahren, brachte er sich plötzlich das Nähen bei.

Die Herstellung seines ersten Schlafsacks ging ihm nur langsam von der Hand. Doch als er endlich fertig war, beschloß er, gleich drei weitere zu nähen, »für die ganze Familie«, und dann noch zwei mehr »für den Fall, daß ihr mal Freunde mitbringt... wäre doch schade, das gute Plastik nicht aufzubrauchen.« Er war so beflügelt von seinem Erfolg, daß er glatt noch einen siebenten verfertigt hätte, wenn ihm das Material nicht ausgegangen wäre. Ich habe ein Foto von ihm, das ihn mit breitem Siegerlächeln an der Nähmaschine zeigt. Es muß etwa um die Zeit gewesen sein, als das Foto aufgenommen wurde, daß ich seine Erfindung zum ersten Mal ausprobierte, wobei er meine Reaktionen vom nebenstehenden Feldbett her gespannt verfolgte.

»Was für ein Schauspiel«, sagte er, als wir in unseren Freiluftschlafsäcken lagen und zum Nachthimmel aufblickten, der von unzähligen Sternschnuppen verklärt war. »Da kommt man sich doch ganz klein vor.«

Es war Samstagabend, und ausnahmsweise klirrten und schepperten die Ankerketten der Boote einmal nicht im Wind wie eine Hare-Krishna-Truppe mit ihren Tamburins; die Luft war unbewegt, das Meer still wie ein Stein.

»Hast du je daran gedacht«, fuhr mein Vater fort, »daß genau so, wie wir nur winzige Atome im Universum sind, unser ganzes Weltall nur ein winziges Atom in einem anderen Universum sein könnte? Oder daß jedes Atom deines Körpers ein ganzes Universum in einer anderen Dimension sein könnte? Eine gruselige Vorstellung, nicht? Irgendwie kann das Weltall einem schon ganz schön Angst einjagen.«

Vom Strand tönte übermütiges Geschrei herauf: Irgendwelche Leute, die sich bei einem Nachtbad mit Meeresleuchten verlustierten.

»Wenn man da hinaufschaut und sich vorstellt, daß das Licht dieser Sterne schon Hunderte von Jahren unterwegs ist, bis es uns erreicht, und dahinter noch all die Sterne, die man nur mit dem Teleskop sehen kann, Tausende von Lichtjahren entfernt... da drängt sich einem doch ganz von selbst der Gedanke auf, daß wir nicht die einzigen Lebewesen im Universum sein können. Eigentlich kann es nur eine Frage der Zeit sein, bis wir den Kontakt zu Außerirdischen herstellen: Wenn wir weiter in den verschiedensten Codes und Sprachen Signale aussenden, muß doch eines Tages unweigerlich etwas zurückkommen.«

Noch ein Aufjuchzen: Salzwasser, die sanfte Dünung, die überraschende Wärme zweier aufeinandertreffender Körper...

»Was glaubst du, wie das Leben im Anfangsstadium ausgesehen haben mag? Wenn man so hinaufschaut, ist es doch gar keine Frage, daß die Sterne lauter verschiedene Partikel von dem einen Ganzen sind, das beim Urknall auseinandergeplatzt ist. Stell dir vor, sie stürzen plötzlich alle wieder ineinander. Stell dir vor, jener erste Himmelskörper setzt sich aus all den verstreuten Teilen wieder zusammen.«

»Wieder zusammen?« Aus purem Widerspruchsgeist schwinge ich mich als Gottes Advokat auf: »Aber das würde ja heißen, daß er ursprünglich schon mal zusammengesetzt worden ist, daß irgendwer ihn geschaffen hat.«

Ein spitzer Frauenschrei, ein Männerlachen.

»Nein, er ist einfach so entstanden – erst war da nur

der Urschleim, dann ein plötzlicher Funke, und peng, fing die Zeit an. Niemand hätte all die abertausend Sterne *erschaffen* können.«

»Ach, ich weiß nicht«, sage ich und lausche angestrengt auf weitere Laute von den zwei Leuten unten am Strand. »Bedenk mal, wieviel Froschlaich allein schon ein einziger Frosch produziert.«

»Aha, du glaubst also, jemand hätte das Weltall *gelegt*, wie irgendein Riesenvogel ein Ei legt? Und was ist deiner Meinung nach dann eine Sternschnuppe? Ein Ei, das aus dem Nest fällt?«

So zankten wir uns noch ein Weilchen über den Anfang aller Dinge. Unten im Sand verklang allmählich das Seufzen, Stöhnen und Gewisper, statt dessen war nur noch das laute Schnarchen meines Vaters zu hören – so laut und inbrünstig, daß ich mir vorstellte, es würde einen kosmischen Rhythmus in Bewegung setzen, der alle Sterne gemeinsam hin und her schaukeln ließe. Am Ende der Bucht sandte der Leuchtturm auf St. Tudwall's Island seinen Strahl durch die Nacht und erlosch, während ich bis zwölf zählte; und wieder durchschnitt der Lichtkegel die Finsternis wie ein Kuchenmesser. Ich erschauerte und wünschte, ich hätte den Mumm, einfach einzuschlafen, oder wenn nicht, dann wenigstens den Mumm, meinem Vater zu sagen, daß ich genug von dem Experiment hatte und doch lieber in meinem Bett schlafen wollte.

Um sechs wachte ich auf, nicht nur fröstelnd, sondern auch feucht. Mein Vater war schon wach.

»Na, Söhnchen, gut geschlafen?«

»Hm. Mein Schlafsack ist ganz feucht.«

»Ja. Bei klarer Nacht kondensiert sich die Taufeuchtigkeit auch an der Innenseite der Plastikhülle, nicht bloß außen – ich nehme an, sie ist auch bis in deinen Schlafsack durchgesickert.«

»Dann nützt dieser Freiluftschlafsack also doch nichts.«

»Natürlich nützt der was – sonst wär's ja noch viel feuchter. Und in regnerischen Nächten gibt es keinen Tau.«

»Aber wenn's regnet, würde man sowieso nicht draußen schlafen wollen.«

»Meine Güte, du bist heute wohl mit dem linken Fuß aufgestanden, was?«

»Ich bin überhaupt noch nicht aufgestanden, Dad – aber ich kann's kaum erwarten, aus diesem feuchten Schlafsack rauszukommen.«

So kabbelten wir uns noch eine Weile herum. Ich sagte, ich würde seinen blöden Außenschlafsack garantiert nie wieder benutzen, tat es dann aber doch noch mal im gleichen Sommer, in Gesellschaft von zwei Freunden, nach einer Party, bei der das Carlsberg in Strömen floß. Mein Vater hatte natürlich mitbekommen, daß ich reichlich »angeheitert« war (seine wohlwollende, verniedlichende Bezeichnung für die schalen Effekte übermäßigen Alkoholkonsums), doch er war so froh, seine Erfindung wieder einmal genutzt zu sehen, daß er uns bereitwillig half, die Feldbetten aufzustellen. Ansonsten erinnere ich mich nur, daß mir tierisch schlecht war, die Sterne sich über mir drehten und ich dann den Kopf über die Feldbettkante stecken mußte. Am nächsten Morgen war er sehr ärgerlich (»Kann nichts vertragen, der Bursche, eine Schande ist das«), aber wenigstens ließ sich die Plastikhülle leicht sauberwischen und hatte meinen Schlafsack vor Flecken bewahrt.

Die nächsten zehn Jahre kam ich fast nie dazu, das Chalet in Abersoch aufzusuchen. Auch mein Vater fuhr immer seltener dorthin, und gegen Ende der achtziger Jahre war es schon ziemlich heruntergekommen: Die Farbe blätterte von den Fensterläden, die er zum Schutz vor den Winterstürmen angebracht hatte; Stücke vom Dach waren in dem Orkan von 1987 abgerissen worden; der Unterboden war in der feuchten Salzluft angerostet. Am Ende kam ein Brief von der Platzverwaltung: sie sei von Rechts wegen ermächtigt, die Pächter aufzufordern, ihre Chalets alle zehn Jahre einer Renovierung zu unterziehen; da mein Vater seins in dreiundzwanzig Jahren nicht aufgebessert habe, müsse er sich nun entscheiden, ob er ein neues erwerben oder den Platz aufgeben wolle. Ein neues Chalet kostete mindestens 85000 Pfund, und sie boten ihm einen Preisnachlaß von 2200 Pfund, der Summe, die er damals für sein altes bezahlt hatte. Bis zum Ende des Jahres mußte er seinen Entschluß getroffen haben. Mein Vater sprang förmlich im Quadrat, ließ sich sogar juristisch beraten, doch alles Betteln und Lavieren brachte ihm keinen Aufschub ein. Eines kurzen, düsteren Dezembertages fuhr er schließlich hinunter, räumte das Chalet leer und sah zu, wie man es auseinandernahm und in zwei Hälften abtransportierte.

Später schenkte er mir ein paar von den zuletzt noch geborgenen Sachen: einen Spaten, einen Windschutz, einen Satz Pétanque-Kugeln, eine Leukoplastrolle, einen Feldstecher, unsere alten Wasserschier mit zugehörigem Halteseil. Aber nicht die gelben Freiluftschlafsäcke: Die hatte er irgendwo zur späteren Verwendung aufgehoben.

Tagebuch

*M*ontag, *9. Dezember*

Winterliches Dämmerlicht, strenger Frost. Alles ringsumher ist still und starr, die Teiche gefroren, die Bäume
wie erstorben, die Kanalschleusen vom Eis verriegelt.
Die Sonne kann nichts dagegen ausrichten. Den ganzen
Tag lang liegt sie auf ihrem Hügelbett, um dann errötend
hinter dem Pendle zu versinken. Zum Aufstehen aber ist
sie viel zu matt.

Mein Vater ist heute nicht schwächer als gestern und
auch nicht schläfriger. Er trinkt ein rohes Ei, das mit
Sherry gemixt ist. Er geht ohne Hilfe unter die Dusche.
Er sitzt in seinem Sessel im Wohnzimmer und sagt: »Was
sind wir doch für eine wunderbare Familie.« Ich habe
den Eindruck, daß er noch Tage, Wochen, wenn nicht
gar Monate so durchhalten kann, und ich muß zurück
nach London. Solange es geht, bleibe ich noch bei ihm
sitzen, während das karge Tageslicht hinter seiner
Schulter schwindet; ich weiß, daß ich ihn vielleicht nicht
lebend wiedersehen werde. An der Tür gebe ich meiner
Mutter einen Abschiedskuß, und sie nickt: Ja, falls ich es
nicht mehr rechtzeitig schaffen sollte, wird sie seinen
Körper dabehalten.

Mein Schwager fährt mich zum Bahnhof. Wir unterhalten uns darüber, ob ein plötzlicher Tod wohl besser

sei als ein lang hinausgezögerter und was »besser« in diesem Zusammenhang bedeute: besser für die Lebenden oder die Sterbenden? Wir sprechen von dem Familiensinn meines Vaters – seiner mangelnden Bereitschaft, seine Kinder loszulassen, seiner Überzeugung, daß es sein gutes Recht sei, jederzeit in ihren privaten Lebensraum einzubrechen, auch nachdem sie längst erwachsen waren; wie er immer ohne anzuklopfen bei Gill und Wynn hereinplatzte, sich ihre Projekte zu eigen machte, sie in seine Freizeitgestaltung einplante, ohne sich sonderlich darum zu scheren, ob es ihnen paßte oder nicht.

»Immer wieder hab ich ihn deswegen angemeckert«, sagt Wynn. »Mit diesem Familiengeklüngel hab ich mich nie anfreunden können. Man wird erwachsen, verläßt das Elternhaus und setzt eigene Kinder in die Welt: Das heißt für mich Familie haben. Aber er meint, es schließt ihn automatisch mit ein, nicht wahr, ein einziges großes Miteinander, und so fühlt er sich berechtigt, überall seine Nase reinzustecken. Darum hat's ja auch schon ein paarmal gekracht, daß die Fetzen flogen. Aber trotzdem hab ich große Hochachtung vor ihm. Ich werde ihn vermissen.«

An einen dieser Kräche kann ich mich noch lebhaft erinnern. Es ist nicht mal ein Jahr her, da strich mein Vater eines Abends, von seinem üblichen Kneipenbesuch heimgekehrt, um ihr Haus herum: angeblich nur, um den Hund auszuführen, doch Wynn meinte, »er wollte uns wieder mal nachschnüffeln«. Wynn, der ebenfalls gerade aus dem Pub zurück war, brüllte ihn an – überschüttete ihn mit einem ganzen Rattenschwanz von Beschwerden, unter anderem bezüglich ihres jüngsten Disputs über Wynns Vorhaben, sich das Hymermobil meines Vaters für eine Golfpartie mit ein paar Kumpels auszuborgen. Am Ende wurden sie sogar handgreiflich. Dad holte zu einem Schlag aus, der ins Leere ging. Wynn nahm die Fäuste hoch, und sie tauschten noch ein paar kernige Beschimpfungen aus. Mein Vater hatte eigentlich nichts für Prügeleien übrig. Ich kann mich nicht erinnern, daß er sich jemals geschlagen hätte, nicht einmal mit mir – wir hatten wohl beide ein Talent, brachiale Auseinandersetzungen zu vermeiden, sei es aus Angst vor Schmerzen oder aus Scheu vor Peinlichkeiten. Und doch war er nun drauf und dran, sich im Faustkampf mit seinem Schwiegersohn zu messen; irgendwie hatte er den Moment zu einem würdigen Abgang verpaßt. Zum Glück war Wynn aber auch nicht so ganz mit dem Herzen bei der Sache. Es flogen vielleicht noch ein paar Hiebe hin und her, die von vornherein darauf angelegt waren, ihr Ziel zu verfehlen, doch bald schon fielen die beiden Kampfhähne sich schluchzend in die Arme.

Ich warte auf dem Bahnsteig von Skipton. SOWJET-UNION FÜR TOT ERKLÄRT, heißt es auf der Titelseite des *Independent*. Es ist noch nicht mal vier Uhr, aber schon dunkel und unglaublich kalt – kälter und dunkler, als die Welt mir je zuvor erschienen ist. Der Zugverkehr ist ein einziges Chaos: arktischer Frost und Schneeverwehungen im Norden, in Northumberlandshire ist eine Überlandleitung auf die Schienen gestürzt, an der London Bridge ist die Signalbox durch Brandstiftung außer Betrieb gesetzt. In vier Stunden hätte ich zu Hause sein sollen. Diesmal dauert es acht.

Dienstag, 10. Dezember
In der Zeitung steht ein Artikel über die Vermeidung von Darmkrebs. Die Proktologin Katherine Monbiot erklärt: »Wenn man den Darm nicht dreimal am Tag ent-

158

leert, hält man giftige Substanzen darin zurück, die äußerst schädlich wirken. Manche Leute haben bis zu vierzig Pfund Fäkalien im Enddarm aufgestaut, die mit der Zeit immer härter werden, wie Reifengummi.«

Ich telefoniere mit Angela Carter, die an Lungenkrebs erkrankt ist. Sie redet ganz offen darüber: Ihre Freunde wollen wissen, wie es ihr geht, also sagt sie es ihnen, auch wenn es nichts Gutes zu berichten gibt. Ich frage sie, ob sie ein Buch von Raymond Carver rezensieren möchte, und sie lacht; nein, für Carver habe sie ganz und gar nichts übrig, die stille Resignation und würdevolle Passivität seiner Figuren sei ihr ein Greuel. Später geht mir auf, daß sie damit auch die stille Würde meinte, mit der er im Alter von fünfzig Jahren dem Lungenkrebs erlag, da sie nun, im gleichen Alter, der Krankheit ganz anders entgegenzutreten gedenkt – vielleicht mit Wut und Auflehnung. Ich erzähle ihr von meinem Vater und setze hinzu, um nicht allzu weinerlich zu klingen: »Nun ja, immerhin ist er ja schon fünfundsiebzig.«

»Mein Vater ist mit neunzig gestorben«, sagt sie, »und in mancher Hinsicht war das viel schlimmer, als wenn es ihn schon mit sechzig erwischt hätte.«

Sie erklärt sich bereit, anstelle des Carver-Romans die Rezension einer Geschichte des Anarchismus zu übernehmen. (Später – etwa einen Monat danach – ruft sie mich aus dem Krankenhaus an: »Mit dem Anarchismus wird's nun leider doch nichts. Hab gerade mein Todesurteil präsentiert gekriegt.«)

Mittwoch, 11. Dezember

Eiszeit über ganz England. Das Thermometer zeigt zehn Grad unter Null. Sechs Todesopfer bei einem Auffahrunfall. Jeglicher Zugverkehr zwischen Leeds und

King's Cross vorläufig eingestellt. Die Schienen sind vereist. Ich muß an Harry Limes Beerdigung im *Dritten Mann* denken: »Es war im Februar, und die Totengräber mußten die gefrorene Erde im Wiener Zentralfriedhof mit Preßluftbohrern aufwerfen.« Ob sie auf dem Friedhof von Skipton nun auch Bohrmaschinen einsetzen? Oder gibt es da etwa auch unterirdische Heizrohre wie auf Fußballplätzen? So gesehen, kann man noch von Glück sagen, daß mein Vater sich für eine Feuerbestattung entschieden hat.

Gestern abend gab es neue Fortschritte zu vermelden. Er hat nach dem Aufwachen etwas Tee getrunken, zum Frühstück sogar ein Ei gegessen und sich am Abend einen Gin Tonic (in Fingerhutgröße) genehmigt. Doch er war zu schwach, um im Wohnzimmer sitzen zu können. Und als er auf die Toilette ging, konnte er nicht wieder aufstehen. Meine Mutter mußte eine befreundete Krankenschwester aus dem Dorf zu Hilfe rufen. Zusammen schafften sie es, ihn hochzustemmen und ins Bett zurückzuhieven.

In *Söhne und Liebhaber* lese ich die Stelle nach, wo Paul und Annie Morel wie Schulkinder kichern, als sie ihrer siechen Mutter ein paar zerstoßene Morphiumtabletten in einen Becher heiße Milch mischen. Sie behaupten, es sei ein neues Schlafmittel, das der Arzt verschrieben habe. »Oh, das ist aber bitter«, beschwert sie sich, ehe sie in ewigen Schlaf versinkt.

Und wir erschauern unter dem kalten, weiten, sternklaren Himmel.

Donnerstag, 12. Dezember
Er scheint eine Art Plateauphase erreicht zu haben, die sich unmerklich abwärts neigt: Jeden Tag wird er ein biß-

chen schwächer, nimmt aber noch genügend Nahrung zu sich, um immer weiter durchzuhalten. Gestern hat meine Mutter Windelvorlagen für ihn gekauft. Ich erinnere mich, wie sie ihm am Tag meiner Abfahrt behutsam den Hintern abwischte und wie sehr er sich des beschmutzten Lakens wegen schämte, obwohl es gar nicht schlimm war, nur ein wenig Babyseim. Noch immer herrscht strenger Frost, noch immer ist die Zugverbindung unterbrochen, so daß ich nicht zu meinen Eltern fahren kann, selbst wenn sie mich dringend brauchen sollten. Unser Hausarzt meinte gestern, das Endstadium könne sich ohne weiteres noch sechs Wochen hinziehen, vielleicht auch drei Monate: So etwas ließe sich einfach nicht vorhersagen. Meine Mutter berichtet besorgt, daß er nun gleichzeitig durch Mund und Nase zu atmen scheint; sie fürchtet, er werde genau zu Weihnachten sterben »und uns allen das Fest verderben«, als ob es nicht ohnehin schon verdorben sei, als ob Weihnachten dieses Jahr überhaupt eine Rolle spielte – als ob sein Tod leichter zu ertragen wäre, wenn er auf irgendein anderes Datum fiele.

Eiskalter Nebel. Ein Chefarzt im Hampshire steht unter Mordanklage. Ihm wird vorgeworfen, in seiner Privatklinik Euthanasie praktiziert zu haben. Ein Mitglied des Kennedy-Clans wird in Florida vom Verdacht der Vergewaltigung freigesprochen. Ein Greenpeace-Mitstreiter wird gerichtlich belangt, weil er einen Delphin masturbiert haben soll. Beim Schreibtischaufräumen finde ich einen Brief meines Vaters, den er mir schon vor Monaten geschickt haben muß. »Dr. P. B. Morrison« steht auf dem Umschlag: Er ist der einzige Mensch auf der Welt, der Briefe an mich mit »Doktor« adressiert. Der größte Nutzen meiner Promotion bestand zweifellos darin, daß er sich seither in dem Glauben wiegen konnte, ich sei irgendwie doch noch in seine Fußtapfen getreten. In dem Umschlag ist eine getippte Kopie eines Briefes, den er an den konservativen Parlamentsabgeordneten seines Wahlkreises gerichtet hat. Am oberen Rand hat er für mich einen hastig hingekritzelten Kommentar beigefügt: »Ich weiß, Du interessierst Dich nicht für meine politischen Ansichten, aber ich hoffe, Du machst Dir wenigstens die Mühe, den Brief von Anfang bis Ende durchzulesen, um zu sehen, *wo* wir unterschiedlicher Meinung sind. Vielleicht kannst Du ihn ja sogar in Eurer Leserbriefsparte unterbringen, aber dann ohne Namen und Adresse, einfach nur mit der Unterschrift: ›Eine Stimme aus dem Norden.‹« Der Brief spiegelt die typische Sichtweise eines unzufriedenen Torys wider: Warum ist es um das britische Wirtschaftssystem schlechter bestellt als in den Ländern, die den Krieg *verloren* haben? Warum geht es mit der Industrie bergab? Hat die Verschuldung privater Unternehmen nicht ebenso überhand genommen wie die Staatsverschuldung? War die Einführung der Kopfsteuer nicht doch eine verfehlte Maßnahme? Natürlich bleiben auch seine üblichen versponnenen Theorien über die Gefahr einer linken Unterwanderung nicht unerwähnt, aber dann steht da noch folgendes: »Obwohl ich meiner tiefsten Überzeugung nach alles andere als ein Sozialist bin, komme ich doch recht viel herum und höre mir an, was der Mann von der Straße so denkt. Viele von uns meinen, daß die Regierung den Kontakt zum gewöhnlichen Wähler verloren hat und durch immer größere soziale Ungerechtigkeit ein wachsendes Unmutspotential innerhalb der Bevölkerung schafft.« Vielleicht bin ich inzwischen unkritischer geworden, weil er so krank ist, aber ich kann nicht umhin, ihm beizupflichten – glaube allerdings kaum, daß ich ihm das je gestehen werde.

Gestern nacht hob in der eisigen Finsternis draußen plötzlich ein fürchterliches Gekreisch und Gezeter an, als ob jemand jetzt schon seine selbstgemästete Weihnachtsgans schlachtete. Wahrscheinlich war es nur ein Fuchs, der sich ein Huhn holte. Heute hat mir ein Freund in Blackheath bestätigt, es sei tatsächlich ein Fuchs gewesen, ein Weibchen, aber nicht auf Raubzug, sondern bei der Paarung: »Diese verfluchten Füchse machen dabei ein Theater, als hätte ihr letztes Stündlein geschlagen.«

Freitag, 13. Dezember

Ein Brief von einem alten Schulfreund schließt mit den Worten: »Grüße auch Deine Eltern ganz herzlich von mir. Ich hab Deinen Alten immer gemocht, auch wenn er oft schrecklich autoritär war.«

Ich rufe meine Mutter heute zweimal an. Die Morgennachrichten sind vielversprechend: Er ist zwar schwächer, aber er hat fast einen halben Liter Milch getrunken; er hat vor, aufzustehen und eine Dusche zu nehmen. Die Abendnachrichten hören sich weniger rosig an: Er hat es nicht weiter als bis zur Kommode neben dem Bett geschafft; der Arzt war da und hat Wasser in der Lunge festgestellt; er hat leicht erhöhte Temperatur, und obwohl das auch an der ständig zu heiß eingestellten Heizdecke liegen kann (meine Mutter hat schon rote Brandspuren an seinen Schenkeln bemerkt), könnte es auch eine beginnende Lungenentzündung sein – der Anfang vom Ende. Sie will am Morgen zurückrufen und mir sagen, ob ich wieder hochkommen soll. Ich nehme mir vor, auf jeden Fall zu fahren, trinke ein paar Whiskys und mache mir Sorgen, daß ich nicht rechtzeitig zur Stelle sein könnte, daß er schon heute nacht sterben könnte, ausgerechnet am Freitag, dem dreizehnten.

Ich gehe mit den gesammelten Werken von Tennyson zu Bett und finde folgende Passage in »Maud«:

Wie seltsam, wenn den Geist die Bürde
Des Schmerzes ganz zu erdrücken droht
Und man glauben sollte, daß solche Noth
All Leben des Auges ertränken würde,
Daß dann dem Müden in seiner Nacht
Plötzlich ein schärferer Sinn erwacht
Für Muschel und Blume und kleine Dinge,
Auf die er sonst nicht hätte acht. –
Mir steht es jetzt im Gedächtnis klar,
Wie sterbend er lag, da nahm ich wahr
Den einen seiner vielen Ringe, –
Denn viele trug er, der arme Mann –
Ich nahm ihn wahr und dachte dann:
Der ist von seiner Mutter Haar.
Wer weiß, ob er wirklich todt?
Ob Noth mir die Flucht gebot?

Die Trauer schärft die Sinne. Das ist wohl wahr. (Aber kein Trost.)

Samstag, 14. Dezember

Das Telefon klingelt um zwanzig vor sieben. Es kommt mir vor, als sei es mitten in der Nacht, und ich weiß, es kann nur mit meinem Vater zu tun haben: Bestimmt ist er gerade gestorben. Ist er nicht, aber meine Mutter möchte mich zur Eile mahnen; sein Husten, den er seit zwei Tagen hat, ist schlimmer geworden, er ist schläfriger und verwirrter, und sie glaubt, es wird jetzt nicht mehr lange dauern. Ich mache mir eine Tasse Tee, ziehe mich an, wanke in die Dunkelheit hinaus. Die Straßen sind so vereist, daß ich mit meinem Aktenkoffer, meiner Reisetasche und meiner Plastiktüte voller Weihnachtsgeschenke immer wieder ins Schlittern gerate. Die Bahn aus Blackheath hat eine Viertelstunde Verspätung, und an der Station London Bridge muß ich zehn Minuten warten, ehe die Anzeigetafeln überhaupt eine Bahn ankündigen, aber irgendwie schaffe ich es dennoch, in King's Cross den Acht-Uhr-zehn-Zug nach Leeds zu erreichen, zwanzig Sekunden vor der Abfahrt. Am liebsten würde ich sofort meinen Vater anrufen, um ihn an meinem Triumph teilhaben zu lassen – Geschichten von *unwahrscheinlichen Glücksfällen* hört er für sein Leben gern.

Ich erinnere mich an zwei solcher Geschichten, die er immer wieder zum besten gab. In der ersten ging es um einen Rückflug von den Azoren, zu dem er mit einer Gruppe von Luftwaffenoffizieren angetreten war: Sie hatten sich in einer Reihe aufgestellt, um sich auf zwei Flugzeuge zu verteilen, und der Mann vor ihm war der letzte, der mit in das erste stieg, das unterwegs abstürzte; keiner der Insassen überlebte. In der anderen Schwein-gehabt-Geschichte ging es zwar nicht um Leben und Tod, doch er erzählte sie stets in dem gleichen feierlichen Tonfall, als habe er durch die Gnade Gottes eine wunderbare Errettung erlebt: Er wollte bei der Einreise nach England einen neuen Fotoapparat durch den Zoll schmuggeln, »und da stand ich also mit meinen drei Koffern vor dem Zollbeamten. Er sagte: ›Machen Sie mal den da und den da auf.‹ Nichts. Er hat sie wieder zugeklappt, und den mittleren hat er überhaupt nicht angeschaut. Tja, Glück muß der Mensch haben.« Was wäre das Leben meines Vater ohne diese erfolgreichen Gaunereien, diese dem Schicksal abgetrotzten kleinen Siege gewesen? Und was wird mein Leben ohne seine Geschichten sein?

Die Sonne strahlt von einem wolkenlosen Himmel. In den Niederungen liegen noch Nebelbänke. Ein Fohlen schwebt schmal und schwerelos neben seiner Mutter. Mir gegenüber sitzt ein chinesisch-britischer Geschäftsmann, so um die fünfundzwanzig, mit Funktelefon und Gameboy ausgerüstet, der sich mit dem Schaffner anlegt, weil er nicht einsehen will, daß man im Zug keine Sonderfahrkarten ausgestellt bekommt – um die strittigen zwanzig Pfund sodann doppelt und dreifach zu vertelefonieren, indem er seiner Schwester langatmig von dem Vorfall berichtet. Der Zug bleibt schier endlos vor dem Bahnhof in Leeds stehen, aber ich habe wieder Glück und erwische gerade noch den Anschluß nach Skipton. Weiße Farbe blättert von einer Signalbox. Die Schafpferche zwischen Shipley und Crossflats sind vollgepfropft mit wolligen Leibern, die sich bräunlich vor dem Schnee abheben. Beim Halt in Keighley blicke ich zu dem Bahnsteig hinüber, auf dem ich vor zwei Wochen gestanden habe. Es scheint – nein, ist – ein ganzes Leben her. Am Montag davor war er operiert worden. Am Donnerstag danach hatte er drei Stunden an seinem Computer gesessen. Wie schnell es doch so weit gekommen ist – daß ich nun wieder zu ihm unterwegs bin, mit dem bedrückenden Gefühl, es könnte vielleicht schon zu spät sein; ein Wettlauf mit dem Tod, den mein Vater nicht gewinnen kann, selbst wenn ich ihn nicht verliere.

Die Freuden von Lech

Schiferien in Lech, Österreich. In einem Alter, wo die meisten Eltern ihre Kinder längst als chronisch mißgelaunte Teenager abgeschrieben haben, die man kaum ein Wochenende lang ertragen kann, und wo die meisten Kinder nur noch mit ihren Altersgenossen in die Ferien fahren, verbringen wir alle zusammen vierzehn Tage in den Alpen: Vater, Mutter, Sohn und Tochter. Freunde an der Universität haben mir neiderfüllt von dem fetzigen Après-Ski-Rummel vorgeschwärmt, der mich erwartet – Alkohol, Partys, Drogen, Mädchen –, aber ich sehe keine rechte Möglichkeit, an diese Genüsse heranzukommen, wenn meine Eltern mir doch dauernd auf der Pelle kleben und selbst für den Fall, daß ich mich mal abseilen könnte, meine kleine Schwester sich mir unweigerlich an die Fersen heften würde. Auf den Schipisten ist mir der Anblick der vielen hübschen Mädchen mit langen, unter Pudelmützen herabwallenden Haaren eine ständige Qual. Bei der langen Warterei am Lift oder an der Seilbahn male ich mir immer aus, wie ich *sie*, die heiß Ersehnte, heute abend in der Hotelbar treffen werde. Aber wir sind in einer kleinen, biederen Familienpension untergebracht, wo meine Schwester und ich die einzigen menschlichen Wesen zwischen neun und neunundvierzig zu sein scheinen; die Disco-Action am

Ort findet anderweitig statt, eindeutig nicht in unserem verschlafenen Winkel. Nun, wenigstens hält mich auf diese Weise nichts von meiner Arbeit ab: Während die anderen abends alle in der rustikalen Gaststube herumsitzen, verziehe ich mich frühzeitig ins Bett, um in den finsteren Dramen von Marlowe, Tourneur oder Webster zu schmökern, barocke Abgründe von Mordlust und maßloser Pein in einem kleinen Pensionszimmer.

»Ach, *da* steckst du«, sagt mein Vater von der Tür des Zweibettzimmers aus, das ich mit ihm teile, da er die Unterbringung nach dem Jugendherbergsprinzip Jungs-Jungs/Mädels-Mädels geregelt hat, statt nach dem üblichen Familienschema Mann-Frau/Tochter-(drittes Zimmer oder raumabteilender Vorhang)Sohn. »Bißchen ungesellig, sich einfach so zu verkrümeln, nicht? Wir wußten gar nicht, wo du abgeblieben bist.«

»Aber Dad, ich hab doch gesagt, daß ich noch zu arbeiten habe.«

»Na, ich hab jedenfalls nichts gehört, du nuschelst ja auch immer so. Schau dich nur an, unrasiert, ungekämmt, was du brauchst, ist Bewegung und frischen Wind um die Nase.«

»Das würde ich aber in der Hotelbar auch nicht kriegen, oder?«

»Jetzt werd nicht auch noch frech. Wir sind hier als Familie zusammen, da muß man sich nicht dauernd absondern. Komm runter, es ist Zeit zum Essen.«

Am Nebentisch sitzen zwei ältliche Schottinnen, die auf den jovialen Gruß meines Vaters hin – »Schönen Tag auf der Piste gehabt? Ist der Schnee nicht eine Wucht?« – noch knöcherner und verbiesterter wirken als am Abend zuvor.

»Wir sind ziemlich enttäuscht von den Bedingungen

168

hier. Diese endlosen Schlangen an den Liften! Wir haben in der Schihütte einen kleinen Imbiß eingenommen, und ob Sie's glauben oder nicht, für zwei Sandwichs und zwei Zitronentees hat man uns über fünf Pfund abverlangt!«

Die Damen haben die gleiche Pauschalreise wie wir gebucht, und ich frage mich, ob ihr ständiges Nörgeln und Aufrechnen aller Mängel nicht dazu beigetragen hat, daß unsere Reiseleiterin – eine leicht chaotische, wuschelköpfige Blondine aus Manchester – gestern plötzlich abgereist ist, angeblich »zu einer Konferenz in unserer Hauptgeschäftsstelle« abberufen. Die beiden richten ihre mißbilligenden Mienen wieder auf ihre Teller. Ich greife seufzend nach dem nächsten Glas Liebfrauenmilch.

»Sie sind Dr. Morrison, nicht wahr?«

Eine junge Frau steht an unserem Tisch. Sie ist groß, dunkel, stark geschminkt, mit sinnlich aufgeworfenen Lippen, einer markanten Nase und schulterlangen Haaren. Sie sieht aus, als wäre sie einem der Dramen entstiegen, die ich gerade lese, oder den Tagträumen, die ich mir so hoffnungsvoll zurechtgesponnen habe.

»Ich bin Rachel Stein, Ihre neue Reiseleiterin. Und dies ist sicher Ihre Familie. Ich hoffe, Sie genießen Ihren Urlaub.«

»Aber selbstredend, meine Liebe«, sagt mein Vater, zieht einen freien Stuhl für sie heran und bestellt ihr ein Bier, ehe sie überhaupt dazu kommen könnte, es abzulehnen. Er macht sich anheischig, sie genauestens über das Hotel, die Stadt, die empfehlenswerteren Skilifte ins Bild zu setzen, erklärt ihr, welche Restaurants man meiden sollte und woran es bei den Wäschereien hapert. Außerdem erzählt er ihr, wo wir zu Hause sind, was er beruflich tut, wie wir alle heißen, wie alt wir Kinder sind, welcher Ausbildung wir nachgehen. Als er stolz von meinen schulischen und studentischen Erfolgen berichtet, erwarte ich ein Aufblitzen des Erkennens in ihren Augen, die Bestätigung meiner Gefühle, die ihr doch nicht entgangen sein können. Doch sie hat nur Augen für meinen Vater. Schon bekommt sie ein zweites Glas Bier hingestellt. Die beiden Schottinnen, denen sie nur kurz zur Begrüßung zugenickt hat, sehen versteinert zu, während sie nun selbst zu erzählen beginnt: Ab nächsten Herbst wolle sie an der Universität von Bristol englische Literatur studieren, aber erst gönne sie sich mal ein Jahr Freiheit – die Reisegesellschaft, bei der sie angestellt sei, biete ihren Mitarbeitern ein höchst attraktives Tourprogramm, einen Monat hier, sechs Wochen dort, immer auf Achse, vorher sei sie gerade in Agadir, Marokko, gewesen, als nächstes sei Griechenland dran. Sie sei das Herumziehen gewöhnt, ihr Vater habe meist im Ausland gearbeitet, sie habe einen Großteil ihrer Kindheit in Flugzeugen verbracht, immer unterwegs zwischen dem Internat und ihrem jeweiligen Zuhause.

Auf einmal füllen ihre Augen sich mit Tränen: »Mein Vater ist letztes Jahr gestorben. Meine Mutter meinte, es würde mir guttun, ein bißchen wegzukommen, obwohl ich sie sehr vermisse.«

Sie ist inzwischen beim dritten Bier angelangt, wir beim Nachtisch und Kaffee. Ich bin rettungslos verknallt, und sie hat mich kaum eines Blickes gewürdigt. Wie geschickt von ihr, so viel Interesse für meinen langweiligen alten Dad zu zeigen, anstatt für mich. Plötzlich ist sie aufgesprungen, um den Schottinnen hinterherzueilen – »Muß auch noch ein paar Worte mit den Damen wechseln, es sind Schwestern, wissen Sie, die Jungfern

Laidlaw aus Kirkcaldy.« Wir sehen ihr nach, wie sie schwanengleich entgleitet.

»Es kann nie schaden, sich mit den Reiseleitern gutzustellen«, sagt mein Vater. »Ein nettes Mädchen – sie wird uns gut betreuen.«

Ihn zumindest betreut sie mit geradezu erstaunlicher Fürsorge. Die nächsten Abende leistet sie uns stets an unserem Tisch Gesellschaft, und mein Vater wird nie müde, ihr jedes kleine Vorkommnis auf den Schipisten in allen Einzelheiten zu schildern. Selbst noch mit einem halben Liter Wein intus winde ich mich vor Verlegenheit über sein banales Geschwätz (wie schafft sie es nur zu verbergen, wie sehr es sie anöden muß?) und schwanke hin und her zwischen geniertem Wegschauen und dem Bestreben, einen Blick von ihr zu erhaschen. Sie redet viel von ihrer allem Wohlstand zum Trotz nicht sehr rosigen Jugend, und ich würde sie gern in meinen Armen davontragen, um sie über ihren Kummer, ihre Verlassenheit hinwegzutrösten. Vergebens wünsche ich mir, meine Mutter möge mir beistehen, indem sie irgendwelchen Unmut darüber zu erkennen gibt, daß mein Vater das Mädchen so mit Beschlag belegt. Vergebens warte ich darauf, daß mein Vater sagt: »Warum geht ihr jungen Leute heute abend nicht mal ein bißchen schwofen?« Aber er ist selber viel zu sehr auf sie versessen, als daß er sie so einfach aus den Fängen ließe. Tief geknickt verziehe ich mich schließlich zu meiner Mutter und meiner Schwester ins Fernsehzimmer, während mein Vater und Rachel munter weiter an der Bar plaudern.

Später im Bett, während das Schnarchen meines Vaters von den weißgetünchten Wänden und der holzgetäfelten Decke widerhallt, denke ich darüber nach, wie dasjenige in ihm, das nur das Beste für mich will und mir stets den Weg ebnet, sich auf einmal mit offener Rivalität mischt, die ich bislang noch nie an ihm hatte wahrnehmen wollen. Im letzten Juni, als er mich zu Semesterende in Nottingham abholen kam, hatte er darauf bestanden, ein paar Runden Squash mit mir zu spielen, was ich gerade erst zu lernen begonnen hatte – auf seine ausdrückliche Ermunterung hin, weil er mich nach zwei Semestern voller Partys und Ausschweifungen so »käsig« fand: »Der ideale Sport für vielbeschäftigte Leute: kurz, heftig und intensiv. Damals als Medizinstudent war ich da ziemlich gut drin.« Er kreuzte mit Shorts und Schlägern im Aufenthaltsraum des Studentenwohnheims auf, und als er Freunde von mir dort herumhängen sah, die gerade nichts Besseres zu tun hatten, lud er sie gleich ein, als Zuschauer mitzukommen. Eigentlich hatte ich mir die Geschichte als einen harmlosen, spielerischen Ballabtausch vorgestellt: Ich hatte die Nacht zuvor nicht geschlafen, und er hatte angeblich seit fünfundzwanzig Jahren keinen Schläger mehr in der Hand gehabt. Doch nach ein paar Warmlaufminuten meinte er bereits. »Na, sollen wir ein Spielchen wagen?« Er war ziemlich eingerostet und nicht sehr zielsicher, und obwohl ich gerne besser in Form gewesen wäre, hatte ich doch das Gefühl, die erste Runde mehr aus Höflichkeit zu verlieren, um dann bei der zweiten und dritten um so kräftiger durchzustarten.

Womit ich allerdings nicht gerechnet hatte war, daß ich statt dessen immer mehr abbaute und er zusehends an Boden gewann. Doch während er seine Bälle tückisch und unerreichbar in alle vier Ecken der Halle pfefferte und ich mich unter dem schadenfrohen Gejohle von der Galerie wie ein Idiot abhetzte, wurde mir allmählich klar, daß er mir in diesem Sport einfach überlegen war und daß ich ihn nicht nur nicht schlagen, sondern regelrecht überrollt werden würde. Zum Schluß ließ er etwas nach, vielleicht, um mir eine letzte Chance zu geben, aber das machte mich nur noch wütender und unkonzentrierter. Die Endrunde besiegelte er mit einem Schuß an die Rückwand, der schnurgerade und unaufhaltbar bis zur gegenüberliegenden Wand zurückprallte. Er schüttelte mir die Hand und sagte: »Ich hatte ja gedacht, du würdest es mir etwas schwerer machen.«

Und während seine Schnarcher nun durch mich hindurch vibrieren, gestehe ich mir ein, daß es so schon seit mindestens fünf Jahren zwischen uns läuft. Ich lernte Wasserschifahren, er auch. Ich lud Freunde nach North Wales in unseren Wohnwagen ein, irgendwie schaffte er es an diesen Wochenenden immer, ebenfalls da zu sein. Ich überredete sie, nachts zum Schwimmen mitzukommen, er war immer der erste, der in der Badehose, mit dem Handtuch über den Schultern, in die nächtliche Kälte hinausspurtete. Vor kurzem habe ich mal von einem vagen Vorhaben erzählt, nach dem Studium meinen Magister in Kanada zu machen. »Großartig«, hat er gesagt. »Dann können Gill und Mummy und ich irgendwann nachkommen und dich besuchen. Wir kaufen uns ein Wohnmobil und gondeln zusammen durch ganz Nordamerika. Warum sollte ich nicht mal vier Monate frei nehmen? Ich kann ja eine Vertretungskraft einstellen.« Sehr richtig, warum nicht? Aber damals, als ich noch klein war, hatte er nie Zeit für eine Urlaubsreise. Und jetzt, da ich erwachsen bin, will ich ja gerade nach Kanada, um von ihm wegzukommen. Es geht nicht mal so sehr darum, daß er mich nicht loslassen will, sondern daß er sich immer als der Stärkere erweisen muß. Wann wird der alte Depp endlich einsehen, daß er alt ist?

Warum tut er nur immer sein möglichstes, um *mich* alt aussehen zu lassen? Ich vergrabe mich wieder in meinen Webster. Demnächst wird mein Vater mir wahrscheinlich noch eröffnen, er habe die Medizin aufgegeben und sich zum Literaturstudium in Nottingham angemeldet.

Einstweilen aber eröffnet er mir, kaum daß er aufgewacht ist, er habe sich irgendwie den Rücken verzogen und halte es nicht für ratsam, heute Schi zu laufen, er wolle den Tag lieber gemütlich im Liegestuhl auf dem Balkon verbringen. Meine Mutter bemerkt scherzhaft, als wir drei in Richtung Schilift lostrotten, daß er »sich sicher mit seiner Freundin treffen« werde. Ähnliches hat sie früher schon über andere Frauen verlauten lassen, bei denen er sich gelegentlich angebiedert hatte, als sei ihre Art, sie so leichthin als »Freundin« zu bezeichnen, schon der beste Beweis für die Harmlosigkeit solcher Bekanntschaften. Ich lasse meine Mutter und meine Schwester am Anfängerhang zurück und fahre weiter hinauf zu meinem eigenen Schikurs. Wir üben heute den Parallelschwung, und ohne die hemmende Anwesenheit meines Vater habe ich den Bogen tatsächlich bald raus. Nach der Lunchpause geht's wieder mit dem Lift nach oben, und die ganze Zeit über wende ich keinen Blick von der Gestalt im Sessel vor mir, die mit wehendem Blondhaar unter der Wollmütze so lässig hingelümmelt, so offensichtlich unbeeindruckt über die schaurigen Abgründe schwebt. Fieberhaft lege ich mir eine passende Formel zurecht, mit der ich sie nachher an der Liftstation ansprechen könnte, ein Eliotzitat vielleicht: »Hier in den Bergen fühlst du dich frei.« Oder falls sie mich verständnislos anguckt, wäre da noch die deutsche Passage – »Frisch weht der Wind / Der Heimat zu«, was mich zugleich als gebildet und sprachgewandt ausweisen würde. Sie ist nun schon fast am Ziel angekommen, wo der Sessel sich mit einem Ruck vorwärts neigt und man schnell abspringen muß, ehe er in der Kabine verschwindet. Ich klappe die Haltestange zurück und mache mich zum Aussteigen bereit. Da sehe ich sie an der Plattform anlangen und sich umdrehen, und ich hole schon Luft, um ihr mit dem *Wüsten Land* zu imponieren, als ich plötzlich sehe, daß sie böse Akne und einen Schmerbauch hat. Und daß sie ein Mann ist.

Wieder zurück in unserem Zimmer, finde ich meinen Vater und Rachel in der Dämmerung einträchtig auf dem Balkon plaudernd vor: Mit ihren Drinks und Zigaretten vor dem eisblauen Bergpanorama wirken sie wie eine Martini-Reklame. Ich schenke mir einen Whisky ein. Meine Mutter beginnt ein wenig überstürzt, von dem herrlichen Tag auf dem Schihang zu erzählen, und die beiden hören höflich zu, wie ein Ehepaar, das nachsichtig über den Ausflugsbericht einer Großmutter oder Kinderfrau lächelt. Ich schaue aufs Bett – natürlich ist es nicht zerwühlt, aber sie hätten ja genug Zeit gehabt, es wieder glattzustreichen, das besagt noch gar nichts. Ein Schwall von Widerwillen steigt in mir hoch – nicht nur gegen ihn, weil er mir Rachel ausgespannt hat, ehe ich überhaupt mein Glück bei ihr versuchen konnte, sondern auch gegen sie, ihre großbürgerliche Blasiertheit, ihre vaterfixierte Vorliebe für ältere Männer. Sobald es irgend geht, ziehe ich mich zurück, um mich wieder in *The White Devil* zu vertiefen:

Die Augen auszustechen dieser Metze;
Sie liegen lassen gut zwanzig Monate im Sterben,
Abzuschneiden ihr Nas' und Lippen, die verfaulten
Zähne auszureißen; den Leib wie Mumienfleisch

175

Bewahren, als Trophäe meines gerechten Zorns!
Gegen mein Leid ist Höllenglut
Das reinste Schneewasser ...

Zum Abendessen ist etwas Besonderes geboten. Fondue steht heute auf dem Speiseplan, und Rachel hat uns zugeredet, uns diese Abwechslung mal anstelle des üblichen faden Menüs zu gönnen – »alles im Preis inbegriffen«. Die beiden Schottinnen nehmen mit an dem Festmahl teil. In dem zauberischen Kerzenschimmer blubbern zwei Fonduetöpfe auf ihren Spirituskochern, und die sieben Fonduegabeln sehen wie die Teufelsforken in mittelalterlichen Gemälden aus. Wir spießen Baguettewürfel auf und tauchen sie in die cremige Soße – geschmolzener Emmenthaler und Greyerzer, mit Weißwein, Gewürzen, Knoblauch, Zitronensaft, Mondamin und Kirschwasser angereichert. »Beim Fondue-Essen ist es hier Sitte«, erklärt Rachel, »daß ein Mann, der sein Brot im Käse verliert, eine Flasche Wein spendieren muß.« Mein Vater tunkt seine Gabel ein und zieht sie leer heraus. Rachel lacht. Selbst die Jungfern Laidlaw lachen: Sie haben sich überreden lassen, bei den ersten zwei Flaschen Wein mitzuhalten, und jetzt bestellen wir noch eine dritte. Nachdem Brot und Käse verputzt sind, bringen die Kellner neue Töpfe, Salatschüsseln und eine Platte mit Fleischstückchen: Wir tunken das Fleisch in siedendes Öl, dann in verschiedene Soßen, Béarnaise, Andalouse, Rémoulade. Die Hitze und das Kerzenlicht, das heitere Tischgespräch, der Wein und das köstliche Essen bringen uns einander näher, lassen die Hemmungen und Vorbehalte verfliegen.

»Außerdem will es die Tradition«, kichert Rachel, »daß jede Frau, die ihren Bissen von der Gabel verliert, alle Männer am Tisch küssen muß. Na, kommen Sie, Mrs. Morrison, die Herausforderung können Sie doch leicht annehmen.« Meine Mutter hat keine Lust, sich auf das Spiel einzulassen, und ich hoffe im stillen, daß auch keine der anderen vier sich dazu hinreißen lassen wird, nicht einmal Rachel, nicht hier am Tisch, wo »alle Männer« nur meinen Vater und mich bedeutet. Die Stimmung kühlt sich etwas ab, und auch die vierte Flasche Wein trägt nicht dazu bei, die Befangenheit zu lösen, verstärkt sie höchstens noch. Die Kirschtörtchen, die es zum Nachtisch gibt, bleiben unberührt auf den Tellern liegen. Die gute Laune ist verpufft. Der Kellner bringt die Rechnung.

»Ich zahle den Wein«, sagt mein Vater, »und Rachels Anteil geht aufs Haus, wenn ich dann also den Rest auseinanderdividiere, beläuft sich Ihr Betrag« – er wendet sich an die Schottinnen – »genau auf ein Drittel, richtig?«

»Aber wir dachten, das geht *alles* aufs Haus«, widerspricht die eine Miß Laidlaw.

»Sie haben doch selbst gesagt, es sei alles im Preis inbegriffen, Miß Stein«, ereifert sich die andere.

»Anstelle des üblichen Menüs.«

»Und ohne Aufpreis.«

»Ich werde mal nachfragen«, sagt Rachel und verschwindet in der Küche. Mein Vater versucht, die aufgebrachten Jungfern zu besänftigen: Ein Drittel der Rechnung, abzüglich der Getränkekosten, belaufe sich auf etwa zwanzig Pfund, das sei doch nicht so tragisch.

»Zwanzig Pfund?«

»Wenn sie gleich gesagt hätte, daß wir pro Person noch zehn Pfund zuzahlen müssen, hätten wir den Vorschlag nie angenommen.«

Rachel kommt zurück. »Es tut mir leid, das war ein

Spezialmenü, wissen Sie, und wenn sie keinen Aufpreis verlangten, könnten sie es den Hotelgästen gar nicht anbieten. Die Leute, die von auswärts zum Essen herkommen, müssen wesentlich mehr dafür zahlen als Sie – bei Ihnen wird der Preis für das übliche Abendessen abgezogen.«

»Aber wir wußten ja nicht, daß wir überhaupt dafür zahlen müssen«, versetzt die eine Miß Laidlaw.

»Und wenn wir's gewußt hätten, hätten wir es gar nicht erst bestellt«, sekundiert die andere.

Es entsteht eine unbehagliche Pause.

»Der Ärger mit Ihnen«, sagt eine zorngeladene Stimme zu Rachel, »ist eben, daß Sie sich nicht die Mühe machen, die Sachen vorher zu klären. Sie können sich wohl nicht vorstellen, was es heißt, sich das Geld für den Urlaub mühsam zusammenzusparen. Sie hätten keine leichtfertigen Versprechungen machen sollen. Schließlich ist nicht jeder hier so reich wie Sie.«

Peinliches Schweigen. Alle wirken etwas schockiert von dem Wortschwall, ich ganz besonders, da er anscheinend von mir stammt. Und ich bin noch nicht fertig.

»Die ganze Woche haben wir uns anhören dürfen, was Sie als Kind durchgemacht haben, weil Ihre Eltern so viel von einem Ort zum anderen gezogen sind und Sie ins Internat gesteckt haben, und wie schlimm es war, daß sie in den Ferien nur per Flugzeug nach Hause konnten. Aber eine Menge Leute würden sich glücklich schätzen, teure Privatschulen besuchen zu können oder überhaupt mal in ein Flugzeug zu steigen. So was ist Ihnen wohl noch nie in den Sinn gekommen, wie? Wir haben dieses Essen unter Vorspiegelung falscher Tatsachen bestellt. Wir dachten, Sie tragen Sorge für unsere Interessen, wie man es von seinem Reiseleiter erwarten kann. Statt dessen haben Sie uns hängen lassen.«

Weiteres betretenes Schweigen. Rachel scheint den Tränen nah. Es ist das erste Mal, daß ich mehr als eine ˥ Satz zu ihr sage, und schon führe ich mich puritanischer auf als drei Generationen vom Laidlaw-Klan zusammengenommen. Zum Schluß erbietet sich mein Vater, das ganze Essen zu bezahlen, doch das wollen die Jungfern Laidlaw, ob nun erschreckt oder erbaut von meinem Ausbruch, keinesfalls annehmen und rücken die zwanzig Pfund ohne weiteres Sträuben heraus. Rachel sieht an mir vorbei, als ob ich nie ein Wort an sie gerichtet hätte, was alles nur noch schlimmer macht. Ich trolle mich auf mein Zimmer. *Geschieht ihr ganz recht, der hochnäsigen Ziege,* frohlockt eine kleine Stimme in mir, allerdings gleich von einer zweiten übertönt, die mich höhnisch an meine Schande gemahnt: *Du Vollidiot. Jetzt wirst du sie nie und nimmermehr herumkriegen.*

Als ich am nächsten Morgen aufwache, ist mein Vater nicht da. Ich finde ihn bei meiner Mutter, in ihrem Zimmer. Sie lächeln sich mit einer Verschwörermiene an, aus der ich nicht recht schlau werde.

»Sollen wir's jetzt machen?« fragt mein Vater.

»Ja, ruf sie hoch«, nickt meine Mutter.

»Um was geht's denn?« will ich wissen.

»Du wirst schon sehen – aber nicht lachen, hörst du?«

Mein Vater wählt eine dreistellige Nummer. »Könnten Sie mal kurz in Kims Zimmer raufkommen«, murmelt er mit Grabesstimme in den Hörer. »Es ist was Furchtbares passiert.«

Rachel ist in zwei Minuten zur Stelle. Sie sieht übernächtigt aus, ungeschminkt, ihr Gesicht fahl wie ein russischer Winter, ihr schönes schwarzes Haar ohne Glanz.

»Was ist passiert?«

»Da war ein Mann auf meinem Balkon«, sagt meine Mutter, die händeringend an der Bettkante sitzt.

»Wann?«

»Gestern nacht, als ich hier ins Zimmer zurückkam. Gillian schlief Gott sei Dank schon tief und fest.«

»Was hat er getan?«

»Er hat nur so dagestanden.«

»Er ist nicht reingekommen?«

»Nein.«

»Aber Sie hatten Angst? Sie dachten, er könnte vielleicht reinkommen?«

»Es war noch schlimmer.« Meine Mutter sieht auf ihre Hände hinab. »Er... na, Sie wissen schon.«

»Ein Exhibitionist?«

»Ja, er hat sein, Sie wissen schon, vorgeholt und stand einfach so da.«

»Und was haben Sie dann gemacht? Haben Sie unten beim Empfang angerufen? Oder wenigstens geschrien? Sie hätten doch das ganze Haus alarmieren können.« Rachel setzt sich neben meine Mutter aufs Bett und streichelt ihr die Hände.

»Das wollte ich ja auch, aber da war er schon wieder verschwunden.«

»Das ist ja grauenhaft. Sie müssen entsetzliche Angst ausgestanden haben. Konnten Sie denn überhaupt schlafen?«

»Nein.«

»Alles klar«, schnaubt Rachel und steht auf. »Ich gehe jetzt direkt zur Rezeption und melde den Vorfall, und dann rufe ich die Polizei an.«

»Vergessen Sie bei der Meldung aber das Datum nicht«, mischt mein Vater sich ein.

»Wieso?«

»Wir haben den ersten April.«

»Tut mir leid, ich verstehe nicht ganz...«

»April, April!«

»Ja, aber was hat das...«

»Wir haben Sie in den April geschickt«, sagt m ein Vater. »Kim hat sich das alles bloß ausgedacht, es ist gar nicht wahr, wir haben Sie auf den Arm genommen, meine Liebe.«

Rachel sinkt wieder auf die Bettkante und bricht in Tränen aus.

Sie bringen ihr eine Tasse Kaffee, reden beruhigend auf sie ein – »na, na, ist ja gut, war doch nicht bös gemeint«, selber ganz erschrocken, daß der Scherz zu glaubhaft geklungen hat. Sie begreift es noch immer nicht ganz, und ebensowenig verstehe ich, was meinen Vater dazu bewogen haben kann. Daß meine Mutter eine Geschichte von sexueller Bedrohung erfindet, erscheint mir plausibel genug: vermutlich ist es genau das, was ihr in den letzten Tagen zugesetzt hat. Aber die Idee stammte nicht von ihr, sondern von meinem Vater – und was hatte er von diesem Unsinn Hatte er etwa doch mit Rachel geschlafen und wollte sich dafür bestrafen – der Aprilscherz als Sühne? Oder hatte er nicht mit ihr geschlafen und wollte *sie* dafür bestrafen – der Aprilscherz als Rache?

Am Abend brechen wir zum Flugplatz auf. Am Empfang, wo wir zwischen unseren Koffern stehen, küßt Rachel uns alle zum Abschied, aber irgendwie vorsichtig und zurückhaltend: Sie wirkt plötzlich jung und verletzlich, gar nicht mehr wie die abgeklärte Weltenbummlerin, die wir, ein jeder auf seine Art, so schlecht behandelt haben.

»Viel Glück auch weiterhin«, sagt mein Vater im Hinausgehen.

»Alles Gute, Ihnen allen!« ruft sie uns hinterher.

Ein paar Monate später zeigen meine Eltern mir einen Brief von Rachel, in dem sie von ihrem ersten Semester an der Universität von Bristol berichtet. Mit Erleichterung stelle ich fest, daß er oberflächlich, kindisch und völlig frei von jeglicher Gefühlsregung ist.

Tod

Meine Mutter steht in der Tür. Ich sehe an ihrer Miene, daß er noch lebt – und an seiner, daß es nicht mehr lange sein wird. Er schläft, obwohl sich schwer sagen läßt, ob er wirklich schläft oder nur vor sich hin döst. Sein rechtes Lid ist nicht ganz geschlossen, und ich kann das hochgerutschte Weiße seines Auges sehen. Wenn er wach ist, kriegt er das linke Auge nicht ganz auf, so daß das Lid die Pupille halb verdeckt. Seine Wangen wirken eingefallener. Sein Kinn ist von einem mehrtägigen Stoppelbart überzogen – und das ihm, der sein Leben lang immer so tadellos rasiert war! Er atmet gleichzeitig durch den Mund, der in einer Art starrer Erschlaffung halb offensteht, und durch die Nase – man sieht, wie die Nasenflügel sich bei jedem mühsamen Atemzug bebend zusammenziehen. Seine Unterlippe sackt ein wenig von den Zähnen weg, die mit etwas Rosanem verklebt sind – Reste von unvollständig geschluckten oder wieder hochgekommenen Tabletten. Das Haar fällt ihm in glatten Strähnen bis halb über die Ohren – es hat noch nicht mitgekriegt, was los ist, und wächst einfach unverdrossen weiter.

Er liegt hoch in den Kissen aufgestützt, um die Lungen zu entlasten. Ich habe das Gefühl, nicht *ihn* zu betrachten, sondern seine Totenmaske – es hängt irgendwie mit der Schwellung rund um die Augenpartie zusammen. Er hat immer sehr ausgeprägte Tränensäcke gehabt, die sich jetzt noch deutlicher abzeichnen. Ich setze mich auf den Stuhl neben ihm an der Bettkante, wobei mir aus der Decke ein strenger Geruch in die Nase steigt. Ich halte seine Hand, das einzige an ihm, was nicht geschrumpft ist, immer noch so kräftig und zupakkend wie eh und je. Ich kann die neuen Höhlungen sehen, die sich in seinen Körper gegraben haben – über seinen Schlüsselbeinen, zwischen den Rippen, unter den Ohren –, als ob das Skelett sich schon bis unter die Haut vorarbeitete, um allmählich die Regie zu übernehmen, das Fleisch zu verdrängen. Ich lupfe die Decke und sehe die Moltontücher unter ihm, die Windel um seine Körpermitte, mit den Klettverschlüssen an den Seiten. Er ist weit von sich selbst weggetreten, und doch scheint die Atmung tief und regelmäßig. Ich hatte gedacht, er könnte nicht noch mehr zusammenschnurren, nicht noch kränker werden, aber das war ein Irrtum.

Sein ganzes Erwachsenendasein hat er zwischen Medikamenten verbracht, und nun wird er zwischen ihnen sterben. Die Behälter stehen ordentlich aufgereiht auf der Fensterbank – Diconal, Frusemid, Largactil, Periactin – nicht die alten Glastiegel und farbigen Flaschen und runden Pillenbüchsen seiner ersten Nachkriegspraxis, sondern weiße Plastikdosen mit kniffligem Sicherheitsverschluß. Der Anblick ist keineswegs ungewohnt, seltsam ist nur, daß sie für ihn bestimmt sind. Er hatte immer jede Menge Medikamente und ärztliche Gerätschaften zu Hause gehortet – um im Notfall schnell das Richtige zur Hand zu haben, nicht zuletzt für seine eigene Familie. Als ich zwölf war, schenkte er mir öfters kleine Plastikspritzen, eine fortschrittliche Neueinführung der sechziger Jahre – wenn man die Nadel abbrach, ließen sie sich prima als Wasserpistolen verwenden und erschlossen mir eine willkommene Verdienstquelle, da ich sie heimlich an meine Schulkameraden verkaufte, je nach Größe für ein oder zweieinhalb Schilling. Als mein Vater davon Wind bekam, war er sehr ärgerlich und stellte sofort die Lieferung ein: Es war nicht mein kapitalistischer Unternehmergeist, der ihn störte, sondern die Tatsache, daß ich Arztsohn war – und daß sich herumsprechen könnte, Arthur Morrison benutze seinen Sohn zur Verdienstaufbesserung.

Die neuesten Einwegspritzen, die nun auf seinem Nachttisch liegen, sind noch kleiner und praktischer: Sie sind mit einer fertig gefüllten Glaskapsel versehen, die man am einen Ende abbricht, um die Nadel einzutauchen und die Spritze aufzuziehen, und nach der Injektion wirft man sie einfach weg. Die Medizin, die er nicht in Tablettenform einnehmen kann, bekommt er auf diese Weise von meiner Mutter verabreicht. Ein schneller Alkoholtupfer auf den Schenkel, dann der Einstich, den er kaum zu registrieren scheint (weil er zu narkotisiert ist? Weil er woanders zu viel Schmerzen hat, um einen lächerlichen Nadelpiekser noch wahrzunehmen?). Sein linker Schenkel ist inzwischen von Einstichspuren übersät: Eine davon blutet ein wenig, und meine Mutter wischt das Blut vorsichtig ab.

Ich überlasse ihn seinem Schlummer und gehe ins Wohnzimmer, wo David und Vera Whitehouse Kaffee trinken. Sie sind zu einem letzten Besuch von Redcar aus hergefahren – es ist dreiunddreißig Jahre her, seit sie nach Davids einjährigem ärztlichen Praktikum aus Earby fortgezogen sind, doch sie haben die Verbindung nie abreißen lassen. Wir geben uns die Hand, bestätigen

185

uns gegenseitig, wie traurig der Anlaß, wie plötzlich das alles gekommen ist, wo Arthur doch immer so fit, so rüstig, so unternehmungslustig war. Ihre pragmatische Art tut mir und meiner Mutter ganz gut: Sie haben beide viel Erfahrung mit Krebspatienten, und ihrer Ansicht nach hat er nicht mehr als höchstens noch zwei Tage zu leben – ob wir Morphium im Haus hätten? Manche Patienten würden in ihren letzten Stunden sehr unruhig, geradezu panisch, oder gingen vor Schmerzen die Wände hoch. Falls es zu akuter Atemnot kommt, könnte mein Vater ähnlich reagieren, und da sollte man ein starkes Sedativum zur Hand haben. Nachdem sie sich versichert haben, daß es uns diesbezüglich an nichts fehlt, machen die Whitehouse sich wieder auf den Weg: Die Rückfahrt wird zwei Stunden dauern, und sie sind nur auf eine halbe Stunde dageblieben, aber das sind die Opfer, die wahre Freunde zu bringen bereit sind, die mein Vater auch bringen würde, oft genug gebracht hat.

Eine halbe Stunde später setzt er sich mit unserer Hilfe an der Bettkante auf. In seinen lichten Momenten ist er nur noch darauf aus, seinen Oberkörper möglichst aufrecht zu halten – alles andere, sogar seine Medikamententabelle, ist in Vergessenheit geraten. Jede Stunde wacht er auf und versucht sich hochzurappeln; selbst wenn er schläft, läßt er das rechte Bein aus dem Bett hängen, um sich schneller aufrichten zu können, und wir haben einen Stuhl mit der Lehne an die Bettkante gerückt, damit er nicht hinausfällt. Nun sitzt er also da, etwas taumelig und außer Atem, und verlangt zu trinken. Unter der herabgerutschten Decke kann ich seinen aufgeblähten Bauch mit der geriffelten Nähnarbe sehen – wie bei dem Wolf im Märchen, der die Geißlein fraß, einschlief und beim Aufwachen den Wanst voller Wackersteine hatte. Ich halte einen Halbliterkrug mit Eiswasser für ihn – nicht einen seiner alten silbernen Golfclub-Krüge (die haben seinerzeit die Einbrecher mitgenommen), sondern einen aus Glas mit einem Fuchsjagdmotiv an der Seite. Wir hatten ein ganzes Set solcher bebilderter Krüge, und aus einem davon habe ich mit zwölf mein erstes bitteres Shandy getrunken, auf seinen Befehl (»Gewöhn dich jetzt schon an den Biergeschmack, dann schlägst du später nicht so über die Stränge«). Ich drapiere ihm ein Handtuch unters Kinn, drücke ihm leicht den Kopf zurück, er zwingt einen Schluck hinunter, würgt aber gleich eine Menge mehr wieder hoch. Seine Hände zittern, als er versucht, sie um das Glas zu legen. »Besser so?« frage ich, und er preßt ein »Ja« hervor. Dann versuche ich es mit dem Strohhalm, schiebe ihm das Ende zwischen die Zähne, und er begreift auch, wie's gemeint ist, scheint aber erst zu schwach, daran zu saugen, bis es ihm unter Aufgebot aller Kräfte doch gelingt. Die Einbuchtungen unter seinen Ohren höhlen sich noch mehr aus, während er angestrengt an dem Strohhalm zieht. Ein Tropfen Wasser schafft es tatsächlich bis in ihn hinein, und während er wieder nach Atem ringt, stelle ich mir vor, nein, *höre* förmlich, wie dieser eine Wassertropfen die ausgedörrte Speiseröhre hinabrollt.

Seine rissigen Lippen sind jetzt etwas angefeuchtet, seine Stimmbänder neu geölt und einsatzfähig, doch ich kann nicht verstehen, was er sagt. Meine Mutter antwortet, schwatzt und schäkert und flirtet an ihn hin, und bei manchen ihrer Worte scheint er aufzuhorchen. Letzte Nacht hat er zu ihr gesagt: »Kannst du mich mal rumdrehen, Schatz«, und dieses *Schatz* hat sie davon überzeugt, daß er sie noch erkennt und weiß, daß sie da ist, während ich keine Ahnung habe, ob er weiß, wer ich bin. Seine Augen sind trübe, entrückt, blicklos. Ich hatte so gehofft, er würde mich noch einmal erkennen, aber das steht jetzt kaum noch zu erwarten. Falls ich deshalb hergekommen bin, um all mein Bemühen, meine Sorge um ihn anerkannt zu sehen, hat es seinen Zweck verfehlt, da er sich jetzt ganz auf sich zurückgezogen hat. Es gibt ein Gedicht von Robert Frost, das diese Einsicht auf den Punkt bringt:

> ... *Das weiteste Stück Wegs, das Freunde einen*
> *Zum Tod begleiten dürfen, ist doch so viel zu kurz,*
> *Daß sie's auch gleich ganz unterlassen könnten.*
> *Nein, von der Zeit an, da man sich todkrank weiß,*
> *Ist man allein, und stirbt noch mehr allein.*

Als wir ihm aufs Bett zurückhelfen, ihn an den Armen zum Kopfende ziehen, diesen ausgemergelten Körper, der so schwer von all dem aufgestauten Wasser ist, ihn in die aufgetürmten Kissen betten und die Beine schön gerade auf das Laken ausstrecken, frage ich mich, ob das ganze Manöver nicht mehr zu unserem Trost bestimmt ist – die Illusion, noch *irgendwas* tun zu können – als zu seiner Bequemlichkeit. Wenn er wundgelegen wäre, würde diese Fürsorglichkeit ihm vielleicht noch Erleichterung verschaffen. Aber nun, da er sich innerlich schon so weit entfernt hat, scheint er gar nicht mehr mitzubekommen, was um ihn herum geschieht.

Von nun an gibt es keine lichten Momente mehr, keine Unterhaltungen, nur noch seinen unveränderten Anblick den ganzen Nachmittag und Abend lang: der graue Stoppelbart, das halboffene linke Auge, den tief auf die Brust gesunkenen Kopf, bis plötzlich irgendein Wort aus einer der Anekdoten, mit denen wir ihn aufzumuntern versuchen – meine Zugfahrt hierher, die Querelen zwischen meiner Mutter und dem Gärtner –, irgendwo einzuhaken scheint und ein paar fast unverständliche und meist zusammenhanglose Worte von ihm auslöst, ehe es wieder hoffnungslos ins Leere schwirrt. Gestern hatte er ein wenig Milch getrunken und gefragt: »Kann ich noch mehr Wein haben?« Selbst diese Art von Unwirklichkeit, diese halluzinatorische Wahrnehmung scheint mittlerweile unerreichbar.

Wie der Tag sich so dahinschleppt, fällt es immer schwerer, den Gestank aus seinem Bett zu ignorieren. Schließlich, so um die Teezeit, mit meiner Schwester als Verstärkung und ein paar abstumpfenden Drinks intus, fassen wir uns ein Herz, ihn sauber zu legen. Das bedeutet, daß wir ihn unter den Achseln packen, hochstemmen und um 180 Grad herumdrehen müssen, um ihn auf den Stuhl neben dem Bett zu setzen. Während ich ihn dort festhalte, zieht meine Mutter die besudelten Moltontücher ab, das durchweichte Laken und die nasse Plastikunterlage, und meine Schwester bezieht das Bett neu. Dann lösen wir die Klettverschlüsse an der Windel, und ich ziehe ihn noch mal hoch, während meine Schwester sie ihm abstreift: Sie läßt sich nur schief und verkrumpelt abpellen, wobei der Klebstreifen kurz an seinem Schenkel hängenbleibt, doch wenigstens braucht man sich nicht allzulange damit aufzuhalten, ihm den Hintern abzuwischen, der rotgefleckt vom Liegen, aber nicht wund ist. Dann schieben wir ihm die frische Windel unter, die meine Schwester an der einen Seite sachkundig befestigt, während meine Mutter – deren Erfahrungen sich auf Stoffwindeln beschränken – an der anderen Seite mit der neuzeitlichen Technologie zu kämpfen hat. Ich muß meinen rechten Arm unter dem rechten Arm meines Vaters hindurch vor seine Brust schieben, um ihn zu stützen, und mit der freien linken Hand die Windel straff halten, damit meine Mutter die Seitenlasche feststecken kann. Jetzt ist es geschafft, und ich ziehe ihn hoch und beginne ihn langsam mit dem Rücken zum Bett hin umzudrehen. Dazu muß ich den Stuhl mit dem Knie zurückschieben, und einen schrecklichen Moment lang verfängt sich ein Stuhlbein an seinem Bein und bohrt sich ihm in den Rist, drückt tief in das aufgeschwemmte Fleisch und nagelt ihn am Boden fest, schmerzhaft genug, daß er plötzlich »Stuhl« murmelt. Da sehe ich es erst, kicke den Stuhl mit dem Knie beiseite und schiebe meinen Vater sachte zum Bettrand hin, hieve ihn zurück auf seinen Kissenberg. Schnaufend sitze ich neben ihm, seine Hand in der meinen, und frage mich, ob er, der so an seinen patriarchalischen Grundsätzen festhielt, wohl jemals eine *meiner* Windeln gewechselt hat – frage mich, ob nicht gerade dies der Punkt ist, an dem man sich endgültig als Erwachsener begreift: wenn man nicht bloß die Windeln seiner Kinder, sondern die seiner Eltern wechselt.

Als ich meine Schwester im Dunkeln nach Hause begleite, wieder unter sternklarem Himmel, sage ich zu ihr: »Hoffentlich stirbt er heute nacht. Ich will nicht, daß er sich noch weiter so hinquält.«

»Ja, das hoffe ich auch.«

»Sollen wir dich anrufen, wenn es soweit ist?«

»Nein – lieber erst morgen früh.«

»Die einzigen Mütter mit mongoloiden Babys, die ich je entbunden habe«, erzählt meine Mutter über ihrem Whisky, »waren beides junge Frauen Anfang zwanzig.

190

Das eine Kind war kein schwerer Fall, eigentlich ein fröhlicher, zufriedener Junge, und das andere ist mit sechs Monaten an Lungenentzündung gestorben. Das zeigt doch, daß es nicht nur bei Frauen über vierzig passiert. Und heutzutage kann man das ja alles rechtzeitig feststellen und einen Abbruch vornehmen. Ich habe selber auch Überweisungen zur Abtreibung ausgestellt, wenn die Mädchen das wirklich wollten – und nicht nur der Freund oder die Eltern so entschieden hatten. Aber manchmal frage ich mich, ob das richtig war, vor allem, wenn sie dann später nicht geheiratet und Kinder bekommen haben. Hätte ich ihnen nicht doch mehr zureden sollen, ihr Kind auszutragen? Auf jeden Fall bin ich aber froh, daß ich nicht mehr Thalidomidfälle erlebt habe – ich selber habe das Medikament nie verschrieben, es gab noch ein anderes, das ebensogut gegen Brechreiz war, und ich sah keinen Grund, ein neues auszuprobieren. Das einzige Thalidomidbaby, das ich bei der Geburt gesehen habe, war von der Patientin eines Kollegen. Ich weiß nur noch, daß mich keiner vorgewarnt hatte, und was ich für einen Schreck gekriegt habe, als der Kopf rauskam: Ich dachte nur, um Gottes willen, was ist denn das? Es sah aus wie ein Pinguin, mit Flossen statt Armen, ohne Beine, und das Gesicht war ganz besonders grausig. Ich hab nur eine Sekunde lang hingeschaut, aber es sah aus, als hätte es nur ein einziges Auge mitten auf der Stirn. Ein anderer Arzt kam mit einer Spritze und nahm es mir gleich ab – es starb ohnehin sofort. Es hat noch Jahre gedauert, bis der Thaliomidskandal an die Öffentlichkeit drang, und da wurde uns erst klar, daß wir es mit so einem Fall zu tun gehabt hatten. Ich glaube, die Mutter hat nie begriffen, was ihr da zugestoßen war. Sie war eine Mrs. Molloy, und sie brachte später noch sechs gesunde Kinder zur Welt, wovon eins dann in einem Abwasserrohr ertrank. Aber der schlimmste Unfall dieser Sorte war ja der, der Jean Harrison passiert ist – weißt du noch? Sie hatte ihre einjährige Tochter mit dem sechsjährigen Sohn in der Badewanne gelassen und war ans Telefon gegangen, und als sie wiederkam, lag das Baby mit dem Kopf unter Wasser, und der Bruder hatte nichts gemerkt. Es war gegen Ende der Nachmittagssprechstunden, Dad und ich sind gleich hingerast, und er hat eine halbe Stunde lang Wiederbelebungsversuche auf dem Badezimmerboden gemacht, bis der Notarztwagen mit Sauerstoff eintraf, aber es war hoffnungslos, absolut hoffnungslos.«

*

Meine Mutter schläft jetzt, und ich sitze vor dem Fernseher und gucke die Spätnachrichten (schon wieder ist ein Polizist erstochen worden, Morrison mit Namen) und dann einen Film, *Flucht aus Alcatraz*. Ich nicke davor ein und schrecke tief in der Nacht vom Klingeln des Telefons auf. Schlaftrunken stürze ich zum Hörer, auf die Schreckensnachricht gefaßt, daß mein Vater gerade zu Hause gestorben sei – da finde ich mich in seinem Schlafzimmer wieder, wo das Telefon neben dem Bett ausgehängt ist und er röchelnd neben meiner Mutter atmet, keiner von beiden hört etwas, und ich renne zurück ins Wohnzimmer, wo das Telefon unentwegt weiterschrillt. Sein Hausarzt ist dran, erkundigt sich nach seinem Befinden und meint, wir sollten uns nicht scheuen, ihn bei Bedarf zu jeder Tages- und Nachtzeit anzurufen, er sei unter folgenden Nummern zu erreichen. Ich danke ihm, hänge ein und frage mich, wieso *er* sich nicht scheut, uns zu nachtschlafender Zeit mit unerbetenen Anrufen zu belästigen, doch dann merke ich, daß es erst viertel nach elf ist. Ich schaue noch mal ins Schlafzimmer meiner Eltern. Ihre Hand liegt in der seinen, wie bei dem Paar in Larkins »Ein Grab in Arundel«, nur daß der kleine Hund nicht zu ihren Füßen liegt, sondern in der Küche, und daß sie aus Fleisch und Blut sind, nicht aus kaltem Stein, obwohl einer von den beiden morgen schon erkaltet sein kann. Der Anblick ihrer vereinten Hände treibt mir Tränen der Rührung in die Augen; so schlafen sie nun schon seit fünfundvierzig Jahren nebeneinander, ein Liebespaar noch über den Tod hinaus.

Doch dann scheint mein Vater halb aufzuwachen, und er versucht, seine Hand wegzuziehen, möchte sich aufsetzen, kann nicht begreifen, was da auf seinem Arm lastet. Meine Mutter wird ebenfalls wach. Wir helfen ihm, sich aufzusetzen, und er verlangt nach Eis. Ein Glas Eiswasser? Er schüttelt den Kopf, nein, bloß Eis, und meine Mutter holt zwei flache Eiswürfel aus der Küche, die wir ihm in den Mund schieben. Er hält sie, schier übermenschlich, zwischen den Zähnen fest, bis seine Stimmbänder wieder angefeuchtet sind, worauf er fragt: »Führt Ihr die Tabelle weiter?« Wir lachen: »Aber ja, Dad, deine ganzen Medikamente werden gewissenhaft eingetragen.« »Gut.« Es scheint an der Zeit, ihm ein Beruhigungsmittel zu geben, aber meine Mutter mag noch nicht auf das Morphium zurückgreifen und begnügt sich mit Largactil, das eigentlich dämpfend genug wirken sollte. Ich gehe zu Bett, kann nicht einschlafen. Nach einer Stunde höre ich unten seine Stimme noch mal, aber von nun an lasse ich die beiden das unter sich ausmachen, und im Wegdösen stelle ich ihn mir da unten vor, wie er beharrlich gegen die Schlafmittel ankämpft, wie ein Dynamo, der sich einfach nicht abstellen läßt.

Um halb sieben wache ich auf, alles noch in tiefste Finsternis getaucht, und wie ich leicht beklommen, aber doch überzeugt, daß er noch am Leben ist, die Treppe hinabsteige, höre ich schon seine regelmäßigen, schnaufenden Atemzüge. Meine Mutter schläft auf dem Rücken, mit einem Dick-Francis-Roman in Großdruckausgabe flach auf der Brust. Mein Vater liegt auf der Seite und macht immer wieder den Versuch, sich aufzurichten; seine rechte Hand tastet an der Bettkante entlang, sucht krampfhaft nach einem Halt, ich kann sehen, wie seine Armmuskeln sich spannen. Doch dann rutscht die Hand wieder ab, der Arm erschlafft, er schläft noch mal ein. Ich gehe uns Tee machen, komme mit zwei Bechern zurück und setze mich ans Bett. Meine Mutter wacht auf und scheint einen Moment ganz verwirrt, mich dort zu sehen. Ich reiche ihr ihren Becher, und sie setzt sich auf:

»Wie war die Nacht?« frage ich sie.

»Er ist um vier aufgewacht und hat an der Bettkante gesessen und gehustet und gehustet, bis anscheinend irgendwas hochgekommen ist und er besser Luft gekriegt hat. Dann habe ich ihm eine Spritze gegeben.«

»Morphium?«

»Ja. Zum ersten Mal hat er mich gar nicht gefragt, wofür das sein soll. Er hat nur gefragt: ›Kann ich mich jetzt hinlegen?‹«

Ich deute auf seine schwachen, flattrigen Bemühungen, sich aufzurichten: Es kommt mir grausam vor, ihm nicht zu helfen, doch es wäre noch grausamer, ihn hochzustemmen, wo er so benommen, so gar nicht bei sich ist. Plötzlich sehe ich ihn die Augen aufschlagen, die irgendeinen Punkt jenseits des Bettes zu fixieren scheinen. Ich trete ans Fußende, in sein Sichtfeld, in der Hoffnung, ein kleines Aufleuchten in seinem Blick zu erhaschen. Aber nichts geschieht: Die Augen schauen starr und verschwommen ins Leere – sie sehen wie tot aus. Auch seine Atemzüge hören sich anders an – meine Mutter bemerkt es eher als ich –, sie sind langsamer geworden, wenn auch immer noch regelmäßig. Auf einmal atmet er etwas tiefer aus als vorher – und holt keine Luft mehr. Ich nicke meiner Mutter zu. Nach einer halben Minute atmet er wieder, ganz schwach, ein Hauch nur, und sie legt die linke Hand auf die Brust, als wollte sie sagen, *mein Gott, was bin ich erleichtert, ich dachte schon, er wäre weggeblieben.* Dann wieder nichts. Noch eine halbe Minute, noch ein fast unmerklicher Hauch. Dann nichts als Schweigen. Langes, friedliches Schweigen. Ich sehe auf seine Uhr: Punkt sieben. Dann auf ihre: zehn nach sieben. Es ist vollkommen still: Nur aus dem Garten tönen gedämpfte Krähenschreie herüber.

Er ist tot, und es erfüllt mich mit einem seltsamen Triumphgefühl. Er ist tot, nun ist es eingetroffen, was ich als Kind mehr als alles andere gefürchtet hatte, aber ich bin noch hier, meine Mutter ist noch hier, ich kann sie atmen hören, die Welt ist untergegangen, aber wir haben überlebt, uns ist nichts passiert. Er ist tot – ohne Aufbäumen, ohne Panik und Delirium verloschen, wie ein Nachtlicht in seinem eigenen Wachs. Wir sitzen da, seine reglose Gestalt zwischen uns, als ob wir noch auf ein letztes Zeichen warteten, und ich fühle nichts als diese eigenartige, schockbedingte Euphorie. Fast ist mir, als könnte ich ihn seinen eigenen Tod aus der üblichen Rosa-Brille-Optik kommentieren hören: »Na, das war doch gar nicht so schlimm, oder? Wenn man bedenkt, wie es hätte sein können – endlos hingezogen, qualvoll und widerwärtig, oder im Krankenhaus statt hier in meinem Bett – da hab ich doch wirklich noch Glück gehabt.

Ein schöner Tod nach einem schönen Leben: Besser kann's einem gar nicht gehen.«

»Der Hausarzt meinte, wir sollten ihn flach hinlegen.« Meine Mutter steht auf, voll eisiger Ruhe, und wir heben seinen Kopf an, um die meisten Kissen darunter vorzuziehen, strecken ihn auf dem Rücken aus, legen das rechte Bein, das noch über der Bettkante baumelt, ordentlich hin, ziehen ihm die Decke bis auf die Brust – wozu sie dem Toten, außer im Film, übers Gesicht breiten und vorzeitig verhüllen, was man nur allzu bald nie mehr wird sehen können? Ich weine während dieser Verrichtungen still vor mich hin, lasse meine Mutter dann mit ihm allein und weine etwas lauter am Küchenfenster. Aus dem morschen Baumstumpf draußen, den er als Vogelfutterplatz stehen lassen hat, sprießen zierliche Pilzgirlanden.

Ich laufe immer wieder ins Zimmer zurück, um nachzusehen, wie es ihr geht, wie es ihm geht. Es kommt mir vor, als sei inzwischen ein ganzes Leben vergangen, doch die Uhr zeigt erst halb acht, und hier sitze ich im Wohnzimmer, umgeben von unzähligen Schachteln mit Familienfotos. Ich sehe sie mir jedes Weihnachten an, aber dieses Jahr ist Weihnachten etwas zu früh gekommen. Und sogar jetzt sehe ich ein, daß dieses Kramen in alten Fotos nur ein hilfloser Versuch ist, ihn wieder aufleben zu lassen, ihn mir zu bewahren. Sein Gesicht blickt mir fremd und fern von alten Schwarzweißabzügen auf Glanzpapier mit gezackten, vergilbten Rändern und brüchigen, sepiabraunen kleinen Pappquadraten entgegen – in der Fliegeruniform auf den Azoren; in seinem Hochzeitsanzug, 1946; mit einem Wurf von zwölf Labradorwelpen, mit Babys, mit Kleinkindern, mit Gipsbein; wie er nach dem Umtrunk zur Feier seiner Pensionierung in »angeheitertem« Zustand von seinen Freunden die Treppe hinuntergetragen wird. All diese Aufnahmen haben etwas Frisch-Fröhlich-Jungenhaftes an sich, das ihm, wie ich finde, nicht gerecht wird. Dann finde ich etwas Besseres: ein Foto von ihm vor unserem alten Pfarrhaus, dandyhaft an seinem schwarzen Mercedes lehnend, eine Zigarette lässig in der rechten Hand, neben ihm seine schöne Frau, die damals Anfang vierzig war – ein Bild der Gesundheit und der Gediegenheit, das sich wohltuend von der Armseligkeit und Gebrechlichkeit abhebt, die wir in den letzten Monaten vor Augen gehabt haben, und auch ein Bild der Affektiertheiten und Bestrebungen, die der Tod ausgelöscht hat.

Meine Mutter kommt herein, um mir zu sagen, daß sie den Pfarrer angerufen hat – es ist noch nicht acht, und so wird er ihn bei der Frühandacht mit ins Gebet einschließen können, worauf sich die Neuigkeit ganz von allein im Dorf herumsprechen wird, ohne daß wir alle einzeln benachrichtigen müssen: So hat die Kirche schließlich doch noch ihr Gutes. Ich rufe meine Frau und Kinder in London an, um ihnen Bescheid zu sagen, und währenddessen kommt meine Mutter noch mal herein und fragt, ob ich gerade eben im Schlafzimmer gewesen sei: Ihr schien, als habe sie dort Schritte gehört. Ich gehe durch den Flur und stelle mich in den Türrahmen zum Schlafzimmer, aber nichts deutet hier auf irgendwelchen Spuk hin. Gewiß war mein Vater doch viel zu sehr Materialist, um als Gespenst wiederzukehren, und der Raum, in dem wir ihn haben sterben sehen, ist nach wie vor hell und nüchtern. Nicht er ist es, sondern wir, die wie Gespenster durchs Haus geistern, bleich und verhuscht und substanzlos. Da liegt er, starr wie ein Monument auf seinem Bett. Nur eine Stunde nach seinem Tod ist seine

Stirn schon marmorkühl, doch als ich unter der Decke über seine breiten Rippen streiche, fühlt sich die Brust unter meiner Hand noch warm an.

Sie ist immer noch warm, als der Hausarzt gegen neun vorbeischaut: »Armer Arthur, das haben Sie nicht verdient«, sagt er. Und sie ist auch nicht sehr viel kühler – ich prüfe es noch mal nach –, als Malcolm, der Leichenbestatter, um elf eintrifft. Er ist um die Vierzig, erinnert sich noch aus der Schulzeit an mich, wirkt hager und schlaksig in seinem grauen Anzug, mit einem Abzeichen vom Rotary Club am Jackenaufschlag. »Oje, oje, Arthur«, seufzt er vor sich hin und schaut ganz betreten drein.

Er schickt meine Mutter nach einer Schale Wasser, und während sie nicht im Zimmer ist, holt er eine lange Pinzette hervor und schiebt meinem Vater einen Wattebausch in den offenen Mund, wo er (sichtbar) hinten am Gaumen stecken bleibt – »damit keine Gase hochkommen«, wie er erklärt. Meine Mutter kommt mit dem warmen Wasser zurück. Malcolm nimmt Rasierzeug aus der Tasche und macht sich für die nächste Dreiviertelstunde daran, meinem Vater die eine Woche alten Stoppeln abzurasieren, »nur um ihn ein bißchen herzurichten«. Ich sehe meine Mutter an und merke, daß sie das gleiche denkt wie ich – wozu dieser kosmetische Firlefanz? Wer wird ihn denn noch sehen, wenn er im Sarg liegt? Und selbst für den Fall, daß er in einer Leichenhalle aufgebahrt würde, wer würde sich denn an seinen Stoppeln stören? Er selbst vielleicht noch am ehesten: er hat immer sehr viel Wert darauf gelegt, ordentlich rasiert zu sein. Aber die Fummelei mit Rasierklingen war ihm zu umständlich – er selbst benutzte stets einen Rasierapparat –, und Malcolms sorgfältiges Geschabe hätte er als pure Energieverschwendung angesehen: Besser, der Mann hätte sich statt dessen im Garten nützlich gemacht. Wäre mein Vater *wirklich* noch bei uns gewesen, hätte er sicher so was in der Richtung verfügt.

Aber meine Mutter und ich sind Neulinge im Umgang mit Toten und beugen uns Malcolms Etikettedenken. Immerhin gibt es ihm etwas zu tun, während er auf uns einschwatzt:

»Dieses Jahr habe ich schon achtundvierzig Kunden versorgt – macht im Schnitt einen pro Woche. Für mich ist das nur eine Nebenbeschäftigung, eigentlich bin ich Tischler von Beruf. Aber das Handwerk ist ja heutzutage nicht mehr so gefragt, und irgendwie muß man halt über die Runden kommen. Sie haben doch keine speziellen Wünsche, oder? Nein? Gut. Manche Leute verlangen ja die ganze Palette, wissen Sie, einbalsamieren und alles. Unglaublich, was man da inzwischen für Möglichkeiten hat – man kann dem Kunden Formalin durch die Halsarterie einspritzen oder ihm das Blut und den Urin mit einer elektrischen Pumpe absaugen und ihm Plastikkappen unter die Augenlider schieben, damit sie schön rund und glatt wirken, so nach dem Motto, ruhe in Frieden. Ich persönlich halte nichts von solchen Maskenbildnertricks: Aus einer Dörrpflaume eine reife Zwetschge machen, das ist nicht recht. Keine Verschnörkelungen, nichts Ausgefallenes, schlicht, aber ordentlich: So lautet meine Philosophie.«

Ich warte darauf, daß er meinem Vater aus Versehen das Kinn einritzt – bluten die unabgesaugten Toten weniger stark als die Lebenden? –, doch er vollendet sein Werk ohne den geringsten Patzer. Ich helfe ihm, meinen Vater auf die Seite zu drehen, damit er die Auflagen unter ihm wegziehen, ihm das Gesäß abwaschen und eine

199

neue Windel anlegen kann: Keine schöne Arbeit, aber unumgänglich, da »noch einiges an Flüssigkeit anfallen kann«, wie er sagt. Der Körper meines Vaters ist jetzt schon ein wenig steifer, doch sein Rücken ist noch warm, die Haut gerötet und von den Abdrücken der Knautschfalten im Bettlaken gezeichnet. »Darum müssen wir immer ziemlich bald zur Stelle sein«, erklärt Malcolm, »bevor die Totenstarre einsetzt. Nach zwölf Stunden sind sie schon sehr steif und schwer zu bewegen. Nach vier bis fünf Tagen werden sie dann wieder schlaff.«

Mein Vater hatte sich beizeiten dagegen ausgesprochen, in ein Leichentuch gehüllt zu werden, und er hätte es nicht richtig gefunden, einen guten Anzug zu verschwenden. Also gehen wir jetzt daran, ihm einen rehbraunen Baumwollpyjama anzuziehen. Bisher hat Malcolm noch mit keiner Wimper gezuckt, ebensowenig wie mein Vater, doch auf einmal wirkt er etwas durcheinander. Ich halte den Oberkörper für ihn aufrecht, und er steckt den rechten Arm in den linken Ärmel und bemerkt seinen Irrtum erst, als er die Pyjamaknöpfe auf der Rückseite vorfindet. Wir heben den Körper wieder an, ziehen ihm die Pyjamajacke wieder aus und dann das ganze noch mal richtig herum. Die Knöpfe lassen sich nicht über dem angeschwollenen Bauch mit der Reißverschlußnarbe schließen. Nun folgt die letzte kosmetische Maßnahme: ein kleines weißes Plastik-T, um zu verhindern, daß der Unterkiefer zu weit absackt. Malcolm hat einige Mühe, die Stütze anzubringen: mal ist sie zu kurz und läßt meinen Vater mit einfältig aufgeklapptem Mund daliegen, mal ist sie zu lang und kneift ihm die Lippen unnatürlich zusammen. Schließlich keilt er das untere Ende einfach in der Delle zwischen den Schlüsselbeinen fest, und ich muß mir noch mal bewußt machen, daß es jetzt wirklich nicht mehr weh tun kann. Mein Vater sieht jedenfalls besser damit aus – friedlich, ohne die Zähne zu zeigen.

»Was ich noch sagen wollte«, meint Malcolm, während wir die Decke wieder ans Kinn hochziehen, so daß die T-Stütze nicht zu sehen ist. »Er hat doch einen Schrittmacher in der Brust, nicht wahr? Ich muß dem Arzt noch Bescheid sagen, daß er ihn rausholen soll, oder selber noch mal mit einem Skalpell vorbeikommen. Wir müssen ihn entfernen, wenn er eingeäschert wird, das ist so Vorschrift, wissen Sie. Manchmal können die Dinger nämlich explodieren.«

»Ich würde ihn dann gern behalten – falls er nicht mehr gebraucht wird.«

»Ich werde den Arzt fragen. Der hat sicher keinen Einwand.«

Nachdem Malcolm sich verabschiedet hat, setze ich mich wieder zu meinem Vater und berühre den kleinen Kasten in seiner Brust, der sich ganz leicht unter der Haut hin und her schieben läßt. Die Brust ist immer noch warm, obwohl er nun schon seit sechs Stunden tot ist und zwei Stunden lang der kühlen Luft im Zimmer ausgesetzt war. Doch die Stirn ist klamm und kalt. Meine Mutter sitzt mir gegenüber und hält seine Hand. Sie hat bisher noch gar nicht richtig geweint: Bei jedem Anruf – und es werden nach und nach immer mehr – laufen ihr die Tränen aus den Augen, und ihre Lippen zittern, doch sie beherrscht sich eisern. Nun endlich wirft sie sich über ihn und schluchzt in seine kalte Halsbeuge.

Es ist ein schreckliches, fremdartiges Schluchzen tief aus der Kehle. Sie will nicht, daß ich es mit anhöre, und ich unterdrücke den Impuls, hinüberzugehen und sie in den Arm zu nehmen, denn ich weiß, daß sie dann aufhören wird, obwohl es besser ist, wenn sie ihrem Schmerz freien Lauf läßt:

Gib dem Schmerz Worte: Leid,
Das nicht laut wird,
Wispert ins übervolle Herz hinein,
Auf daß es breche.

Also ziehe ich mich zurück und streiche ruhelos durchs Haus, schaue jedesmal bei meinem Vater herein, wenn ich an seiner Tür vorbeikomme: Das habe ich die ganzen letzten Wochen so gemacht und sehe keinen Grund, damit aufzuhören, nur weil er jetzt tot ist. Nach dem Mittagessen – daß man sich noch mit so normalen Dingen abgibt! – schleiche ich mich heimlich zu ihm zurück und fasse kurz unter die Decke: Neun Stunden nach seinem Tod ist der Körper immer noch lauwarm, doch ich schrecke zusammen, als ich seine eisigen Hände berühre, die im Unterschied zu seinem Gesicht schon weiß geworden sind. Er ist auch steifer als vorhin, und die Haut fühlt sich eigentümlich fest an. Ich streichele und drücke seine Finger. Als meine Mutter hereinkommt, wirkt sie nicht schockiert. Sie setzt sich neben mich und liebkost sein Kinn, seine Wangen, knetet ihm den Mund zu einem Lächeln, das er für sie beibehält, als ob der Tod eine Kamerapose wäre oder ein neuer Anzug, den er gerade anprobiert (»Wie sehe ich aus?«), was ja in gewisser Weise auch zutrifft.

Später legt sie sich neben ihn nieder und nickt für ein Stündchen ein. Doch die Nacht verbringt sie im Gästezimmer, nicht ganz sicher, ob es sich schickt oder ob sie es aushält, bei ihm zu schlafen. Ich gehe in mein Zimmer hinauf und schreibe einen Brief. Am nächsten Morgen um acht weckt mich ein Anruf von einer seiner Patientinnen, einer Frau, die ihre Eltern mit zwanzig verlor und meine immer sehr verehrt hat.

»Bitte sagen Sie mir, daß es nicht wahr ist. Er war wie ein Vater zu mir. Was soll ich nun bloß machen? Ich hatte ihn als Erben für mein Haus eingesetzt.«

Drei Besuche

Der erste Tag des Lebens nach seinem Tod. Ich schlendere zu dem Café in der Skipton High Street, wo wir uns nach der Schule immer trafen, Jungs vom Gymnasium, Mädchen vom Lyzeum; Zigaretten, eine Jukebox, Kaffee. Heute vormittag, ob der Weihnachtsferien oder der Rezession wegen, bin ich fast der einzige Gast hier. Mein Termin beim Standesamt ist erst um zwölf.

Ein Mädchen kommt herein, blond, etwa achtzehn, in durchsichtiger weißer Bluse und geblümten Leggings unter einem langen Mantel. Sie schiebt einen Buggy mit einem zweijährigen, tadellos ausstaffierten Kind vor sich her. Kleiner und jünger als sie, in schlabberiger Sportjacke, schlurft ihr Freund hinterdrein. Das Mädchen muß sich um alles kümmern: Sie schiebt ein Tablett über die Selbstbedienungstheke, lädt es mit Kuchen und Getränken voll, zahlt und trägt das Tablett mit einer Hand zu einem Seitentisch, während sie mit der anderen den Buggy schiebt. Sie setzt das Tablett ab, parkt den Buggy, setzt sich daneben auf die grüne Plastikbank und streckt die Beine unter der Tischplatte aus falschem Marmor aus. Etwas später, wie in widerwilligem Eingeständnis, daß er zu den beiden gehört, läßt sich der junge Mann auf dem Stuhl gegenüber nieder, mit seltsam überheblicher Miene; er sagt kein Wort zu dem Mädchen, doch wirft er einen Blick auf das Kind, das zufrieden an seinem Fläschchen mit verdünntem Fruchtsaft nuckelt.

Ist sie ein Kindermädchen oder Babysitter? Nein, das Kind nennt sie »Mummy«. Ist er der Vater? Schwer zu sagen. Der Ehemann scheint er jedenfalls nicht zu sein – keiner von beiden trägt einen Ring –, aber wie ein Partner verhält er sich auch nicht gerade. Seine offensichtliche Interessenlosigkeit an den beiden anderen läßt auf nichts Bestimmtes schließen – ist es nur Schüchternheit oder die häusliche Langeweile der Pärchenwirtschaft oder die typische Anmaßung der Familienväter in diesen Breiten, daß Tee-Einschenken und Geplänkel mit Kleinkindern unter ihrer Würde sei? Was mich am meisten wundert, ist seine unerklärliche Selbstgefälligkeit. Welche Macht hat er über das Mädchen, daß sie so unverdrossen alles selbst erledigt – nun beugt sie sich vor, um ihrer Tochter das Gesicht abzuwischen. Das Kind wird allmählich unruhig, zappelt in seinen Haltegurten und greint bettelnd: »Mummy?« Je lauter das Kind quengelt, desto weniger beachtet es der Vater, desto mehr verkündet seine selbstherrliche Miene: Schaut her, ich bin erst siebzehn und besitze eine ältere Frau, die mir zu Willen ist, ohne Aufmucken oder Genörgel, und die Zeche zahlt sie auch. Aber falls dem so ist, was hat sie davon, was *gibt* er ihr? Die Art, wie sie alles perfekt im Griff hat, scheint doch zu sagen: Ich hätte was Besseres kriegen können. Aber statt dessen versucht sie es einem muffigen, frauenfeindlichen Schnösel recht zu machen.

Das Café ist inzwischen etwas voller geworden. Ich wende mich wieder meiner Zeitung zu und spähe ab und zu aus dem Augenwinkel zu dem Seitentisch hinüber, wo die Mutter ihre Tochter nun mit einem Händchen-Klatsch-Spiel beschäftigt und ihr zum Schluß viel heftiger in die Hände patscht als nötig. Sie dreht sich zu ihrem Begleiter um, und in ihrer Bluse schwingt und wölbt es sich appetitlich – er aber, im Gegensatz zu mir, schaut weg. Im Profil sieht ihr Gesicht nicht aus, als ob sie glücklich wäre – ihre Oberlippe steht schmollend vor, das fliehende Kinn verleiht ihr etwas Rattenhaftes; sie hat wohl mehr angestauten Ärger in sich, als es zuerst den Anschein hatte. Jetzt bäumt sich das Kind im Buggy auf, des zwanzigminütigen Stillhaltens überdrüssig, und quäkt: »Will hoch!« Das Mädchen schaut sich nervös um, besorgt, sie könnten unangenehm auffallen, und raunzt das Kind so laut an, daß die Leute nun wirklich hinüberschauen: »Sei still! Warte, bis wir im Bus sitzen.« Ein Weilchen bleibt es still, doch dann fängt das Kind wieder an zu jammern: »Mummy, will hoch«, unfähig, zu begreifen, wozu es noch länger warten soll, und das Quengeln steigert sich zum Geschrei, worauf das Mädchen sich vorlehnt und ihm einen harten Klaps auf die Schenkel versetzt. Jetzt brüllt das Kind aus Leibeskräften, weniger vor Schmerz als vor Kränkung, mit langen schockierten Aussetzern zwischen jedem Aufheulen. Die Mutter und ihr Gefährte sitzen schweigend und passiv da, während das Gebrüll unvermindert anhält, als hätte es nichts mit ihnen zu tun. Ein unverdienter Klaps, eine Mutter am Ende ihrer Nerven, weiter nichts, doch im ganzen Café herrscht spürbare Beklommenheit, alle tun so, als hätten sie nichts gesehen, aber die Gespräche versiegen, ein vorwurfsvolles Schweigen breitet sich aus. Ich denke an meinen Vater, dessen Versuche, hart durchzugreifen, meist an seiner Weichherzigkeit scheiterten (als ich meine Schwester einmal brutal geschubst hatte, holte er aus, um mir eine zu knallen, konnte sich aber nicht dazu durchringen), obwohl er eigentlich auch zu übertriebener Strenge neigte (wenn er darauf bestand, daß wir unseren Teller leer aßen, wenn er mich wegen Ungehorsams in den Keller sperrte, oder als er mich spontan versohlte, als ich in einen Gartenbusch gepinkelt hatte). Wie konnte man das richtige Maß wahren, wo begannen Grausamkeit und Vernachlässigung, wie sollte man es anstellen, daß man sich weder sein eigenes Leben kaputtmachte noch das seiner Kinder?

Schließlich steht das Mädchen auf und fängt an, Tassen, Besteck und Servietten auf das Tablett zurückzuräumen. Der junge Mann, nach wie vor wortlos und selbstzufrieden, geht mit den Händen in den Taschen zur Tür vor. Das Mädchen stellt das Tablett ab und löst den Bremshebel des Buggy – das Kind hat aufgehört zu schreien, da endlich etwas geschieht –, und schon sind sie draußen in der Straße verschwunden, zwischen anderen Buggys, anderen Leuten, dem Gedränge unzähliger anonymer Leiber, dem ewigen Kreislauf von Paarung und Elternschaft, nie genug Zeit, nie genug Geduld.

Anita M. Barnard trägt ein elegantes graues Kostüm und begrüßt mich mit einem höflichen Lächeln. Sie befleißigt sich eines persönlichen Stils im Umgang mit den Antragstellern, hier werden die Urkunden noch handschriftlich ausgefüllt, ohne elektronische Datenverarbeitung. Freundlich, aber nicht neugierig, hält sie ihren Füllfederhalter bereit und heißt mich Platz nehmen. Aus strikt formulartechnischen Gründen erkundigt sie sich sachlich nach dem Wer, Wann, Wo und Wie und will wissen, ob ich zum Zeitpunkt des Ablebens anwesend war. Doch sie will nicht mehr als unbedingt notwendig über seinen Tod erfahren, und falls sie meinen Vater gekannt hat (nicht sehr wahrscheinlich – ihr Arbeitsplatz ist sechs Meilen von seinem Wohnsitz entfernt, und sie ist noch unter vierzig), läßt sie es sich nicht anmerken.

Ich nenne ihr seinen vollen Namen. Auf dem ärztlichen Attest steht: Todesursache – Karzinom 1(a).

»Wofür steht dieses 1(a)?« frage ich.

»Ach, das ist so eine medizinische Formel«, erklärt sie. »Es bedeutet, daß die genannte Ursache den Tod direkt bewirkt, statt nur unter anderem dazu beigetragen hat, was dann 1(b) wäre. Wann ist er gestorben?«

»Gestern.«

Sie kritzelt etwas in ihre Unterlagen. »Verwandtschaftsbeziehung zu dem Verstorbenen?«

»Sohn.« Ich schaue auf die Regionalkarte an der Wand, Mrs. Barnards Domäne von Geburten, Eheschließungen und Todesfällen. »Sind die Leute eigentlich meistens schon wieder halbwegs gefaßt, wenn sie hierherkommen?« frage ich.

»Im allgemeinen ja, aber es gibt auch welche, die darüber reden wollen und in Tränen ausbrechen. Manchmal möchte ich am liebsten mitheulen, bei den wirklich tragischen Fällen, wissen Sie – Kinder, zum Beispiel.«

»Aber Sie haben doch nicht nur mit Todesfällen zu tun?«

»Nein, aber um diese Jahreszeit sind die weitaus am häufigsten. Heute hatte ich vier Todesfälle, eine Geburt und eine Eheschließung. Eigenartig, nicht wahr, an einem Montagmorgen zu heiraten, zumal offenbar kein Grund zur Eile bestand. So, ich schreibe Ihnen dies gleich noch mal sauber ab, und dann haben wir's.«

Ich nehme den grünen Einäscherungsbescheid entgegen, die Sterbeurkunde, die Informationsbroschüre für

Witwen. Draußen im Flur hängen die Aufgebote aus. Vier ältere Männer, GESCH., wollen mit vier jüngeren Frauen, LED., in den Ehestand treten. Ein hoffnungsvolles Paar, das als Adresse ein Hausboot auf dem Leeds-Liverpool-Kanal angibt. Ein Zwanzigjähriger, der eine Achtunddreißigjährige zu heiraten gedenkt. Nicht eine einzige altmodische Hochzeit dabei – irgendwelche Leute Mitte zwanzig, die es zum ersten Mal wagen. Aber natürlich ist jetzt auch keine Heiratssaison, weder Pfingsten noch heißblütiger Hochsommer. Und die Eheschließung meiner Eltern war nach den Fotos zu urteilen auch keine strahlende Traumhochzeit gewesen: der übliche Gang aufs Standesamt, ein halbes Dutzend Freunde und Verwandte, die sich herbstlich fröstelnd vor einer Backsteinmauer zur Gruppenaufnahme zusammendrängen, in ärmlichem Sonntagsstaat, denn der Krieg lag kaum ein Jahr zurück.

In dem großen neuen Supermarkt namens Morrison's, den sie dort hingeklotzt haben, wo früher der alte Viehmarkt war, kaufe ich für den Leichenschmaus ein. Mein Vater hatte sich höchst angetan von dem Laden gezeigt (»Man kriegt da einfach alles«) und sich sogar Aktien davon angeschafft, als ob es sich um unser Familienunternehmen handelte. Ich lade den Einkaufskarren mit Alkoholika voll – Gin, Whisky, Brandy, Wodka, Rum, Wein, Lagerbier, Bitter, soviel ich nur hineinstapeln kann, die amnesiefördernde Schnapslawine zur Feier des pietätvollen Angedenkens. Die obersten Weinkartons muß ich festhalten, damit sie mir nicht herunterkippen. In der Schlange an der Kasse zwinkert der Mann hinter mir mit wissendem Grinsen. Die Kassiererin schmunzelt: »Na, Sie werden aber ein rauschendes Weihnachtsfest veranstalten.«

Ich fahre zur Airedale-Klinik. Gleich hinter der Station 19 befindet sich das medizinische Seminar für Postgraduierte, und in der Bibliothek, zwischen all den Fachzeitschriften und schaurigen Lehrbüchern, finde ich eine grauhaarige Frau vor, offenbar eine Verwaltungskraft, die mir vielleicht weiterhelfen kann. Ich erkläre ihr: »Mein Vater war hier in der Gegend fünfunddreißig Jahre lang als praktischer Arzt tätig. Als er in den Ruhestand trat, hat er der Klinik einiges von seiner Praxisausstattung gestiftet. Er sagte, man würde hier ein Museum einrichten. Und da wollte ich nun fragen, ob ich vielleicht einen Blick hineinwerfen könnte. Ich würde mir seine Exponate gern mal ansehen.«

Die Frau scheint von meinem Anliegen etwas befremdet: Offensichtlich sprengt es den Rahmen der täglichen Routine. »Es tut mir leid, aber ich fürchte, ich kann da nichts für Sie tun. Mit diesem Museum ist das so eine Sache, wissen Sie. Wir hatten es zwar geplant, aber dann fehlten uns die nötigen Mittel, das Projekt durchzuführen.«

»Und Sie haben nicht mal ein Archiv oder Schaukästen oder so?«

»Wir hatten ursprünglich vor, die Sachen in der Empfangshalle auszustellen, aber das ließ sich nicht mit den feuerpolizeilichen Auflagen vereinbaren: Das Gesetz schreibt eine gewisse Anzahl freier Quadratmeter vor den Notausgängen vor. Wie ist der Name Ihres Vaters?«

»Dr. Morrison. Aus Earby. Er ist 1976 in Pension gegangen.«

»Tja, ich arbeite hier schon seit zwanzig Jahren, und ich kann mich an keinerlei Stiftung erinnern. Wir haben hier allerdings einen Lagerraum, wo alles mögliche aufbewahrt wird.«

Der Lagerraum ist vollgestopft mit alten Fachzeitschriften, die in der Bibliothek keinen Platz mehr haben. Auf einem der obersten Regale stehen ein paar kleine Holzkästen, gediegene Handarbeit, in seidig schimmerndem Kastanienbraun, bis unter die Schubdeckel mit Stethoskopen und anderen ärztlichen Gerätschaften angefüllt. Es ist kalt hier drin, doch die hilfsbereite Dame scheint sich langsam für ihre Aufgabe zu erwärmen.

»Wir hatten hier auch mal einige Arztkoffer mit alten Medizinflaschen – solche aus farbigem Glas, mit Korkstöpseln. Aber irgendwann ist hier mal eingebrochen worden – wahrscheinlich Jugendliche, die auf Drogen aus waren, meinte die Polizei –, und die haben fast alles mitgehen lassen: Solche Sachen kann man ja ganz gut auf Flohmärkten verkaufen. Jetzt ist nur noch der hier übrig.«

Es ist eine alte, lederne, staubgraue Tasche – aber nicht die meines Vaters.

»Mehr kann ich Ihnen nicht bieten, fürchte ich – ansonsten wäre da nur noch unser George.« Sie öffnet den Deckel einer länglichen, rohbelassenen Holzkiste und zieht einen Schenkelknochen hervor. Sie wirkt jetzt ganz entspannt, als hätte sie vergessen, daß mein Besuch gegen die Regeln und überhaupt eine Zumutung ist; endlich ist ihr Interesse geweckt.

»Wir haben ihn mal auf den Stufen ausgebreitet, ein Doktor und ich, um zu sehen, ob er vollständig ist«, sagt sie. »Natürlich sind die von der modernen Sorte heute aus Plastik nachgefertigt, nicht mehr echt wie unser George hier.«

Sie holt noch einen länglichen, gelblichweißen Knochen heraus, eine Rippe oder einen Arm.

»Die meisten Leute fürchten sich vor Skeletten«, fährt

sie fort. »Aber mir macht es nichts aus, ihn da in seiner Kiste zu wissen, wenn ich allein hier reinkomme oder nach Anbruch der Dunkelheit im Nebenzimmer arbeite. Ich hab ihn eigentlich ganz gern.«

Sie verstaut die Knochen wieder in der Kiste, klappt den Deckel zu und schließt die Tür hinter uns ab. Ich danke ihr, daß sie sich so viel Zeit für mich genommen hat. Ich hatte gehofft, seine alte Ausrüstung würde mir einen Teil meines Vaters zurückerstatten, aber Diebe in der Nacht waren mir zuvorgekommen.

Im Auto überlege ich, ob dieser sogenannte George wohl tatsächlich ein George war. Wie unterschiedlich sind männliche und weibliche Skelette? Hätte George nicht auch Janet sein können?

Janet hatte in einer Kiste auf unserem Dachboden gewohnt, einem fensterlosen Raum mit Regalen voller alter medizinischer Lehrbücher, in denen sich farbige Abbildungen von scheußlichen Hautkrankheiten und Entstellungen fanden (mit dreizehn brütete ich manchmal mit wohligem Schaudern über der Abteilung Geschlechtskrankheiten und redete mir ein, die leichte Rötung an meinem Penis sei ein syphilitischer Schanker). Eines Tages hob ich den Deckel von der Kiste, und da lag sie – ein grinsender Schädel und ein Haufen Knochen. Mein Vater sagte, er habe sich Janet als Medizinstudent angeschafft – »da war sie aber schon tot«. Von ihrer persönlichen Geschichte wußte er nur, daß sie jung gestorben sein mußte – und daß sie weiblich war. Er zeigte mir, wie man sie zusammenfügte. Oben an jedem Knochen gab es einen Haken, den man in eine Öse an der Unterseite des nächsten schieben konnte, und so immer weiter hinauf, bis alles an seinem Platz saß. Wir versuchten nicht, das gesamte Skelett zu erstellen, und ich hatte so meine Zweifel, ob uns nicht das eine oder andere Teilchen gefehlt hätte. Aber es machte Spaß, aus den verstreuten Knochen ein Bein zu verfertigen – Femur, Tibias, Patella, Talus. Am meisten faszinierte mich der Schädel, dessen Decke man wie ein Käppi abheben konnte. Zu beiden Seiten hatte er zwei kleine Schnappverschlüsse, genau wie die an den Zigarrenkisten meines Vaters, und rings um die Schnittkante verliefen winzige Einbuchtungen, wie das Reifenmuster meiner Dinkycars. Die Augenhöhlen waren zwei makellose Os, doch das Nasenbein war eingedellt und zerklüftet. Am besten war der Unterkiefer erhalten. Er war seitlich mit Drahtfedern befestigt, so daß man das Gebiß auf und zu schnappen lassen konnte (oder habe ich mir die Zähne nur eingebildet – stand der Mund ganz einfach offen?)

Mich grauste kein bißchen vor Janet, doch mein Vater mahnte mich trotzdem zur Vorsicht: »Paß auf, daß du keinen Knochen zerbrichst, und erzähl deinen Freunden nichts davon – sie könnten Angst bekommen.« Ein paar Jahre später, als wir unseren Jugendclub in der Scheune eröffneten, holte ich den Schädel aus der Kiste und benutzte ihn als Lampenschirm für die Disco: Die grüne sechzig-Watt-Birne paßte genau in die Halsöffnung und leuchtete durch die Augen, während die Bodenplanken zu heißen Tamla-Motown-Rhythmen bebten. Ich glaube, niemand hat je gemerkt, daß Janet keine Attrappe war. Manchmal wurde der Schädel zu heiß und fing an zu qualmen und zu stinken, und wenn ich dann den Deckel abhob, entdeckte ich Rußablagerungen hinter der Stirn.

Am Ende fand Janet, wie ich hoffe, doch noch ein besseres Heim, wo der Schädel und die Knochen wieder zusammenkamen. Vielleicht dient sie jetzt einem anderen Medizinstudenten als Studienobjekt, es sei denn, sie ruht jetzt als George in jenem stillen Winkel der Airedale-Klinik. Ich erinnere mich an sie, wie sie lichterfüllt zu den neuesten Tamla-Klängen pulsierte, oder stelle mir vor, wie sie in irgendeinem Hörsaal gute Dienste leistet; keine von denen, die nur dumpf in der Erde ruhen, sondern auf ewig mit einem besonderen Lebensgeist begnadet, tätig und lehrreich, die letzte ihrer Art.

Wieder zu Hause, stattet der Pfarrer uns einen Besuch ab, den steifen Halskragen seiner Zunft unter einem sportlichen Anorak verborgen.

»Ich habe Arthur nie persönlich kennengelernt, und das tut mir leid. Ich habe viel von ihm gehört. Wir hätten uns bestimmt gut verstanden.«

»Er hatte nicht viel für die Kirche übrig«, sagt meine Mutter.

»Nein, aber von all seinen Aktivitäten im Dorf her weiß ich, daß er ein guter Christ war, selbst wenn er nicht in die Kirche ging. Manchmal verhalten sich Gläubige nicht wie Gläubige, Nichtgläubige hingegen beispielhaft. ›An ihren Taten sollt ihr sie erkennen‹, und das traf auf Arthur zu.«

Der alte Canon Mackay, dessen Gottesdienste ich als Junge besuchte, hätte meinen Vater nicht so kurzerhand aus der Schuld entlassen: Er hätte uns sicher mit der Frage in Verlegenheit gebracht, ob wir eine christliche Bestattung für einen so kompromißlosen Atheisten wirklich verantworten könnten; er hätte zumindest ein Lippenbekenntnis unserer eigenen Kirchentreue hören wollen. Aber die Pfarrer der jüngeren Generation sehen das nicht so eng: Sie sind nett und umgänglich – lassen

214

routiniert ihren Charme spielen und geben sich konziliant, so nach dem Motto: »Ich weiß ja, daß Sie nicht an dieses ganze Gottgesülze glauben, aber das sollte Sie nicht davon abhalten, gelegentlich zur Kirche zu gehen – schließlich hält es mich auch nicht davon ab, dort zu arbeiten.« Oder in unserem Fall: »Ihr Gatte hat zwar nie einen Fuß in die Kirche gesetzt, aber das schadet nichts, im Gegenteil, ich weiß die Herausforderung zu schätzen.«

Ich erinnere mich an Terry Kilmartins Beerdigung im Sommer und an den silberhaarigen Showmaster, der die Zeremonie leitete. »Ich habe Terry nie gekannt«, hatte er seine Ansprache begonnen (»Dann sollten Sie ihn eigentlich Mr. Kilmartin nennen«, hörte ich den alten Brummbär förmlich aus seinem Sarg knurren). Aber Terry fühlte sich mit der Religion zumindest aus Traditionsgründen verbunden; das einzige, was mein Vater für die Religion empfand, war eine herzliche Abneigung. Er kam nie zu den Weihnachtsgottesdiensten, an denen meine Schwester und ich teilnahmen. Er haßte das Singen, er haßte das untätige Rumsitzen. Als ich neun war und dem Kirchenchor beitreten wollte, weil meine beiden besten Freunde schon dabei waren, hatte er sein möglichstes getan, um es mir auszureden: »Hast du auch dran gedacht, daß es dir deine ganzen Sonntage verhunzen wird?« Ich führte seinen Atheismus auf seinen praktischen Verstand und seine medizinische Ausbildung zurück: Wie konnte einer, der je eine Autopsie vorgenommen hatte, noch an die menschliche Seele glauben? Als ich zwanzig war, hatte er mir allerdings mal einen Brief geschrieben, in dem er mir seine Lebensphilosophie auseinandersetzte – irgendwas über eine lange Autoreise und das Zeitgefühl. Es war alles reichlich verquast und obskur, was wohl teils am Whisky, teils an den langen Arbeitsstunden am Billardtisch lag, doch aus der Feder meines Vaters war es höchst ungewöhnlich und sogar irgendwie mystisch. In meinem unreifen, akademischen Hochmut fand ich den Brief nur peinlich und warf ihn weg. Jetzt wünschte ich, ich hätte ihn aufgehoben. Jetzt könnte er mir vielleicht weiterhelfen. Zu Lebzeiten hätte er sich nicht mal tot in der Kirche sehen lassen mögen; nun, da er tot *ist*, hätte er es tatsächlich gutgeheißen, daß wir den Gepflogenheiten zuliebe eine christliche Trauerfeier veranstalten?

»Welche Art von Aussegnung hat Arthur denn gewollt?« fragt der Pfarrer über den Rand seiner Teetasse hinweg, als hätten meine Gedanken ihm das Stichwort eingegeben.

»Schwer zu sagen«, entgegnete meine Mutter. »Kurz und sachlich, das war ihm das Wichtigste. Keine weitschweifigen Reminiszenzen. Nicht mehr als zwei Lieder, und er hatte da keine besonderen Vorlieben, weil er, ehrlich gesagt, sowieso kein einziges kannte. Dann eine noch kürzere Einäscherung und kein Urnenbegräbnis, er wollte, daß wir seine Asche im Garten verstreuen. Und hinterher am besten alle ab in den Pub und ordentlich einen zur Brust nehmen, ohne Tränenvergießen.«

»Klingt doch ganz vernünftig.«

Ich kann spüren, wie meine Mutter sich Mühe gibt, die ästhetischen Vorbehalte meines Vaters zu respektieren, ohne ihre religiösen Überzeugungen gänzlich zu verleugnen: Wenn sie im späteren Leben wieder mit ihm vereint werden soll, muß er in diesem Leben vorschriftsmäßig verabschiedet werden. »Wie lange dauert so eine Aussegnung denn normalerweise?« erkundigt sie sich.

»Üblich sind etwa fünfundzwanzig Minuten. Ich hab

auch schon Kollegen erlebt, die mit einer Viertelstunde auskamen.«

Wir besprechen noch einige Details, überlegen, welche Kirchenlieder in Frage kämen, und dann erzählt mir der Pfarrer, er habe einmal einen Artikel von mir gelesen, über den Fußballclub von Burnley. »Wir sind Fans vom gleichen Jahrgang: McIlroy, Pointer, Adamson, Connelly. Ich habe nie ein Spiel ausgelassen und gehe immer noch jede Woche hin – inzwischen mit meinem Sohn.« Er macht ein paar Witze darüber, wie es einem als Pfarrer beim Fußballmatch ergeht – wie er in seinem geistlichen Halskragen oft für einen Fan von Newcastle United gehalten wird, wie er bestürmt wird, für den Sieg der Burnley-Mannschaft zu beten, und als Wundertäter gilt, wenn sie ihren Tabellenplatz verbessern, und so weiter. Es klingt, als sei er mehr ein Mann der Samstage als der Sonntage. Er verpackt sich wieder in seinen Anorak und wickelt sich seinen rotblau gestreiften Schal um den Hals. »Rufen Sie mich an, wenn Sie sich wegen der Lieder einig sind. Mein Beileid noch mal. Wir sehen uns dann Freitag.«

»Was sollen wir mit den Kindern machen?« fragt meine Mutter, sobald sie die Tür hinter ihm geschlossen hat. »Ich weiß nicht, ob Gill ihre dabeihaben will. Wie siehst du das?«

»Sie kommen mit. Kathy ist auch dafür. Ich hab das alles schon arrangiert.«

»Eigentlich sind Begräbnisse ja nichts für Kinder.«

»Ich finde, sie sollten dabei sein«, sage ich und frage mich zugleich, ob ich meine Entschiedenheit in diesem Punkt wohl der Tatsache verdanke, daß mein Vater mich damals zur Beerdigung seines Vaters mitgenommen hatte. Grandpa: Ich erinnere mich noch an seinen aufgebahrten Körper in der Totenkapelle – die wächserne Reglosigkeit, die steife Kälte in dem Raum, das rötlich schimmernde Plüschfutter des Sarges. Ich erinnere mich auch gut an das weihevolle Schweigen, die stumme Aufgewühltheit meines Vaters. Später erklärte er mir, er habe mich mitgenommen, um mir zu zeigen, daß man keine Angst vor dem Tod haben mußte, daß die Sterblichkeit nichts Schreckliches an sich hatte. Es war ihm wohl auch halbwegs gelungen: Ich war erschüttert, nicht verängstigt. Doch *seine* Leiche würde ich meinen Kindern nicht zeigen. Sie werden sich mit einem geschlossenen Sarg in der Kirche abfinden müssen.

»Komisch, daß der Pfarrer gemeint hat, er hätte Dad nie kennengelernt«, sagt meine Mutter. »Er hat ihn nämlich doch einmal getroffen, wenn auch nur kurz. Da war er noch neu hier, erst etwa eine Woche im Amt, aber dann hat er von meinem Unfall gehört und kam auf einen Krankenbesuch vorbei. Dad hat an der Haustür ein bißchen mit ihm geredet, gar nicht unfreundlich oder abweisend, aber reinlassen wollte er ihn nicht, er hat gesagt, ich sei noch zu schwach, um Besuch zu empfangen. Und wie Dad nun mal war, konnte er sich natürlich nicht verkneifen, ihm sofort zu erzählen, daß er nichts von der Kirche hielte. Vielleicht hat er es deswegen verdrängt oder so getan, als hätte er es vergessen. Hoffentlich versucht er am Freitag nicht, sich zu revanchieren.«

Sarg

Sie wird heute nacht bei ihm schlafen. Erst hat sie Angst, es könne vielleicht zu makaber sein, doch ich spreche ihr Mut zu. Wenn man von etwas überzeugt ist, soll man es auch tun. Gut, sagt sie, es ist ja die letzte Nacht, die sie ihn bei sich behalten darf, und da sollen sie sie auch gemeinsam verbringen.

Um Mitternacht sitzen wir immer noch auf dem Bett. Sie streichelt ihm das Haar, liebkost sein Gesicht. Als sie ihn in die Nase zwickt, murmelt sie: »Eiskalt. Aber über zuviel Kälte hast du dich ja nie beklagt, hmm?« Die Fenster bleiben offen. Anders ginge es auch gar nicht, denn wir wissen nicht, wie sich die Heizung abdrehen läßt. Von Zeit zu Zeit steigt mir ein Geruch in die Nase, über dessen Herkunft ich lieber nicht nachdenke. Sein Gesicht sieht nach wie vor makellos aus. Er hatte ja von jeher einen guten Schlaf, sinniere ich (»Ich war ganz weggetreten«, sagte er gern, wenn er von seinem Mittagsschlaf oder einem Nickerchen kurz vor seinen obligatorischen Pubbesuchen aufwachte), und sein Ruhen jetzt kommt mir vor wie seine Apotheose – der traurigste Schlaf von allen. »Nein, der tiefste«, widerspricht mir meine Mutter. »Keine Träume, keine Angst vorm Verschlafen, nichts.«

Als sie das Zimmer verläßt, schlage ich die Decke kurz

zurück. Ganz so frisch sieht er nicht mehr aus. Links und rechts von der Bauchnarbe breitet sich ein großer blauer Fleck aus. Die Haut wirkt so dünn wie Papier, das jeden Moment platzen oder reißen kann. Auf seinen bleichen Händen zeichnen sich kleine rote Linien ab. Soweit ich erkennen kann, hat sich sein Genick tiefrot verfärbt. Das ganze Blut staut sich dort. Ich bewundere meine Mutter für ihren Mut, hoffe aber, daß sie nicht unter derselben Decke schläft oder sie zumindest etwas faltet, so daß sie den kalten Körper nicht an ihrer warmen Haut spüren muß.

Als ich am nächsten Morgen nachsehe, atmet sie tief und ruhig an seiner Seite. Bei meinem zweiten Eintreten wenig später merke ich, daß sie geweint hat.

»Ich habe mich soeben mit meinem Mann unterhalten.«

»Worüber?«

»Ach, ich habe ihm gesagt, er hätte nicht einfach so gehen dürfen – jedenfalls nicht so bald.«

»Er hat es bestimmt nicht gewollt.«

»Ich weiß, und ich will auch nicht jammern. Trotzdem: er hat mich unwiderruflich verlassen.«

Während sie ihn weiter schilt, muß ich an Kleopatras Klage in »Antonius und Kleopatra« denken:

So sorgst du nicht um mich? Aushalten soll
Ich in dieser schalen Welt, die ohne dich
Nicht mehr ist als ein Viehstall?

Die Männer gehen dahin, und zwar vor ihren Frauen. Es liegt an ihrer kürzeren Lebenserwartung. Eine Benachteiligung, die sie sich auf die Fahnen heften, über die sie sich bei den Frauen beschweren können, ausgerechnet bei den Frauen, die doch weitaus mehr ertragen müssen. Doch vielleicht leiden auch wiederum hier die Frauen am meisten – denn sie betrauern den Verlust eines Mannes, der nun alle Schmerzen überstanden hat.

Im Zimmer nebenan klingelt schon wieder das Telefon. Nach jedem Läuten muß meine Mutter entweder das Gerücht bestätigen oder Beileidsbekundungen entgegennehmen. Stets wird sie so aufs neue an seinen Tod erinnert. Wenigstens hier im Schlafzimmer ist das Telefon ausgesteckt. Wir schmunzeln über unseren Wunsch, ihn nicht durch das ständige Klingeln aus dem Schlaf zu reißen. Auch wenn wir den Staubsauger nicht benutzen und nie lauter als im Flüsterton sprechen, so hat das weniger mit Trauer oder Ehrfurcht vor dem Tod zu tun als vielmehr mit Rücksicht – er schläft so schön, da dürfen wir ihn doch nicht wecken. Der Hausarzt ist damit einverstanden, daß wir die Leiche noch dabehalten wollen. Wenn es im Zimmer kühl genug ist, meint er, kann er bis zur Beerdigung bleiben. Das wollten wir dann aber auch nicht. Heute verläßt er uns endgültig. Das Haus soll schließlich keine Aufbahrungsstätte sein, nur weil man sich noch ein bißchen länger an ihn klammern will und sich nur langsam daran gewöhnt, daß er nicht mehr in seinem Körper lebt.

»Hältst du das für komisch, was wir tun?« will ich von meiner Mutter wissen. »Was ist denn normalerweise üblich?«

»Man schafft die Leiche wohl gleich weg und legt sie am Tag der Bestattung in einen Sarg.«

»So wie wir es machen, finde ich es richtiger.«

»Zumindest, wenn jemand zu Hause gestorben ist.«

»Aber auch dann, wenn er im Krankenhaus stirbt… Man kann ihn doch heimschaffen.«

»Ich weiß nicht... Stell dir vor, jemand wird bei einem Unfall verstümmelt.«

»Na ja, dann vielleicht nicht. Aber wenn jemand auf der Straße tot umfällt – nach einem Herzinfarkt oder so – und die Angehörigen ihn bei sich zu Hause haben wollen, dann sollten sie doch die Leiche zurückbekommen und Totenwache halten dürfen.«

»Für jeden wäre es vielleicht nicht das Richtige.«

»Aber sonst ist es ja fast so, als ob die Behörden die Leiche nicht aus dem Auge ließen, aus Angst, jemand könnte sie zerstückeln oder kochen oder was auch immer.«

»Nein, nein, sie fürchten wohl eher organisatorische Schwierigkeiten, wenn nicht alles in den gewohnten Bahnen verläuft.«

»Darum könnten sich doch die Bestattungsunternehmer kümmern. Ein, zwei Tage mit dem Toten daheim sollten einfach mit zum Service gehören.«

Wir sitzen zusammen, meine Mutter, meine Schwester und ich. Es schlägt halb eins. Wir wissen: Wir verbringen die letzte halbe Stunde an seiner Seite. Viel sagen wir nicht – keine großen Abschiedsworte und auch nichts Tiefschürfendes. Schließlich ist es so weit. Meine Mutter verläßt mit meiner Schwester das Zimmer. Sie will nicht zugegen sein, wenn der Bestatter ihn holen kommt. Mit den Worten »Auf Wiedersehen, Geliebter«, drückt sie ihm einen schlichten Kuß auf die Stirn. Ich hebe noch einmal die Decke an und werfe einen letzten, verstohlenen Blick auf ihn. Er hat keine Geheimnisse mehr. Wie ein offenes Buch liegt er vor mir. Der Bauch ist stärker geschwollen denn je. Um die Narbe haben sich kleine Blasen gebildet. Die Haut an dieser Stelle sieht aus wie altes Pergamentpapier, das bei der geringsten Berührung zerbröselt. Allmählich könnte man wirklich meinen, der Körper sei geschändet worden. So übel haben ihn früher nicht einmal schlimme Krankheiten zugerichtet. »Man muß auf sich achten«, sagte er stets. Und daran hielt er sich auch, bis... ja, bis wann? Bis vor einem Monat, als ein überaus aggressiver – oder na ja, robuster – Krebs ihn zerfraß? Bis vor drei Monaten, als der Sturz meiner Mutter diesen lauernden Krebs wohl endgültig weckte? Bis vor einem Jahr, als er zum erstenmal über Müdigkeit klagte? Bis vor zwei Jahren? Der genaue Zeitpunkt läßt sich beim besten Willen nicht bestimmen. Es gibt nur immer diesen einen Moment, der zufällig als Auslöser wirkt und trotzdem nicht der richtige zu sein scheint, egal, wann er eintritt. Nun braucht er nicht mehr auf sich zu achten. Ich decke ihn wieder zu. Ende.

Der Wagen des Bestattungsunternehmers fährt unter dem Fenster vor. Es ist kein richtiger Leichenwagen, sondern ein normaler Ford Escort Kombi. Der Sarg ist anscheinend aus demselben hellen Kiefernholz gemacht wie die Bücherregale, die ich ohne seine Hilfe aufgestellt habe. Malcolm, der Boß, und sein mit einer Zimmermannsschürze bekleideter Helfer bugsieren die Kiste nur mit großer Mühe durch den engen Flur. Schließlich setzen sie den Sarg vor dem Bett ab. Das schmalere Ende für die Füße stößt gegen den Schrank. Sie reden miteinander über die weiteren Schritte, zögern, trauen sich nicht so recht, den Toten umzubetten. Mit meiner Anwesenheit haben sie wohl nicht gerechnet. Von mir wollen sie wissen, ob ich mit weißen Tüchern einverstanden sei. Man könne sie seitlich so arrangieren, daß keiner den Schlafanzug sieht. Wahrscheinlich werde ich ohnehin niemanden in der Kapelle sehen wollen, aber wenn doch jemand den Wunsch äußerte, würden wir sicher nichts dagegen haben, daß der Sarg offen bleibt, nicht wahr, und da seien solche Drapierungen eben sehr diskret. Sie nehmen den Deckel ab und zeigen mir seine Ruhestätte. Schlicht und bescheiden, ganz in seinem Sinne. Kein Plüsch aus rosa Samt, keinerlei aufwendige Verzierungen oder Schnitzereien, nichts als ein weißes Kopfkissen. Das Telefon klingelt. Die zwei sehen sich an und denken wohl, jetzt hätten sie endlich die Chance, den Toten unbeobachtet in den Sarg zu legen. Aber ich rede einfach weiter, bis es nicht mehr klingelt. Auf diesen Augenblick habe ich doch gewartet. Ich werde Vater nicht aus den Augen lassen.

Nun ergreift Malcolm meinen Vater unter den Schultern, während sein Gehilfe ihn an den Fußgelenken packt. Sorgsam darauf bedacht, mit ihm nicht gegen das Nachtkästchen zu stoßen, auf dem noch sein Wecker, sein Toilettentäschchen und sein Glas mit dem Jagdmotiv sind, heben sie ihn aus dem Bett. Über dem Sarg halten sie einen Moment inne, dann versuchen sie, ihn so sanft hinzulegen, als sei er noch am Leben und müsse mit zarten Händen angefaßt werden. Trotzdem landen Kopf und Beine mit einem Plumps auf dem Sargboden. Der Aufprall wirkt unnatürlich, grotesk. Nun, die Muskeln können den Fall nicht mehr abfedern. Mit einem Schlag wird mir klar, was man unter dem Begriff *totes Gewicht* versteht. Erst in diesem Moment kann ich akzeptieren, daß er tot ist, daß er seinen Körper verlassen hat. Die zwei Männer machen sich daran, den Sargdeckel mit der Aufschrift »ARTHUR B. MORRISON, verstorben am 15. Dezember 1991 im Alter von 75 Jahren« anzubringen. Ich erspare mir den letzten Blick auf sein Gesicht. Wozu auch? Das ist ja gar nicht mehr er. Der Deckel schnappt mit einem Klicken zu.

Sie heben die Holzkiste an und befördern sie durch den Flur und aus dem Haus. Das wertvolle Porzellangeschirr meiner Mutter bleibt unbeschädigt. In der Tür reiche ich ihnen das grüne Formular für die Einäscherung. Malcolm murmelt eine Entschuldigung, weil der Arzt den Herzschrittmacher vergessen hat. »Er wird ihn im Leichenhaus entfernen. Sie sind hoffentlich nicht böse, wenn Sie nicht die ganze Zeit Zutritt haben. Aber ich kümmere mich darum, daß er ihn für Sie aufhebt.«

»Einverstanden.«

Ich sehe dem davonfahrenden Ford nach und bin wütend auf mich. Warum habe ich nicht auf meiner Anwesenheit während der Operation bestanden? Würde ich auch das aushalten? Jawohl, ich will eigentlich danebenstehen und zusehen, wie seine Haut, sein Fleisch mit dem Skalpell aufgeschlitzt werden, ohne dabei in Ohnmacht zu fallen oder Ekel oder dieses flaue Gefühl in der Magengrube zu empfinden. Kaltblütigkeit ist der richtige Ausdruck. Ich möchte beweisen, daß ich sie besitze, daß ich wie er das Zeug zum Arzt habe.

Wieder im Schlafzimmer, entdecke ich unter dem Kopfteil einen großen Blutfleck auf dem Laken. Nach dem Aussetzen seines Herzens hat sich das Blut im Genick gestaut. Durch einen winzigen Riß in der Haut muß es abgeflossen sein. Ich ziehe die Bettwäsche ab und bringe sie in die Waschküche. Mit einem nassen Lappen reinige ich das rote Plastiktuch, das über der Matratze gelegen hat, vom Blut und seiner sonstigen Körperflüssigkeit. Die Leiche ist nicht mehr da, doch noch immer hängt ein schwacher Geruch im Raum. Unangenehm ist er nicht. Vielleicht hat er mit der nicht mehr zu seiner Person gehörenden Fäulnis zu tun. Gleichzeitig steigen mir Schweißgeruch und Ausdünstungen in die Nase, wie sie nur von ihm stammen konnten – die für ihn typische Mischung aus Motoröl und Hagebutten. Ich gehe wieder in die Waschküche und spüle das Blut unter dem Wasserhahn weg. Einmal mehr denke ich daran, wie oft ich ihn mit Schnittwunden an den Fingern oder blutunterlaufenen Fingernägeln gesehen habe, weil er nie richtig achtgab, weil Säge oder Meißel ihm im entscheidenden Moment aus der Hand rutschten. Auch der Tag, an dem er von der Trittleiter fiel, kommt mir wieder in Erinnerung. Ein dunkelroter Sturzbach strömte ihm aus der Platzwunde an der Stirn, doch er verzog nicht einmal das Gesicht.

Ich hole mir einen Drink und setze mich mit einer Schachtel voller alter Fotos auf sein Bett. Da ist er ja! Mit einer Katze auf dem Schoß liegt er auf einem Liegestuhl. Hier hat er den Arm um einen guten Freund gelegt, dort um die Frau eines alten Kumpels. Oft hält er einen Drink in der Hand. Bis zum Ende der sechziger Jahre, als er das Chalet in Wales kaufte und das Rauchen aufgab, sieht man ihn meistens auch mit einer Zigarette. Ich frage mich, ob das Trinken oder Rauchen den Krebs mit ausgelöst haben. Was ist mit meinem Herzen? Ich drücke die Finger gegen die Rippen und zähle. Alle zehn Schläge, so will es mir scheinen, gibt es einen Doppelschlag von sich. Er befürchtete immer – wozu nun kein Anlaß mehr besteht –, daß ich vor ihm sterben würde, und predigte mir unentwegt, ich solle besser auf mich achtgeben. Mir gehe es gut, fuhr ich ihm jedesmal über den Mund. Er solle endlich Ruhe geben, wenn ich je einen Herzinfarkt bekommen sollte, dann höchstens, weil sein ständiges Nörgeln mich so nervte. Vor nicht allzu langer Zeit setzte er sein Stethoskop erst an seine, dann an meine Brust und verglich den jeweiligen Rhythmus.

Ich glaube, er wollte gar nicht herausfinden, wie schlecht sein Herz bereits war, sondern sich meiner Unsterblichkeit vergewissern. Zwischen uns gibt es immer noch einen Unterschied, allerdings nicht mehr denselben wie damals. Wir sind beide einen Schritt weitergegangen auf unserer Bühne, er hinein ins Schweigen jenseits allen Mahnens, und ich bin gezwungen, einem nicht mehr ganz gesunden, sprunghaften Herzen zu lauschen. Er, der Patron und Beschützer, war die Trennwand zwischen mir und dem Tod. Diese Wand ist jetzt verschwunden, und ich bin auf mich selbst zurückgeworfen.

Schrittmacher

*E*in heißer Augustnachmittag im Garten meiner Schwester: Quiche Lorraine und belegte Brötchen, Bier und Wein; ein ständiges Kommen und Gehen in der Küche, dem Wohn- und Kinderzimmer. Die Taufe des sechs Monate alten Liam, dem zweiten Kind meiner Schwester, hat uns zusammengeführt. Gleichzeitig feiern wir die Rettung ihrer Tochter Louise. Vor etwa einem Jahr lag sie in Spanien bewußtlos am Straßenrand. Bei einem Autounfall wurde sie aus den Armen ihrer Mutter geschleudert. Ein Knochen drückte gegen ihre Gehirnschale und mußte in einer komplizierten Operation zersägt werden. Louise überlebte, konnte heimkehren, ist wieder bei uns. Die Sonne scheint auf die Liegestühle. Zwei Hunde jagen einander durch den Garten. Grinsend zieht sich mein Vater das Hemd aus. Jeder Vorwand ist ihm dazu recht, auch wenn er sich in der letzten Zeit zumindest in der Öffentlichkeit zurückgehalten hat. Ich, der ich eingeweiht bin, erkenne die verräterische Schachtelform oben auf dem Brustkasten auf den ersten Blick.

Sein Herzschlag war unregelmäßig geworden. Des Nachts lag er wach im Bett und lauschte dem nervösen Pochen. Jetzt kontrolliert das Zweikammergerät den Herzschlag für ihn. Kurz vor der Operation schickte er mir mit einem Brief ein Informationsblatt der *Britischen Herzstiftung* (*physiologische* Schrittmacher erfordern einen komplexen Stromkreislauf und oft mehr als nur *eine Elektrodenleitung* – Unterstreichungen von ihm) sowie ein von ihm selbst gezeichnetes Diagramm. Es zeigte einen gelben Strich, der von der Schachtel in die obere und die untere Herzkammer führte. Rote Linien markierten die Adern. Ein rosa Strich stand für das zentrale Nervensystem, und eine Art Weihnachtsbaumzweig illustrierte die geschädigten Nervenfasern. Das ganze sah aus wie seine alten Zeichnungen von Automotoren, mit denen er mir früher die Funktion von Kolben, Zündkerzen und Vergasern zu erläutern versucht hatte. Für mich war es fast unvorstellbar, daß er das sein sollte.

»Es war ein schwerer Schlag für ihn«, erklärte mir meine Mutter. »Er fühlt sich in seinem Stolz verletzt, weil er jetzt auf ein Hilfsmittel angewiesen ist.« Nur wir im engeren Familienkreis wußten Bescheid. »Solange ich nicht den Löffel abgebe, braucht keiner zu erfahren, daß mein Herz nicht mehr so recht mitmacht.« Doch heute sitzt er schon wieder mit herausfordernd entblößtem Oberkörper im Garten und plaudert mit Nachbarn und Nichten. In einem stillen Moment nimmt er mich beiseite. »Kein Schwein hat was mitgekriegt! Kein Schwein hat was gesagt! Vielleicht bin ich ja doch noch nicht so ein Wrack.«

Am frühen Abend gehen wir ins Cross Keys. Seit Jahren ist das ein Zankapfel zwischen uns beiden. Für sein Leben gern trinkt er um sieben sein Bitter im Pub und kommt wieder rechtzeitig zum Dinner um halb neun nach Hause. Gegen ein Bierchen habe ich ja auch nichts einzuwenden, aber muß das wirklich unbedingt in der Kneipe sein? Schließlich habe ich kleine Kinder, die ins

Bett gebracht werden müssen, und eine Frau, die nicht gern allein daheim rumsitzt. Meine Generation steht diesen ›Männerzirkeln‹ etwas mißtrauisch gegenüber. Wozu diese ständige Flucht in bierdimpfelige Kumpanei? »Daheim ist nicht dasselbe wie im Pub«, hält er mir entgegen und zieht sich den Mantel über. An seiner Gewohnheit will er nicht rütteln lassen. »Was ist? Kommst du mit?« Manchmal gebe ich nach und verderbe dann uns beiden mit meiner Verdrießlichkeit den Abend. In der Regel bleibe ich freilich schon aus Prinzip daheim. Wenn er geht, habe ich stets ein schlechtes Gewissen, vor allem beneide ich ihn ein wenig. Er hat sich nicht anbinden lassen, ist unabhängig und geht seiner Wege. In diesen Kleinigkeiten treten die Spannungen zutage. So vieles steht zwischen uns! Aber heute abend herrscht Waffenstillstand. Heute lassen wir es ruhig und gemütlich zugehen. Heute setze ich mich dazu, wenn er sein Bitter trinkt.

»Ist auch nicht mehr das, was es mal war«, brummelt er. »Zur Zeit von Brian und Hilly war es viel besser.« Da, wo wir heute sitzen, trennte früher eine Wand die bürgerliche Loungebar von der Schankstube, die die Arbeiter aufsuchten. Er entschied sich in der Regel für die letztere mit ihrem Dartspiel, den harten Bänken und dem bloßen Holzboden. »Da findet man noch Leute aus echtem Schrot und Korn.« In der Schankstube kam der Populist in ihm zum Vorschein, sein verquerer Snobismus, seine sentimentale Ader. Die Gesellschaft der Landarbeiter und Handwerker war ihm lieber als die der Anwälte und Fabrikbesitzer in der Lounge. Zumindest behauptete er das. Ich hegte allerdings den Verdacht, daß er am liebsten allen ihren Platz zuwies und selbst nach Lust und Laune die Fronten wechselte, sei es als Mann des Volkes, sei es als Arzt. Der neue demokratische Mauerdurchbruch verdarb ihm den Spaß. Er verlor mit einem Schlag seinen Sonderstatus. Die Kundschaft war nur noch ein klassenloses Einerlei.

»Es ist wirklich nicht mehr das, was es mal war«, mault er. Die vielen Vergleiche mit der Vergangenheit sind der Nachteil am Altern. Das Gute daran ist, er verfügt über einen Schatz an Erinnerungen, in dem er nach Lust und Laune kramen kann (ein Schatz ähnlich jenem Glas voller Pennies auf dem Tresen, das geradezu darauf wartet, daß einer von den Stammgästen es umstößt). *Weißt du noch, damals?* so fängt er unweigerlich an, als wir alle in den Lake District in die Ferien gefahren sind? Vier gelbe Windjacken haben wir uns gekauft. Ein Kegelquartett waren wir darin, vier lustige Pirole, ja, ja, die abenteuerlichen Morrisons. *Weißt du noch, damals?* Ich spiele den Ball zurück. Wir haben doch den neuen Fotoapparat ausprobiert, den mit der verzögerten Belichtungszeit. Auf einem steilen Berg haben wir für ihn posiert und auf den Bildern wie eine Truppe von Akrobaten ausgesehen, einer auf dem Kopf des anderen. *Weißt du noch, damals?* Als wir der Queen und ihren zwei Kindern mit dem Union Jack zugewinkt haben – ein Junge mit seiner kleinen Schwester, so wie Gillian und ich. Oder später in der Gegend um Balmoral, als wir im Schloßpark rumgeschnüffelt haben und einmal den Jagdjeep der Königsfamilie verfolgt haben. *Weißt du noch, damals?* Als wir in der Dämmerung aufgestanden sind, um auf dem spiegelglatten See Wasserski zu fahren, weil Abersoch um die Zeit am schönsten ist. Der wackelige Start, der plötzliche Ruck, und dann hast du in eleganter Schleife das Wasser durchpflügt, daß es nur so zischte. Und die Fotos von uns... Wir legten so scharfe Kurven hin, daß es aussah, als würden wir mit den Ohren die Bugwellen streifen. *Weißt du noch, damals?* Als wir den Jugendclub in unserer umgebauten Scheune aufgemacht haben und die Leute sogar aus Colne und Nelson herbeigeströmt sind. *Weißt du noch, damals?* Die drei Monate in Kanada und Amerika. 1973 war das. Die Tausende von Meilen auf den Highways, der Bär, der im Yosemite-Nationalpark an unserem Zelt geschnuppert hat, der Lachs, den wir auf Vancouver Island geräuchert haben, der Mann, der uns in Taos in eine Gaststätte namens »Zum versteinerten Hühnchen« (wie wir dachten) geschickt hat, und so weiter und so fort. New York, New Mexico, Houston, Toronto, der mit Aufklebern bepflasterte Campingbus...

Mir fallen aber auch andere Zeiten ein oder etwas anders gelagerte Ereignisse aus denselben Zeiten, über die ich nicht so frei sprechen kann. Wie war das doch mit dieser Amerikareise? Meine Freundin war auch dabei, und ständig klebten wir zu fünft beisammen. Ich durchlitt nicht nur drei Monate lang sexuellen Frust, sondern auch noch die Schmach des Zweiundzwanzigjährigen, der sich immer noch nicht von den Eltern gelöst hat. Und der Jugendclub? Aufputschmittel kamen damals gerade in Mode und waren auf dem freien Markt leichter erhältlich als in der Praxis meines Vaters. Doch nach neun, wenn die Lichter für die Disco abgeblendet wurden und die Pärchen sich in dunklen Ecken aneinanderschmiegten, stiefelte mein Vater, der Sexpolizist, durch den Raum und scheuchte sie auseinander. Und mit siebzehn bin ich beim Campingurlaub in Abersoch nicht nur Wasserski gefahren. Mit zwei Freunden habe ich mich mal vollaufen lassen. Und nach der Sperrstunde klauten wir einen Armvoll von diesen orangen Verkehrshüten und rote Reflektoren. Die Polizisten schnappten uns nach einer wilden Verfolgungsjagd auf dem Campingplatz, stauchten uns gehörig zusammen und nahmen unsere Personalien auf. Wir dachten schon, wir seien noch einmal davongekommen, doch zwei Monate später traf der Bescheid ein: mutwillige Sachbeschädigung, Widerstand gegen die Staatsgewalt, Diebstahl. Wir wurden vor Gericht nach North Wales zitiert. Die Anklage wegen Diebstahls erzürnte meinen Vater am meisten. »Mit so was im Vorstrafenregister verbaust du dir deine ganze Zukunft!« Wir mußten eine wehleidige Entschuldigung an den Polizeichef schreiben, und als das nichts half, trieb Vater ›den besten Anwalt von ganz Lleyn‹ für uns auf. Im Winter fuhren wir zur Verhandlung nach Wales. Der Himmel war ein einziges Grau, es regnete in Strömen, der Gerichtssaal wurde mit einem winzigen Ölofen geheizt. Unsere Verteidigung beruhte anscheinend vor allem auf unseren guten Abschlußnoten. Ein ums andere Mal spielte der Anwalt seinen Trumpf aus: »Diese jungen Männer vor Ihnen... Schulabsolventen auf der Schwelle zu einer großen Karriere... ein einziger Moment des Leichtsinns...« Für die Sachbeschädigung wurden jedem von uns zehn Pfund aufgebrummt (mein Vater zahlte), der Rest wurde uns erlassen. Auf der Herrentoilette begegnete ich einem der Polizisten wieder. Verlegen gestand er mir: »Wenn ich gewußt hätte, was für Prachtkerle ihr seid...« Am beschämtesten war ich freilich selbst. Eigentlich hätte ich gar nicht davonkommen wollen und wäre ganz gern mit meinen Kumpels für eine Weile hinter Gitter gewandert.

Das alles kann ich ihm nun nicht mehr sagen. Nie wird er nun von den Mädchen erfahren, die wir im selben

Sommer kennengelernt haben. In eine davon verliebte ich mich bis über beide Ohren. Einem Freund vertraute ich an: »Wenn uns gestern nacht Gangster überfallen hätten und sie ein Leben gefordert hätten, *ihres* oder das von meinem Vater, dann hätte ich ihn geopfert. *Weißt du noch, damals?* Aber wozu? Wo ich doch so ein Grünschnabel, ein Jammerlappen, ein Feigling, ein Egoist, ein Verräter war...

Am Tresen hole ich uns noch einen Drink und lasse seine Erinnerungen weiter über mich hinweg schwappen. Er ist inzwischen fast schon bei der Gegenwart angelangt. Louises Unfall und das abgesägte Stück Knochen in ihrem Schädel, das Käppchen, das sie tragen mußte, die letzten Tests, wonach das Gewebe hinter dem Loch sich langsam verhärtet. Wenn Licht auf die Stirn fällt, kann man nach wie vor das Pochen darunter sehen. »Man kann ja nie wissen«, sagt er. »Ein scharfer Gegenstand – ein Stock reicht schon –, und es ist vorbei. Mit mir ist es nicht anders. Selbst mit dem Schrittmacher kann ich trotzdem einen Infarkt kriegen. Dein Großvater ist mit sechsundachtzig gestorben. Nächsten Monat werde ich einundsiebzig. Ich traue mir neunzig Jahre zu, aber man kann nie wissen...«

Ich weiß es genausowenig. Aus Furcht, seine Zeit könnte wirklich bald abgelaufen sein, lenke ich das Gespräch auf Tante Beaty. Jahrelang wollte ich ihn verhören, ihn in Handschellen vor mir stehen sehen, bis seine geheimen Verbrechen endlich an den Tag kamen. Entgegenschreien wollte ich ihm die Anklagepunkte – Lügen, Untreue, Grausamkeit zu meiner Mutter – und ihn zum Schluß fragen: »Bekennst du dich nun schuldig?« Heute hat sich die Sachlage geändert. Ich bin erwachsen und will nicht mehr den Richter spielen. Heute sehe ich ihn im Spiegel, wenn ich mich anziehe, spüre, daß ich mich in ihn verwandle, fürchte, all die Fehler von ihm zu erben, vor denen er mich bewahren wollte. Auf eine Anklage kommt es mir nicht mehr an. Ich will nur reinen Tisch machen. Nichts soll mehr zwischen uns stehen. Und dann soll er wissen, daß ich ihn verstehe.

Er ist wieder dran, die nächste Runde zu holen. Ein letztes Bitter für ihn, ein Guinness für mich.

»Weißt du noch damals, im Golfclub?« frage ich ihn.

»Das waren noch Zeiten. Ich hatte ein Handicap von zwölf.«

»Und danach sind wir immer in die Bar gegangen, zu Tante Beaty.«

»Das neunzehnte Loch, und die Zwiebelsandwiches! Das waren noch Zeiten.«

»Tante Beaty hat dir doch bestimmt viel bedeutet, was?«

»Ein Prachtmädel. Jedes Wochenende... Nicht zu vergessen Sam und die kleine Josephine. Ich habe ihnen beim Ausbau der Bar geholfen.«

»Ich weiß, Dad, aber warst du nicht verrückt nach Tante Beaty? Du warst doch richtig verliebt in sie.«

»Ein bißchen verschossen, vielleicht.«

»Das Wort hast du doch schon einmal benutzt.«

»Wirklich?«

»Vor Jahren in Abersoch – erinnerst du dich nicht mehr? Du hast mir eine Standpauke über meine Moral gehalten. Ich habe dir Heuchelei vorgeworfen. Ich war aufgebracht wie nie und brachte Tante Beaty ins Spiel. Ich wollte ein Geständnis von dir hören.«

»Vielleicht warst *du* in sie verschossen.«

»Schon möglich. Aber bei dir war es doch mehr als das.«

»Mehr? Ich weiß nicht. Ich habe Beaty und Sam aus den Augen verloren, seit sie in den Süden gezogen sind. So, jetzt müssen wir aber langsam los, oder?«

Schwalben schwirren über den Kanal. Die Sonne versinkt bereits. Der Mond gegenüber ist eine blasse Sichel. Vater gibt mir die Schlüssel für seinen nagelneuen Ford. »Das Tolle daran ist die Servolenkung. Jetzt wollen wir doch mal sehen, wie du damit zurechtkommst.«

Auf dem Weg zur A59 kommen wir an dem Pfarrhaus vorbei, in dem einmal Canon Mackay gelebt hat. Es ist das zweite Pfarrhaus in der Gemeinde. Die Church of England hat es behalten. Das andere in Thornton überließ sie damals uns. »Na, wie ist dein Eindruck?« will Vater wissen. »Zieht doch ganz ordentlich ab, was?« Nach dem Dorfladen von West Marton, der nun auch schon seit einiger Zeit mit Brettern zugenagelt ist, biege ich links ab. »Liegt gut in der Kurve, was?« Zwei Meilen vor unserem Haus führt eine Buckelbrücke über den Kanal. Wenn man sie schnell nimmt, wie mein Vater früher, hebt und senkt sich einem der Magen, sobald die Reifen die Bodenhaftung verlieren. Ich versuche es noch einmal. Ich habe das Gefühl, es ist meine letzte Chance: »Du kannst mir das mit Tante Beaty ruhig sagen. Ich bin kein Kind mehr, weißt du. Geheimnisse sind nicht mehr nötig.«

»Ja«, sagt er. Und nach einer Pause: »Schon eine tolle Sache, so eine Servolenkung. Solange man keine hat, fehlt sie einem auch nicht. Aber ist man erst mal auf den Geschmack gekommen, gibt es nichts anderes mehr.«

Sandra

*A*m Tag vor der Einäscherung fahre ich mit meiner Mutter nach Earby. Sie muß noch die Pasteten für den Leichenschmaus bestellen, und danach hat sie einen Termin beim Friseur. »In einer Stunde bin ich fertig«, sagt sie. Ich will die Zeit nutzen und fahre allein nach Kelbrook weiter. Vor einer Reihenhaussiedlung halte ich an. Früher gab es hier noch Kopfsteinpflaster. Das hat sich längst geändert. Heute sind die Häuser mit Satellitenschüsseln, Kunststoffenstern und Zierkacheln ausgestattet. Sandras Tür ist die letzte rechts. Marineblau. Sie empfängt mich in einer weißen Schürze und mit einem Staubwedel in der Hand. »Ich dachte mir schon, daß du kommst. Ich bin gerade beim Staubwischen.«

Sandra war vor Pat unser Hausmädchen gewesen. 1963 kam sie aus einer zerrütteten Familie aus Schottland zu uns. Ich war damals dreizehn und sie neunzehn. Meine Schwester war gerade ins Internat geschickt worden, darum waren wir oft allein im Haus. Gemeinsam sahen wir uns immer Teenagerzeug wie *Top of the Pops* an. Sandra wirkte nach ihren schlimmen Kindheitserlebnissen ein bißchen jung für ihr Alter. Damit weckte sie die Beschützerinstinkte meines Vaters. Er behandelte sie eher wie eine Tochter und nicht so sehr wie eine Angestellte. Als sie dann ging, war er tief getroffen. Aber sie hatte nun einen Freund und zog in eine günstige Mietwohnung. Ihre neue Arbeit als Kassiererin in einer Tankstelle in Barnoldswick war zudem besser bezahlt. Den Freund heiratete sie später, doch die Ehe hielt nicht lange. Der gemeinsame Sohn, der inzwischen auch schon erwachsen ist, blieb bei ihr. Den Kontakt zu meinen Eltern ließ Sandra nie abreißen. Sie vergaß keinen Geburtstag und stattete ihnen oft Besuche ab. Ein Grund dafür ist Dankbarkeit. Mein Vater hatte ihr Geld für den Kauf des Hauses geliehen, dasselbe, in dem sie uns nun Tee einschenkt und mich fragt, wie es ihm zum Schluß ging. »Es macht dir doch hoffentlich nichts aus, wenn ich weiter Staub wische«, murmelt sie. »Meine Mutter besucht mich zu Weihnachten, und wenn ich es jetzt nicht hinter mich bringe, komme ich überhaupt nicht mehr dazu.«

Auf einem Schemel stehend, nimmt sie die Glasvitrine, in der sie ihre Sammlung von Nippessachen und Miniaturpuppen aufbewahrt, in Angriff. Sie trägt eine Bluejeans und ein rotes Sweatshirt, das ihr beim Strekken über die Hüfte hochrutscht. Fett hat sie in all den Jahren keines angesetzt, und ihr Gesicht ist nach wie vor attraktiv. Die rötlichen Haare sind jetzt üppig gekräuselt. Früher trug sie sie glatt und halblang wie Twiggy.

Der Tod meines Vaters, die Flut der nostalgischen Erinnerungen und dazu die Anziehung, die sie auf mich ausübt, lassen sämtliche Vorbehalte in mir schwinden. Unwillkürlich nehme ich wieder den neckischen Ton an, in dem wir als Jugendliche miteinander flirteten.

»Komisch, wir zwei mal wieder so ganz allein in einem Haus.«

»Was meinst du damit?«

»Du weißt doch, was das früher bedeutet hat.«

»Och, so etwas gibt es bei mir schon lange nicht mehr. Ohne ist das Leben nicht halb so kompliziert.«

»Fühlst du dich denn nie einsam?«

»Eigentlich nicht.«

»Ein Jammer ist das! Wie alt bist du denn jetzt?«

»Nächsten Monat werde ich achtundvierzig.«

»Wirklich jammerschade.«

»Ach was.«

Meine Eltern hatten von jeher Hausmädchen gehabt. Rosa, eine Österreicherin, kam 1946 und blieb bis 1958, als wir von Earby eine Meile weiter nach Thornton zogen. Ich kann mich nur an eine gutmütige und schwer zu verstehende Großmuttergestalt erinnern, die ständig bügelte oder Kuchen buk, während ich mit dem Labrador unter dem Küchentisch lag, und die einmal kreidebleich mit einem ganzen Bienenschwarm in den weißen Haaren in die Küche stürzte. Nach ihr kam Lennie, eine Bohnenstange Ende zwanzig mit ewig laufender Nase und häufig wechselnden Launen. Sie muß wohl bis zu meiner Pubertät bei uns geblieben sein. Ich erinnere mich noch, wie ich als Zwölfjähriger in der Unterhose in ihr Zimmer spazierte und vor Stolz über meine Erektion fast platzte (sie scheuchte mich fort, ohne etwas davon zu bemerken). Später heiratete sie einen Schreiner namens Jeff, mit dem sie nach Australien auswanderte. Ihr folgten in kurzen Abständen mehrere neue Haushaltsgehilfen. Eine bereitete uns immer Grillteller zu und verbrachte jeden Abend weinend in ihrem Zimmer. Nach drei Wochen verließ sie uns wieder. Eine andere blieb nicht länger als vierundzwanzig Stunden, und eine dritte hätte es zwar länger aushalten können, aber eines Morgens marschierte sie ins Bad, als mein Vater gerade ›auf dem Thron saß‹ (seine Worte), und putzte fröhlich weiter, ohne sich um ihn zu scheren. Selbst er fand das ein bißchen zu zwanglos. Die noch unreife, aber gutherzige Sandra war so eine Art letzter verzweifelter Versuch. Sie blieb zwei Jahre bei uns, und selbst nach ihrer Kündigung war sie nie richtig gegangen.

Man sollte meinen, eine hübsche Neunzehnjährige fühlte sich in einem großen, fremden Haus fern der Heimat verlassen und langweilte sich, zumal ihr Job ihr nicht allzuviel abverlangte. Ich war den ganzen Tag in der Schule, meine Schwester nur in den Ferien daheim, und meine Eltern, die auf peinliche Sauberkeit gar nicht so viel Wert legten, brauchten eigentlich nur jemanden, der gelegentlich kochte und ans Telefon ging, wenn sie in der Praxis arbeiteten. Aber wenn Sandra sich je einsam fühlte, so zeigte sie es nie. Bald stellten sich auch Vertreter, Landarbeiter, ältere Schulkameraden von mir, kurz alle Arten von Verehrern mit den aberwitzigsten Ausreden ein, und sie schäkerte munter mit jedem. Wie fast alles bei uns daheim, spielte sich das in der Küche ab. Ich saß in der Regel auf meinem Hocker vor dem Fenster und tat so, als würde ich Hausaufgaben machen. So erlebte ich die aufregende Welt der erotischen Spannung zwischen Erwachsenen hautnah mit, und das, nachdem mir noch ein Jahr zuvor die Mechanik des Geschlechtsverkehrs (wie sie mir ein Schulfreund im Detail geschildert hatte) so widerwärtig erschienen war, daß ich mich geweigert hatte, auch nur ein Wort zu glauben. Meine Eltern, als Ärzte zumal, hätten mich an und für sich rechtzeitig aufklären müssen, aber als mein Vater sich eines Morgens mit einem verlegenen Räuspern zu mir ans Bett setzte und das Thema Mensch und Natur anschnitt, hatte ich meine Jungfräulichkeit längst verloren.

Einer von Sandras Freunden – Steve hieß er – führte mich da schon etwas anschaulicher in die Welt der Sexualität ein. Steve absolvierte sein Abschlußjahr an der Grammar School und war ein Jahr jünger als Sandra. Aber er sah blendend aus, war todschick und ungemein kräftig. Einmal – vermutlich fühlte er sich von mir angestachelt – verprügelte er im Schwimmband zwei ›Lackaffen aus so einer Scheißprivatschule‹, wofür wir prompt rausgeworfen und mit Hausverbot belegt wurden. Sandra war ungemein beeindruckt. Und weil sie auf ihn mehr als auf all die anderen Liebhaber flog, gingen sie bald miteinander. Das hieß allerdings nichts anderes als im Haus bleiben und in der Küche Kaffee trinken. Steve wurde von Mal zu Mal verwegener, und bald erwarb er sich eine Unverblümtheit im Stil des Jagdhüters Mellors, Lady Chatterleys Liebhaber (zu der Zeit entdeckte ich Mellors gerade; meine Mutter muß sich das Buch kurz nach dem Zensurprozeß gekauft haben. Es lag auf ihrem Nachtkästchen, und sobald sie das Haus verließ, verzog ich mich heimlich damit in mein Zimmer). Ich fragte mich, ob Steve nicht auch meinetwegen den Macho herauskehrte und mit dem Balzgebaren mehr den Neid des Schuljungen wecken als das Mädchen beeindrucken wollte.

»Hübsch seh'n die aus.«

»Ach, sei still!« (Sie warf ein Staubtuch nach ihm.)

»Laß mal fühlen.« Er grapschte nach ihr; sie stieß ihn weg. »Komm schon, der Blake will auch mal, stimmt doch, oder?«

Und wie ich wollte! Angestachelt von Steves Dreistigkeit, versuchte ich auch nach ihr zu grapschen, wenn wir allein waren. Einmal platzte meine Mutter in die Küche, als wir so miteinander rangen. Wir konnten das Spielchen gerade noch als Kampf um das Tranchiermesser tarnen. Eines Abends schließlich – meine Eltern waren außer Haus, und auch Steve war nicht gekommen – trat Sandra nach langem anzüglichen Hin und Her in einem neuen Bikini aus ihrem Zimmer. »Wie sehe ich darin aus?« Ich weiß nicht, was sie von mir erwartete, doch mir bot sich plötzlich die lang ersehnte Chance, ihren Busen anzufassen. Ich stürzte mich auf sie. Sie wehrte sich, und wir rollten zu Boden. Ich versuchte, ihr Oberteil aufzuhaken. Da es mir nicht gelang, fuhr ich mit der Hand unter ihr Höschen. Aus Spaß wurde Ernst; sie wand sich, sträubte sich. Die Geschichte war ihr aus der Hand geglitten. So weit hatte sie nicht gehen wollen, aber auf einmal spürte ich ihr dichtes Schamhaar. So klischeehaft es auch klingen mag, wie durch ein Wunder hörten wir plötzlich zu ringen auf und küßten uns. Im Bett bat sie mich, aufzupassen. Es wäre gar nicht nötig gewesen. Kaum hatte sie mich berührt, ejakulierte ich auch schon.

Ich wußte nicht, was sie danach empfinden würde – wahrscheinlich Wut und Gewissensbisse. Aber als am nächsten Vormittag meine Eltern wieder nicht daheim waren, ging ich zu ihr, als sie Staub saugte. Wortlos verschwanden wir nach oben. Keiner begriff so richtig, was sich da abspielte. Es war unschuldiger Klitoralsex. Von Penetration konnte praktisch nicht die Rede sein, auch wenn an diesem Tag das Schnürchen an der Rückseite meiner Vorhaut riß. Ihr ganzes Bett war blutbefleckt, aber nicht ihre Jungfernhaut war geplatzt, sondern die meine. Später vertraute sie mir an, daß ein Freund ihres Vaters ihr im Alter von fünfzehn Jahren die Jungfräulichkeit geraubt hatte. Seitdem war es nicht noch einmal so weit gekommen. Mit Steve war sie nie ins Bett gegangen.

Sechs Monate, vielleicht ein Jahr lang, schliefen wir

miteinander. Dann fand sie einen richtigen Freund und kündigte. Meistens passierte es am Freitagabend, wenn außer uns niemand im Haus war, und ansonsten, wann immer sich die Gelegenheit bot. Bei geöffnetem Fenster schliefen wir in ihrem Zimmer miteinander und lauschten die ganze Zeit, ob Motorendröhnen, Türeknallen oder Schlüsselklirren die Rückkehr meiner Eltern ankündigte. Es handelte sich also um eine sehr verhaltene Art der Liebe, bei der man Geräusche vermied und stets auf der Hut blieb. Mochte sich Haut noch so sehr an Haut reiben, mit einem Ohr waren wir immer woanders. Wir hatten schreckliche Angst davor, von meinem Vater ertappt zu werden.

»Es liegt ja schon so lange zurück«, meint sie und stellt ihren Hocker unter ein Regal.

»Stimmt, wir waren mehr oder weniger Kinder.«

»Das letzte Mal ist es nach dem Tod deines Freundes passiert.«

»Du meinst Nick Proctor.«

Er war bei einem Autounfall irgendwann nach Sandras Auszug ums Leben gekommen. Zu viert waren sie auf dem Weg zu einer Weihnachtsfeier in Barnoldswick gewesen. Brian Smith und sein Cousin Bernie saßen vorne, Bob Skelton und Nick hinten. Der Rover, in den sie in einer Kurve krachten, drückte das Heck ihres Mini über eine niedrige Mauer. Mein Vater, der gerade in seiner Stammkneipe *The Bull* ein Bierchen trank, erschien als einer der ersten am Unfallort. Brian führte ihn zu den zwischen Bäumen, Steinen und Metallteilen liegenden Opfern. Bob war sofort tot, Nicks Tod war lediglich eine Frage der Zeit. Brian meinte, es mir ganz theatralisch beibringen zu müssen: »Sieh dir diese Hände an! Daran klebt Nicks Blut!«

»Ich weiß«, fahre ich fort. »Ich habe dann auf dem Rückweg vom Krankenhaus bei dir vorbeigeschaut.«

»Es war nicht ganz ungefährlich. Ich hatte mich zwar schon von Mick getrennt, aber er kam manchmal noch zu mir, wenn er was getrunken hatte. Und das Baby hatte ich ja auch noch.«

»Ich war total verstört. Daß du keine Lust hattest, das war mir trotzdem klar. Es hat sich so ergeben... Er war doch gerade gestorben.«

»Du brauchtest Trost, das verstehe ich schon. Aber ich habe es dir schon mal gesagt, damit ist jetzt Schluß.«

»Wenn du es dir mal anders überlegst...«

Natürlich fand mein Vater alles heraus, wie, das weiß ich selbst nicht so genau. Er paßte mich vor dem Schulbus ab und zeigte sich komischerweise verständnisvoll: wir waren jung, wir waren allein im Haus gewesen, so etwas war völlig normal und unschuldig. Er wollte Mummy auch nichts davon sagen. Trotzdem war es ein großer Fehler. Wenn wir es noch einmal machten, mußte er mich vor die Tür setzen. Wäre ich ein kleines bißchen reifer gewesen, hätte ich sofort gewußt, daß seine Drohung so nicht gemeint gewesen sein konnte. Die naheliegende Lösung des Sexproblems mit den zwei Teenagern wäre Sandras fristlose Entlassung und nicht mein Rauswurf gewesen. Aber auch bei ihr wollte er nicht so weit gehen. Er begnügte sich mit einem wenn auch strengen Verweis. Im nachhinein rechne ich es ihm hoch an, daß er nicht so schrecklich kleinbürgerlich reagiert hat (wenn einer sich kleinbürgerlich verhalten hat, dann ich, schließlich habe ich sie gebumst). Na ja, vielleicht hatte ich trotz allem gar keine so große Angst vor ihm, wie ich dachte, denn binnen weniger Wochen fingen wir wieder von vorne an.

Von da an war Sex für uns noch mehr etwas, das in aller Stille und Heimlichkeit vollzogen werden mußte. Schreckliche Vergeltung konnte jederzeit über die Treppe nahen. Da ich noch nicht viel verstand, aber eine blühende Phantasie hatte, überlegte ich, ob Sandra es auch mit meinem Vater trieb. Damit wäre erklärt gewesen, warum er Gnade vor Recht hatte ergehen lassen. Sandra stritt das ab, und als ich ihre Beziehung ein bißchen besser verstand, glaubte ich ihr auch: Sie war seine Ersatztochter und nicht Ersatzfrau. Nicht so leicht ließ sich dagegen der Verdacht entkräften, daß es ihm eine Ersatzbefriedigung bedeutete, uns nachzustellen. Als ich eines Nachts wieder mit Sandra im Bett lag, hörte ich ein kaum vernehmbares Klicken in der Eingangstür. Nackt jagte ich in mein eigenes Zimmer. Er schlich die Treppe hinauf und platzte ohne jede Warnung be Sandra herein. Sie saß nur mit einem Handtuch um die Hüfte vor ihrer Frisierkommode. Empört bedeckte sie ihre Blößen. Was sollte das denn? Ohne anzuklopfen einfach so bei ihr einzudringen? Danach kam er in mein Zimmer. Ich stellte mich schlafend. Kurz, er hatte nichts gegen uns in der Hand.

Wir unterhielten uns nie wieder über die Geschehnisse damals, doch ich kann mir seine pragmatische Art, das alles mit einem Achselzucken abzutun, gut vorstellen: *Sperr nur zwei Männer lang genug allein zusammen, und sie bringen einander um. Sperr einen Mann und eine Frau nur lange genug zusammen, und sie schlafen miteinander. Anders geht es nicht – keiner kann gegen seine Natur an. Es gibt Schlimmeres im Leben als das, was ihr getan habt.*

»Eins hast du vergessen«, halte ich Sandra vor, während sie weiter abstaubt. »Du warst meine erste Liebe. So was vergißt man nie.«

»Hm, kann schon sein.«

»Und ich fand nie etwas dabei.«

»Du vielleicht nicht.«

»Daran hat sich bis heute nichts geändert.«

»Du gibst wohl nie auf, was? Du hältst dich für unwiderstehlich, aber du bist um keinen Deut anders als alle anderen. Weiß du was? Mach uns doch lieber noch eine Tasse Tee.«

Ich gehe in die Küche und setze den Wasserkessel auf. Halb schäme ich mich für meine Masche. Ich brauche das Gefühl des Vergessens beim Sex. Andererseits hasse ich den abgebrühten Teil meiner selbst. Noch habe ich meine Worte in den Ohren. So etwas von manipulativ, so etwas von opportunistisch! Ist es unnatürlich, sie gerade jetzt zu begehren? Oder wäre das Gegenteil unnatürlich?«

»Hier, bitteschön.« Ich stelle ihre Teetasse auf den Hocker. »Ich muß los. Meine Mutter wird schon warten.«

Sie wartet tatsächlich. Mit neuer Frisur für die Beerdigung.

In der Nacht träume ich, daß Sandra zu mir ins Bett kommt. Sie fährt nach Thornton, sperrt leise auf und huscht die Treppe hinauf. »Dein Tee«, sagt sie. Als sie ihn abstellt, erkenne ich den Bierkrug, aus dem mein Vater seinen letzten Schluck genommen hat. Es ist fünf Uhr in der Früh, und ich bin noch schlaftrunken, begreife jedoch immerhin, warum sie gekommen ist. Sie trägt ein winziges Nachthemdchen aus den sechziger Jahren, und ich versuche, sie ins Bett zu ziehen. Sie leistet zunächst Widerstand. Entweder hat sie sich eines Besseren besonnen, oder sie will ihre Würde bewahren. Dennoch liegt sie bald neben mir, erst auf der Decke, dann darunter. Ich berühre ihre Brüste, ihren Hals, ihren Nabel – es ist der Körper einer Neunzehnjährigen. Selbst die Stille ist dieselbe wie damals, das Streicheln-statt-Küssen, das gespitzte Ohr – was ist, wenn meine Mutter aufwacht? Auch Sandra ist nervös, wie ich gleich merke. Ich komme sofort, bin ganz der Vierzehnjährige mit dem vorzeitigen Erguß.

»Ich gehe wohl besser«, flüstert sie mir ins Ohr.

»Tut mir leid. Ich wollte, daß es länger dauert. Ich wollte es richtig machen.«

Der Traum scheint schon wieder vorbei zu sein, denn ich bin unten in der Küche. Die Teekanne steht auf dem Tisch, und in der Hand halte ich den Bierkrug. Darin ist aber kein Tee, sondern Blut. Ich schütte es weg und spüle mit Wasser nach, bis das Glas wieder durchsichtig ist. Ich muß meinen Vater finden, sage ich mir, aber meine Mutter ist allein im Bett. Sie schläft tief und fest. Auf dem Boden liegt mit dem Rücken nach oben ein Dick-Francis-Roman. Ihr Arm hängt über die Bettkante, als wolle sie nach dem Buch greifen. Ich gehe wieder nach oben, sehe bei mir nach (die Tür ist zu), will zu Pat (abgesperrt) und lande schließlich vor dem Gästezimmer. Es ist offen.

»Du bist noch da?« frage ich.

»Ich war nie weg«, erwidert Sandra. »Du bist gegangen, nicht ich.«

Ich schließe die Tür, steige ins Bett und dringe gleich in sie ein. Es ist wie in meinen Träumen, nur besser, feuchter, angenehmer und ohne Schuldgefühle. Wir klammern uns aneinander, schaukeln die Wiege unserer Kindheit, rufen die alten Tage wach, wollen die Geräusche hören, seinen Wagen auf der Auffahrt, den Schlüssel im Schloß, seine Schritte auf der Treppe. Jetzt machen wir absichtlich Lärm, um ihn zu wecken, wir stoßen, stöhnen und kommen, nur mein Vater kommt nicht. Von nun an wird er uns nie wieder hören. Benommen klammern wir uns aneinander und hoffen wider alle Vernunft, er möge uns doch noch ertappen.

Trauerfeier

*H*agel beim Abschied. Schnee auf den Hügeln. Wind-
böen. Stürme. Ein Kälteeinbruch. Zwischen Skipton
und Otley ist die Aire über die Ufer getreten. Krähenne-
ster haben sich wie Blutgerinnsel in den sturmgebeutel-
ten Ulmen festgesetzt.

Der Ruf des *Craven Herald* geht weit über Skipton hinaus, denn er gehört zu den letzten Zeitungen, die die erste Seite noch ausschließlich für Anzeigen reservieren.
Heute wird die nächste Viehversteigerung angekündigt.
Zum Verkauf stehen 722 Mager- und Zuchtschafe, 600
Mager- und Mutterkühe mit jungen Stieren, 209 träch-
tige Kühe und Färsen, 23 Mastbullen, 250 einjährige
Schafe, 127 Schlachtschweine, 5 Widder. In den Räumen
des Damen-Rotary-Club lädt der Verein »Die Bücher-
freunde« zu einem Vortrag über *Große Erwartungen*. Im
Plana kommt *Kevin – Allein zu Hause*. Es gibt Wohltätigkeitsbasare, Flohmärkte, Tanzabende, Busausflüge zum
Weihnachtseinkauf im Gateshead Center, Adventsgot-
tesdienste, Weihnachtsfeiern und -märkte. Der Verwal-
tungsbezirk North Yorkshire bestätigt die Umleitung
des Reitwegs von Planquadrat SD 8329 6509 Südost ins
Planquadrat C 393. Unter Persönliches werden die Dienste einer Hellseherin einschließlich Kaffeesatzlesen und
Kartenlegen angeboten.

Bei der Übernahme der Geschäfte durch den vorletzten Chefredakteur, einen gerade mal dreißigjährigen Burschen, befürchteten wir schon, er würde die Annoncen von der ersten Seite verbannen. Doch er hatte sich noch nicht mal richtig eingearbeitet, da kostete ihn ein Schlagloch bei Malham das Leben. Der jetzige Chefredakteur, ein guter Freund meines Vaters, ist über sechzig und will alles beim alten lassen.

Seinem Nachruf habe ich mit einigem Unbehagen entgegengesehen. Als er uns neulich aufsuchte, zeigte er wenig Interesse an den Anekdoten, die wir für ihn parat hielten. Ja, er ließ uns kaum zu Wort kommen. »Ich bin Ihnen zu tiefstem Dank verpflichtet, daß Sie mich in einer Zeit der tiefen Trauer empfangen.« »Behaupte keiner, Arthur sei ein zurückgezogen lebender Mann gewesen, auch wenn er sich aus dem Berufsleben zurückzog. Barer Unsinn, würden dem manche entgegenhalten, er hatte einen Hang, an allem teilzunehmen, wenn nicht gar sich einzumischen.« Solches Wortgeklingel aus dem Mund eines Provinzlers wirkt schon etwas sonderbar, und ich fragte mich, ob er nur mir zuliebe so dick auftrug. Oder wollte er sich über den Jungen, der nach London gegangen war und nun Bücher schrieb, lustig machen? Aber ich unterschätzte ihn. Die heutige Ausgabe widmet meinem Vater einen schwarz umrahmten Nachruf, der in jeder Zeile von aufrichtiger Zuneigung geprägt ist. Ganz anders dagegen die *Barnoldswick and Earby Times!* Einen blutigen Anfänger haben die auf meinen Vater angesetzt. Seinen streitbaren Gemeinschaftssinn führt der Kerl doch glatt auf seine »Erfahrungen bei der Royal Air Force« zurück und stellt ihn als Wichtigtuer und Militaristen hin. Aber vielleicht verüble ich ihm nur, daß das Blatt seinen Aufmacher nicht meinem Vater

widmet (ihn haben sie ziemlich weit unten untergebracht), sondern dem hundertsten Geburtstag irgend eines alten Mütterchens. Lächelnd blickt sie auf ein Vierteljahrhundert zurück, das meinem Vater nicht mehr
vergönnt war. Ähnlich ergeht es mir beim Durchlesen
der Nachrufe in der *Yorkshire Post*. Mein armer Vater ist
ja unter all den verstorbenen Achtzig- und Neunzigjäh-
rigen der reinste Springinsfeld! Zumindest gibt es an seinem Tod nichts zu rütteln. Die anderen sind lediglich *da-
hingeschieden* oder *sanft entschlafen*.

Der Hagel geht über in Schneefall. Auf Geheiß meiner
Mutter durchwühle ich Vaters Kleiderschrank, Schubladen, Nachtkästchen nach Dingen, die ich behalten
möchte. Der Moment, vor dem mir zeitlebens gegraut
hat, ist gekommen: Der große elegische Auftritt in den
Kleidern meines Vaters. Andererseits habe ich bereits zu
viele Kostümproben dieser Art mitgemacht, als daß
mich die hier noch schmerzen könnte. Seit seiner Pensionierung reichte mein Vater seine Hemden, Schuhe,
selbst sein Geld an mich weiter. »Man kann das Zeug ja
nicht ins Grab mitnehmen«, brummelte er immer wieder. So stöberte ich herum und versuchte zu verbergen,
wie scharf ich auf die Sachen war, die er getragen hatte,
als ich ein Kind war – sein Tennisshirt aus dem Jahre
1947 mit seinem rot in den Kragen gestickten Namen;
seine Fliegerjacke, seine Samtweste, seine Golfmütze,
sein schwarz-weiß getupfter Seidenschal, seine Krawat-
ten von Tootal und Kendal Milne. »Bist du sicher, daß du
die Sachen nicht mehr brauchst?« fragte ich ihn regelmäßig. »Zier dich nicht so. Das Zeug setzt seit Jahren nur
Staub an.« Nun, da er tot ist, komme ich mir vor wie ein
Grabschänder. Ich nehme drei Pullover, zwölf Paar Sok-
ken, zwei Paar braune Lederschuhe, mehrere Manschet-

tenknöpfe und verstaue alles in seiner alten Reisetasche aus der Zeit bei der Luftwaffe. Zum Schluß ziehe ich sein weißes Nylonhemd, seinen grauen Anzug, seine schwarzen Wollsocken und Schuhe an und binde mir seine schwarze Krawatte um. In seinen Kleidern werde ich zur Einäscherung gehen.

Ich trete wieder ins Wohnzimmer. Der Schnee kriecht die Doppelglastür hinauf, eine Flutwelle aus weißem Nichts. Wer wagt sich bei diesem Wetter schon aus dem Haus? Freunde und Verwandte wollten durch die Pennines zu uns fahren, aber werden sie es schaffen? Der Wind wird heftiger, das Schneetreiben dichter, und die Aussicht auf die Hügel, die mein Vater so sehr schätzte, ist verschwunden. Meine Schwester trifft mit ihrer Familie ein. Ihr Mann kann sich einen Kommentar nicht verkneifen: »Wir hätten uns ja gleich denken können, daß er sich so einen Tag aussuchen würde, mit Hagel, Schneesturm und was nicht alles! Wetten, daß er da oben alle Fäden in der Hand hat und sich ins Fäustchen lacht!«

Um zwölf treffen zwei Autos vom Bestattungsinstitut ein. Der Leichenwagen wartet vor der Einfahrt. Für die Totenmesse bleibt uns noch reichlich Zeit. Sie beginnt erst um viertel nach zwölf, und zur Kirche sind es nicht mehr als zwei Minuten. Malcolm, der Chef, fährt mit seinem Ford Kombi vor. Er kommt zur Haustür, nimmt mich kurz beiseite und drückt mir den Schrittmacher in die Hand. Der Arzt hat ihn also doch noch aus der Brust meines Vaters geschnitten. Das Ding hat die Größe und Form einer Stoppuhr. Ich will nachsehen, ob auch ein Ziffernblatt da ist, und drehe es um. Sobald ich mich unbeobachtet wähne, halte ich es ans Ohr. Vielleicht tickt es ja. Als wäre es ein wertvoller Stein, schließe ich die

Hand fest um das Plastikgehäuse – der Talisman meines alten Herrn. Schließlich stecke ich ihn in die Hosentasche. Während der gesamten Trauerzeremonie werde ich damit herumspielen. Ich kann nicht loslassen.

Die geteerte Fläche vor dem Haus würde den zwei großen schwarzen Limousinen unter normalen Bedingungen reichlich Platz zum Wenden bieten. Doch bei dem vielen Eis und Schnee müssen die Fahrer sich gehörig abmühen. Endlich stehen sie in der richtigen Richtung. Gemächlich – schließlich wollen wir nicht zu früh kommen – steigen wir ein. Der vorderste Wagen zuckelt um die Garage herum und will auf die Auffahrt abbiegen. Der livrierte Chauffeur nimmt die Kurve sehr knapp. Er weiß nicht, daß an dieser Stelle ein von vorne nach hinten höher werdender Randstein die Auffahrt von einem kleinen Fußweg trennt. Das Vorderrad fährt drüber und rutscht auf der anderen Seite ab. Erst bleibt der Fahrer stehen, dann reißt er das Lenkrad herum und gibt Gas, doch die erhoffte Wirkung bleibt aus. Er kommt nicht mehr drüber. Nun legt er den Rückwärtsgang ein, stößt aber nicht weit genug zurück, so daß ihm, als er mit aufheulendem Motor weiterfahren will, dasselbe Mißgeschick gleich noch einmal passiert. Nur ist bei dem Manöver der Wagen ins Schleudern gekommen. Das Heck ist keine zehn Zentimeter von der Garage entfernt.

Wir steigen aus. Wahrscheinlich kommt der Wagen eher um die Kurve, wenn er nicht so schwer beladen ist. Inzwischen ist es viertel nach zwölf. Verärgert nimmt der Fahrer seine Mütze ab. Die Haare kleben ihm schweißnaß auf der Stirn. Vier von uns packen den Wagen hinten unter der Stoßstange und heben ihn von der Garagenwand weg. Mein Schwager schiebt einen herabgefallenen Dachziegel unter das rechte Hinterrad. Wieder klemmt sich der Fahrer hinter das Steuer, überrollt im Rückwärtsgang den Ziegel und fährt im ersten Gang vor, diesmal ohne den Motor hochzujagen. Das Ergebnis ist das gleiche, wenn nicht noch etwas schlechter. Nun steht der Wagen mit zwei Reifen über dem Randstein, und das Heckteil berührt fast die Garagenwand.

Gegen halb eins wird es uns langsam schnuppe, ob der Wagen eine Delle abkriegt oder nicht. Nur Malcolm will nicht aufgeben. Im eisigen Wind steht er da und kratzt sich am Kinn. Vor seinen Augen schwindet die Gewinnmarge, und er muß hilflos zusehen. Ausgaben: Sarg und Schreinerarbeiten: fünfhundert Pfund; Lohn für Fahrer und Sargträger: zweihundert Pfund; Einnahmen vom Kunden: eintausendeinhundert Pfund; Gewinn: vierhundert Pfund. Wenn die Reparatur des Bentley fünfhundert Pfund kostet, zahlt er gehörig drauf. Ich höre sein Gehirn wie ein Taxameter klicken. Er hat zweierlei Grund zur Panik – die Blamage, weil er den Kunden zu spät zur Kirche bringt, und den Horror vor kostspieligen Lackschäden.

Nun fällt meinem Schwager die Sandkiste ein, die mein Vater für seine Enkelkinder angeschafft hat. Er holt einen Spaten und verstreut reichlich Sand unter den Rädern und auf der gesamten Auffahrt. Erneut stellen wir das Heck gerade, und diesmal fährt der Chauffeur langsamer über den inzwischen zerbrochenen Ziegel, nimmt die Kurve nicht mehr so eng und lenkt den Wagen sicher herum. Es ist fünf nach halb eins.

Wir steigen ein und folgen dem Leichenwagen, der auf uns gewartet hat. »Ich hab's ihm ja oft genug gepredigt: ›Du kommst noch mal zur eigenen Beerdigung zu spät‹«, sagt meine Mutter.

Wie uns alle hat es sie irritiert, daß die Leute in der kalten Kirche hocken müssen und sich fragen, was da nur geschehen sein kann. Aber jetzt lenkt sie nichts mehr von dem Anblick des Sarges vor uns ab, und ihre Oberlippe beginnt zu zittern.

Wir hätten uns keine Sorgen wegen einer allzu dürftigen Anteilnahme zu machen brauchen. Zur Kirche ist es nur ein Katzensprung, und schon auf halbem Weg sehen wir, daß die Straße zugeparkt ist, bis auf drei Plätze unmittelbar vor dem Gotteshaus, die man für uns reserviert hat. Geduckt huschen wir die Mauer zum Tor entlang, denn Hagelkörner prasseln auf uns nieder. Meine Mutter zieht ihren schwarzen Pelzmantel enger um sich.

Vier Träger hieven den Sarg aus dem Wagen und heben ihn auf die Schultern. Ein Standartenträger ist auch gekommen. Er gehört der Ehrengarde der Britischen Legion an. Mein Vater war fünfunddreißig Jahre lang Vorsitzender des Ortsverbands Earby, und darum soll dieser Mann als Vertreter der Vereinigung voranschreiten, während meine Mutter, meine Schwester und ich unmittelbar hinter dem Sarg gehen.

Die Kirche ist zum Bersten voll. Ein Meer von Köpfen, so kommt es mir vor. Ich starre auf die abgetretenen Steinplatten mit ihren vertrauten Rissen und Flecken. Bei einem Weihnachtsgottesdienst mußte ich hier einmal unbegleitet die erste Strophe von »Once in Royal David's City« singen. Damals hatte ich schon geahnt, daß ich den Solopart (wie auch die Kapitänswürde im Cricketteam unserer Schule und die wöchentlichen Zeitungsberichte über unsere Fußballspiele) nicht etwa irgendwelchen persönlichen Verdiensten verdankte, sondern dem Umstand, daß ich der Sohn des Arztes oder des Arztpaares war.

Nun folgt der Sohn des Arztes oder des Arztpaares dem Arzt zum ersten und letzten Mal durch das Kirchenschiff. Wir gehen ganz langsam, meine Schwester am linken Arm meiner Mutter und ich an ihrem rechten. Kurz vor der vordersten Stuhlreihe hebe ich den Kopf und wage einen Blick in die Runde. Ich erkenne Heather und Amanda, die Frauen meiner Cousins. Beide sitzen weinend in ihren Chorstühlen. Für sie ist erst jetzt der Augenblick gekommen, in dem man erstmals den Sarg erblickt, plötzlich an die Leiche darin denkt und das Wort »tot« einem richtig bewußt wird. Während wir zu unseren kalten Sitzen schlurfen, erklingt das erste Lied: »O God Our Help in Ages Past«. Ich habe es ausgewählt, allerdings bezweifle ich nun seine Eignung, liegt ihm doch eine zu düstere Sicht der Vergänglichkeit des Menschen zugrunde. »Flüchtig sind sie; bald sind sie vergessen, so wie ein Traum beim Erwachen stirbt«, singen wir, doch steht nicht auf unserem Kranz: »Wir werden dich nie vergessen?« Ich hebe erneut den Kopf. Die Frauen meiner Cousins weinen noch immer. In der Reihe hinter uns höre ich auch meine Tochter und ihre Cousine schluchzen. Bei dem Vers »Wie ein ewig fließender Strom trägt die Zeit all ihre Söhne davon« muß ich an den Moment vor der Einäscherung denken, in dem der Vorhang sich senkt und der Sarg unseren Blicken entschwindet.

Wir dürfen uns setzen. Ein Nachbar liest eine Predigt aus *Des Pilgers Wanderung*. Wie er uns erklärt, hat er sich für die Stelle entschieden, weil mein Vater seiner Meinung nach etwas von einem Pilger an sich hatte, einem Mann, dem das Wohl der Gemeinschaft am Herzen lag, der bisweilen penetrant werden konnte und die anderen zu größeren Anstrengungen antrieb, eine Kreuzung aus dem ewig nach Wahrheit Strebenden und dem seiner Scholle Verhafteten. »Als der Tag gekommen war, an dem er gehen mußte, begleiteten ihn viele bis an den Fluß. Er stieg hinein und sprach: ›*Tod, wo ist dein Stachel?*‹ Und als er tiefer hineinging, sprach er: ›*Grab, wo ist dein Sieg?*‹ So ging er dahin, und die Posaunen erklangen für ihn am anderen Ufer.« Beim Wort »Posaune« mußte mein Vater immer grinsen. Es war sein Begriff für Furz. Seine donnernden Posaunen und sein Schnarchen haben meine Kindheit gleichermaßen geprägt.

Wir stimmen das zweite Lied an: »Lead kindly, Light.« Meine Mutter hat es ausgewählt. Vom »Überwinden der Trauer« ist dort die Rede, und die zweite Strophe (sicher war das nicht ihre Absicht) kann als Anspielung auf die Sturheit meines Vaters aufgefaßt werden: »Wählerisch war ich... Stolz prägte meinen Willen.« Als wir uns wieder setzen, blicke ich zu dem bunten Fenster auf, wo Moses das Rote Meer teilt. Dahinter schneit es wieder. Ich stelle mir meinen Vater vor, wie er unter den Wellen oder auf dem Meeresgrund geht. Eine Stelle aus dem Ecclesiastes geht mir durch den Kopf. Oder höre ich sie vom Prediger?

Man gedenket nicht mehr des Früheren;
und auch dessen, was danach sein wird,
werden sie nicht gedenken,
so zuletzt sein werden.   (Eccl. I,11)

Der Priester fängt nun zu sprechen an. Wer es nicht weiß, würde nie merken, daß er meinen Vater gar nicht kannte.

»In meiner Predigt letzten Sonntag, dem Tag, an dem Arthur Morrison starb, sagte ich folgenden Satz: ›Manche halten sich für Christen, obwohl ihr bisheriges Leben dem hohnspricht. Andere dagegen halten sich vielleicht nicht für Gläubige, obwohl ihr Leben das Gegenteil beweist.‹ Zweifellos fand Arthur Morrison wenig Zeit für die Kirche und organisierte Religiosität. Letzteres betrachtete er fast schon als Widerspruch in sich selbst, er verabscheute die endlosen Komiteesitzungen, sah sie als Zeitverschwendung an. Sein ganzes Leben lang schien er die Worte des Heiligen Jacobus in die Tat umzusetzen: ›Und seid Befolger des Wortes, und nicht bloß Hörer.‹

Heute haben wir uns hier versammelt, um Abschied zu nehmen von einem liebenden Ehemann, einem treusorgenden Vater, einem von seinen Kollegen geschätzten Arzt, einem engagierten Ratgeber und Vertrauten, einem guten Freund der höheren und niederen Stände, der Armen und Reichen. Das prächtige Bürgerhaus in diesem Ort steht als Denkmal für seine Visionen und seine Tatkraft. Doch es ist bei weitem nicht das einzige Beispiel. Der überaus erfolgreiche Jugendclub, den er in dem ehemaligen Pferdestall hinter seinem Haus ins Leben rief, die Auszeichnungen für ›Englands gepflegtestes Dorf‹ und ›England blüht‹, die Wohltätigkeitsbasare und die vielen Tombolas für einen guten Zweck. Wir sammeln seine Taten und bitten vor dem allmächtigen Gott für seine Seele.«

Ich drehe mich kurz um, doch die Gesichter, die ich sehe, sind alle auf den Priester gerichtet oder in Erinnerung an Wohltätigkeitsbasare oder »England blüht« versunken. Ich spüre, wie uns allen die Zeit davongaloppiert. Es ist schade, daß keiner einen Fotoapparat oder eine Filmkamera dabei hat. Dann hätten wir den heutigen Tag immer wieder abspielen und ein richtiges Denkmal schaffen können. Man filmt schließlich Hochzeiten. Warum nicht auch Beerdigungen?

Der Priester kommt zum Schluß. »Der Heilige Paulus hatte einen treuen Begleiter auf seinen Reisen durch Kleinasien und Europa: den Heiligen Lukas, den er gerne als seinen ›geliebten Arzt‹ bezeichnete, weil er seine Patienten liebte und von ihnen geliebt wurde. Das Wort ›geliebter Arzt‹ ist eine treffende Umschreibung von Arthur Morrisons Leben und Wirken. Er ruhe in Frieden.«

Wir knien mit unseren Gesangbüchern in der Hand auf blau bestickten Kissen und zischeln unseren Kindern zu, sie sollen ja nicht das Heizrohr unter den Stühlen anfassen. Das letzte Lied, »Jerusalem«, steht nicht in unserem Gebetbuch. Ich mußte es eigens aus dem *English Hymnal* fotokopieren lassen. Meine Schwester liebt die Melodie über alles (schon beim ersten Takt bricht sie in Tränen aus). Sie mag noch andere Gründe haben: die ungebrochene Kraft, die daraus spricht, vielleicht denkt sie auch an die »Mühlen Satans«, die auch in Earby stehen könnten, vielleicht ist es der Umstand, daß es von Blake stammt, dem mein Vater seinen zweiten Namen Blakemore verdankt, obwohl er von dem Dichter zeitlebens keine Zeile gelesen hat und auf die Frage: Wer war William Blake? gewiß keine Antwort gewußt hätte.

Die letzten Gebete sind beendet. Langsam erheben wir uns von unseren Sitzen, und die Träger nehmen den Sarg auf. Der Vertreter der Britischen Legion verläßt als erster den Altar. Die Spitze seiner Fahnenstange bleibt für einen peinlich langen Augenblick im Gitter hängen. Er tritt einen Schritt zurück und zerrt daran – ohne Erfolg –, dann versucht er es noch einmal, heftiger nun, und schafft es. Nach ihm treten wir auf den Gang. Meine

Mutter, meine Schwester und ich gehen in einer Reihe. Ich würde gerne den Kopf heben und den Gesichtern uns gegenüber würdevoll zunicken, ihnen zu verstehen geben: Es ist nun gut, wir sind in Trauer, aber ihr habt uns Trost geschenkt, danke für euer Kommen. Doch ich halte die Augen auf den nassen Boden geheftet und denke mir: jetzt werde ich nie erfahren, wer alles in der Kirche war. Der Wind drückt den Schnee durch das Portal herein. Im Nachhinein, und ein wenig geniert, empfinde ich plötzlich Stolz auf meinen Vater, so wie er auf mich. Seine Saat ist aufgegangen und auch nicht unbemerkt geblieben. Das beweist allein schon die große Zahl derer, die ihm das letzte Geleit geben: Dieser Mann hat etwas bewirkt.

Zum Krematorium sind es sechs Meilen. Es ist ein langsamer Marsch. Ich stelle mir vor, der Trauerzug würde sich allmählich auflösen wie die lange Reihe von Jungen in Truffauts Film *Sie küßten und sie schlugen ihn*, die bei einem Schulausflug hinter dem Lehrer her trotten; an jeder Straßenecke verschwinden ein paar, bis am Ende nur noch der Pädagoge übrigbleibt. Als wir ankommen, hat es zu schneien aufgehört. Dafür ist der Wind noch eisiger geworden. Kondenswolken bilden sich vor unseren Mündern. Wir warten, bis der Sarg abgestellt wird.

Es gibt eine kurze Andacht. Zwei Minuten lang wird Albinonis Adagio in G-moll vom Band gespielt (kurz vor der Erkrankung meines Vaters hatte ich es mir unzählige Male angehört – ahnte ich schon sein Schicksal?), bis die Musik ausgeblendet wird und der Priester noch einmal zu einer dreiminütigen Ansprache ansetzt. Bei den Worten, der geliebte Diener möge nun seinem Herrn zurückgegeben werden, greift er nach dem Seilzug, damit sich der Vorhang auf den Sarg senken kann. In diesem Moment springt Malcolm auf ihn zu und flüstert ihm etwas ins Ohr: Gemäß dem Wunsch der Angehörigen soll der Sarg bis nach dem Ende der Andacht geöffnet und an Ort und Stelle bleiben. Sie sollen verschwinden, nicht der Verstorbene. Der Priester nickt, die Andacht geht zu Ende, die Musik von Albinoni setzt wieder ein. Wir strömen zum Ausgang. Ein letzter Blick zurück auf die Holzkiste mit den Blumen auf dem Deckel: sie hat nichts mehr mit ihm zu tun, und doch liegt er darin. Als wir ins Freie treten, zwängt sich eine Handvoll Trauernder in den Raum. Kommen sie zu spät, oder warten sie bereits auf die nächste Zeremonie? Draußen fahren immer mehr Autos vor. In einem sitzen meine Cousins. Sie haben sich verfahren. Ein, zwei Augenblicke lang stehen wir im böigen Wind. Man schüttelt uns die Hand, bekundet uns sein Beileid.

Neben dem Krematorium liegen unter einem kleinen Holzkreuz mit der Aufschrift A. B. MORRISON drei Kränze, der meiner Mutter, der der Kinder und der der Enkel. Ich stehe in seinen Sachen da – wie gut sie mir jetzt passen! – und schaue zu Boden. Über seine abgewetzten schwarzen Schuhe, den Mantel- und den Hosensaum wirbelt der Wind den Schnee. Wer auch immer das Kreuz aufgestellt hat, muß mit der gefrorenen Erde gewaltige Probleme gehabt haben. Aus meiner Nase fällt ein Tropfen. Ich versuche, den Absatz in die Erde zu graben, aber sie ist beinhart. Langsam kriecht die Kälte durch die Sohle.

*

In seinem Arbeitszimmer haben wir auf einem Tisch ein weißes Tuch ausgebreitet. Er dient uns als Bar. Ich habe die Getränke so angeordnet wie früher immer er – nach dem Alkoholgehalt. Die hochprozentigen Sachen wie Brandy, Whiskey, Rum und Gin stehen rechts, weiter geht es mit den klebrig-süßen Vermutsorten, Sherry und Wein, den braun schimmernden Pale Ales, Guinness, seinem Lieblings-Bitter, und die Reihe endet links außen mit den fröhlich-bunten Fruchtsaftflaschen. Auf der leergeräumten Schreibtischplatte stehen die Gläser und Bierkrüge. Von den letzteren hatte er eine ganze Kollektion: den Zinnkrug von der Royal Air Force, den silbernen Kelch von seinem Golfclub mit einer rührend anmutenden Delle unter der Gravierung und zahllose andere Pokale aus Silber, Messing, Glas, die er bei Squash- oder Golfturnieren gewonnen oder zu Weihnachten geschenkt bekommen hatte. Ein oder zwei Krüge hängen wohl noch in seiner Stammkneipe an einem Haken und warten auf ihn. Zwischen den Gläsern stehen Schalen mit knusprigen Chips und gesalzenen Erdnüssen. In der Küche haben wir zermatschte und fettige mit Garnelen gefüllte Blätterteigtaschen, Quiches mit Schinken und Ei, dünne weiß-braun gesprenkelte Brotscheiben mit Käse- und Krabbenpaste darauf, Fleischklößchen mit gelblicher Kruste und sülziger Füllung.

Die Trauergäste reiben sich beim Eintreten die durchfrorenen Hände, stampfen den Schnee von den Schuhen. Mit Drinks und Zigaretten in der Hand stehen sie nun herum. Die Szene hat etwas sonderbar Euphorisches an sich – ein Gefühl der Erleichterung, nachdem alles vorbei ist, und gleichzeitig die Illusion, daß der Mann, zu dessen Gedenken alle sich hier versammelt haben, doch noch irgendwo im Haus sein muß. Früher wurden jedes Silvester Partys wie diese veranstaltet – der Gastgeber sorgte für die Getränke, und die anderen brachten einen kalten Imbiß, Salat oder Nachspeisen mit. In der Regel kamen zwischen dreißig und vierzig Leute. Ursprünglich hatten die Feiern jedes Jahr woanders stattgefunden, aber nach und nach lief es darauf hinaus, daß mein Vater sich um die Organisation kümmerte – die Rolle des Gastgebers machte ihm Spaß, und selber ging er nicht so gerne außer Haus –, so daß die Leute immer zu uns kamen. Jahr für Jahr wurden es dann weniger, bis es zuletzt gerade mal zwanzig waren. Dieses Silvester sollte es erstmals keine Party geben. Jetzt findet sie doch statt – zehn Tage zu früh.

Ich schwimme in der Menge, biete Drinks an, bedanke mich fürs Beileid. Die Leute haben ihre eigenen Erinnerungen. Sie geben sie weiter (und ich schmücke sie hier und da aus). Jack Jones, der direkt im Dorf lebt, weiß noch gut, wie er in einer Sommernacht vor gut zwanzig Jahren mit meinem Vater, Whiskeygläser in der Hand, um die Koppel lief und mein Vater sich über den fehlenden Gemeinschaftssinn im Dorf beklagte. Als Ausweg schlug er einen monatlichen Stammtisch in der Bar des Manor Hotel vor. Onkel Ron erinnert sich daran, wie er im kalten Novemberwind unter dem Ferienhaus meines Vaters auf dem Rücken lag und sie mit einer Stahlbürste das Fundament schrubbten (die salzhaltige Meeresluft begünstigt den Rost). Brian und Hilly Thackerey geben zum besten, wie wir in der Hütte einmal eine ganze Horde aufnahmen und wie alle bei Dunkelheit im Meer schwammen (die Sterne, das Meeresleuchten und der Mann, der wütend den Kopf durch das Fenster steckte und nach seiner Tochter brüllte). Meiner Cousine Kela fällt wieder ein, wie Vater in Llanbedrogg einen Hummer fing; sie mußte einen Eimer Wasser holen, während die Männer das Tier mit Stecken am Weglaufen hinderten (es war grau, als es in kochendes Wasser geworfen wurde, soll es jämmerlich geschrien haben und wurde rosa herausgefischt). Tante Edna erinnert sich noch, daß der alte Harry Hall meinen Vater verklagte, weil er sich weigerte, die überhängenden Zweige abzusägen, die seine Wohnung verdunkelten (der sonst so rüstige Kerl wirkte auf einmal tatterig und schwerhörig und gewann das Mitgefühl des Richters; mein Vater verlor, mußte nicht nur zur Säge greifen, sondern auch noch die Prozeßkosten tragen). Mein Cousin Richard weiß noch, daß Vater ihn einmal über die Ferien einlud, damit er ihm für eineinhalb Pfund pro Stunde tote Ulmen zu Brennholz zersägte. Er füllte den gesamten Stall mit Scheiten, an deren Rinde überall noch klein Pilze klebten, und fuhr als reicher Mann heim. Vielleicht hat er auch nicht vergessen (aber dies ist nicht der Tag, um es zu erzählen), daß mein Vater ihn einmal beim Weihnachtsschmaus zwang, seinen Rosenkohl aufzuessen (Truthahn, Papierhütchen, die Feen auf der Drehscheibe, die unter brennenden Kerzen unentwegt ihren Tanz aufführten). Und Tante Beaty, die natürlich auch gekommen ist... nur gibt sie nichts von ihren Erinnerungen preis.

Ich sorge dafür, daß die Gläser nicht leer werden – seine Aufgabe früher –, und lasse keinen Protest gelten. Die Party hat nun ihre eigene Dynamik. Ob Toten- oder Hochzeitsfeier, bei Alkohol und Zigarettenqualm verschwindet bald jeglicher Unterschied, und man könnte das ganze auch für eine Silvesterparty halten. Doch dann sticht mir die am Türnagel hängende Hundeleine meines Vaters ins Auge, und ich denke neben ihm an die anderen, die auch nicht mehr kommen konnten – deren Tod ihn in seinem letzten Jahrzehnt schneller hat altern lassen. Keine Oma. Keine Tante Mary. Keine Florrie

Wallbank mit ihren Schönheitsflecken und dem hochgetürmten silbernen Haar (an Krebs gestorben). Kein Bobby Dickinson, der in seinem gelben Golfpullover mit dem V-Ausschnitt so schmächtig wirkte (er starb nach einem mißglückten Routineeingriff – innere Blutungen). Kein Onkel Charles mit dem violetten pockennarbigen Gesicht (Leukämie) und auch keine Tante Selene mit den liebevollen Augen und den Pausbäckchen (ein halbes Jahr nach Charles' Tod kam sie wegen Bauchschmerzen zu uns, und als meine Mutter sie abtastete, konnte sie tennisballgroße Tumore fühlen). Keine Joan O'Neill mit dem hohlwangigen Pferdegesicht, die enge Vertraute meiner Mutter, die zwei Männer wegen Gehirntumoren verlor, ehe sie selbst einen Schlaganfall erlitt. Kein Billy Cartwright, der Kavalier von der alten Schule (beim Rasenmähen einem Herzinfarkt erlegen). Und vor allem kein Onkel Stephen mehr, mein Taufpate, der die barocke Lebensart der Clique um meinen Vater – Golf, Alkohol, Kalauer – am typischsten verkörperte. Vor einem Jahr veranstaltete er nach seiner Entlassung aus dem Krankenhaus, wo man ihn wegen Depressionen behandelt hatte (Stephen und *Depressionen?*), im Garten ein Freudenfeuer. Neben der Spiritusflasche fand man seine verkohlten Überreste; die genaueren Umstände konnten nie geklärt werden. Spaß, Trubel und unerschütterlicher Optimismus – damit war es nach Stephens Tod vorbei. Und nun ist auch mein Vater nicht mehr da.

Allgemeine Aufbruchstimmung, als der Tag zur Neige geht. Man stellt die Pappteller und leeren Gläser ab und sucht nach den Mänteln. Küsse oder Händeschütteln an der Tür. »Bis bald«, sage ich zu den Gästen. Aber wann wird das sein? Bei der Beerdigung meiner Mutter? Ihrer eigenen? Man wächst heran, zieht weg und stellt sich vage vor, es wird alles beim alten geblieben sein, wenn man zurückkommt. Zurückgeblieben sind von meiner Kindheit diese gebrechlichen Witwen und Witwer, die nun in den Schnee, in die einbrechende Nacht hinaustreten.

Ich gehe wieder hinein. Im Wohnzimmer sitzen zwischen verschüttetem Wein und verstreuten Chips meine Tochter und ihre Cousine mit Buntstiften und Papier auf dem Boden. Dafür, daß sie normalerweise zweihundert Meilen getrennt voneinander leben und sich kaum sehen, hat sich zwischen ihnen eine geradezu unheimliche Vertrautheit entwickelt – na ja, vielleicht doch nicht so unheimlich, immerhin wurden sie im Abstand von nur wenigen Stunden am selben Tag geboren. Ein Umstand übrigens, der zu den größten Triumphen meines Vaters zählte. (»Wie oft erlebt man denn schon so was? Zwei Enkelkinder an entgegengesetzten Ecken des Landes, die am gleichen Tag auf die Welt kommen.«) Mittlerweile sind sie sieben Jahre alt. Eng umschlungen hocken sie da. Sie haben ein Schiff gemalt und dazu eine Geschichte geschrieben. Ich darf sie lesen. Achtzehn Wörter ist sie lang: »Wenn ein Schiff kaputtgeht, fährt es in den Hafen. Dann stirbt es, dann stirbt es, dann stirbt es.«

Und wann...?

*W*ann hast du deinen Vater zum letztenmal gesehen? Als sie den Sarg verbrannten? Als sie den Deckel zuklappten? Als er sein Leben aushauchte? Als er sich zum letztenmal aufsetzte, um etwas zu sagen? Als er mich zum letztenmal erkannte? Als er zum letztenmal lächelte? Als er zum letztenmal etwas ohne fremde Hilfe tun konnte? Als er sich zum letztenmal gesund fühlte? Als er zum letztenmal dachte, er sei vielleicht doch gesund, und die Ärzte ihm noch nichts gesagt hatten? Die Wochen, bevor er uns oder das Leben ihn verließ, waren ein immer wiederkehrendes Zur-Neige-Gehen. Jeden Tag dachten wir: »Noch mehr kann er doch nicht abbauen!« Und doch wurden wir Tag für Tag widerlegt. Unentwegt forsche ich in meiner Erinnerung nach dem letzten Augenblick, in dem er unverkennbar in der Fülle seines Daseins *er* selbst war.

Wann hast du deinen Vater zum letztenmal gesehen? Ich sitze wieder an meinem Schreibtisch. Im Keller des Hauses, bei dessen Kauf er mir half, ist es kalt wie in der Leichenhalle. Sein Schrittmacher hängt in einer Nische über meinem Computer. Die Bücherregale taugen nur noch dazu, mich ständig zu erinnern: Dies sind die ersten Regale, die ich ohne seine Hilfe aufgebaut habe. Ich versuche zu schreiben, habe aber nur ein Thema: ihn. Ich sehe mir die Nachrichten an: Jugoslawien, die Unterhauswahlen, die Trennungen in der Königsfamilie – all das durfte er nicht mehr erleben. Ich habe nicht nur sein Leben mitsamt allem, was es bedeutete, aus den Augen verloren, sondern auch das meine. Wenn meine drei Kinder von der Schule heimkommen, verhallen ihre Rufe unbeachtet im Haus. Ich habe das Gefühl, ich kann ihnen nicht mehr geben als jeder Familie – Getränke, etwas Zuwendung, Gutenachtgeschichten. Nie geliebt zu haben erscheint mir auf einmal das Erstrebenswerteste. Was heißt Liebe? Zwei Menschen kommen einander nahe, wollen ihre Zeit zusammen verbringen, bis einer stirbt und den anderen mit seiner Trauer allein zurückläßt. Ein Fuchs streicht mit Besitzermiene durch den Garten, kommt geradewegs auf mein Fenster zugetrottet. Ich fühle mich in der Finsternis meiner selbst eingesperrt. Ich hatte geglaubt, ich würde die Angst vor dem Tod verlieren, wenn ich meinen Vater sterben sähe, und hatte mich nicht getäuscht. Daß mir der Tod danach erstrebenswerter erscheinen würde als das Leben, hatte ich allerdings nicht geahnt.

Wann hast du zuletzt deinen Vater gesehen? Ich versuche zu rekonstruieren, wann ich diese Frage zum ersten Mal gehört oder gelesen habe, und male mir aus, zu welchen Situationen sie passen könnte: In einem Film aus den sechziger Jahren fläzen sich zwei Rocker neben ihren Harley Davidsons auf die Erde. Ihren Joint haben sie geraucht, ihr Sixpack geleert, und nun unterhalten sie sich über ihr Leben. »Wann hast du zuletzt deinen Vater gesehen?« fragte der eine seinen Kumpel. Ein anderer Film, eine Fernsehdokumentation über jugendliche Obdachlose. Im kalten Licht einer Polizeiwache versucht eine freundliche Polizistin, einen Vierzehnjäh rigen, den man übel zugerichtet und vor Kälte zitternd vor einer Ladentür aufgelesen hat, zum Erzählen zu bringen: »Wann hast du zuletzt deinen Vater gesehen?« Oder hat am Ende mein eigener Vater diese Frage gestellt? Mir fällt wieder ein, daß er mir einmal um meinen zwanzigsten Geburtstag herum, einer Zeit, in der ich mich langsam von ihm löste, anvertraute, wie schwer er am Tod seines Vaters getragen hatte und daß er mir ein ähnliches Schicksal ersparen wollte. »Jedes Wochenende habe ich deinen Opa besucht. Aber dann war sechs Wochen lang Funkstille, und genau da hat er seinen Herzinfarkt gekriegt und ist gestorben. Wir hatten uns ganz schön gestritten, aber jetzt war es zu spät, um das noch aus der Welt zu schaffen. Ich weiß noch, wie mich einer bei der Trauerfeier gefragt hat: ›Wann hast du deinen Vater zum letztenmal gesehen?‹ und mir war hundeelend zumute.« Der gestorbene Patriarch, das Waisenkind – endlos viele Möglichkeiten, endlos viele Handlungsstränge für diese eine Geschichte.

Wann hast du zuletzt deinen Vater gesehen? »Das ist doch der Titel von einem Gemälde«, sagt mir ein Freund. »Ein Porträt von Charles dem Zweiten, glaube ich. Es hing in meinem Internat in der Vorhalle. Es war gleich das erste, was wir immer nach den Ferien gesehen haben. So was gibt einem den Rest, nachdem der Vater einen wie einen Sack Kartoffeln abgeladen hat. Du kennst es bestimmt auch. Mensch, es ist wahnsinnig berühmt.« Ich kenne es nicht, und wenn doch, so habe ich es vergessen. Aber auf einmal scheinen meine ganzen Bekannten darauf anzuspielen oder den Satz zu parodieren. Und in den Komödien wimmelt es von Variationen darauf. Wenig später stoße ich tatsächlich auf das Bild, ein viktorianisches Gemälde über den Bürgerkrieg: Der Held, ein Kind, steht steif vor einem Tisch, an dem Cromwells Inquisitoren sitzen – »Und Wann Hast Du Zuletzt Deinen Vater Gesehen?« Ich muß es wohl schon einmal gesehen haben, habe es dann aber wahrscheinlich wieder vergessen. Das ›Und‹ im Titel hatte ich auf alle Fälle vergessen. Alle anderen scheinen es genauso vergessen zu haben, wie ihnen auch der Name des Malers (W. F. Yeames) entfallen ist. Aber das »Und« ist wichtig. Es verrät uns etwas darüber, wie schlau der Fragesteller vorgeht, wie scheinbar beiläufig er das Verhör führt. Je unschuldiger der Junge ist, desto weniger begreift er die Regeln der Erwachsenenwelt, und desto mehr wird er ausplaudern. Seiner Haltung nach zu urteilen, ist der Junge so arglos, wie sich der Inquisitor nur wünschen kann. Wir wissen, er wird sich verplappern, seinen Vater an den Feind verraten, sein Versteck preisgeben.

Allmählich komme ich mir selbst wie ein Inquisitor vor. »Wann hast du zuletzt *deinen* Vater gesehen? Ich möchte die anderen warnen: Es wird euch härter treffen, als ihr denkt. Glaubt ja nicht, ihr werdet leichter über den Tod eurer Eltern hinwegkommen, nur weil ihr eine schwierige Beziehung mit ihnen hattet, weil ihr jetzt Erwachsene und vielleicht schon selber Eltern seid. Aus mir ist ein fürchterlicher Langweiler geworden. Bei Dinnerpartys sorge ich mit meiner Trauermiene regelmäßig für peinliches Schweigen. Früher unterschied ich zwischen denen, die Kinder haben, und denen, die keine Kinder haben. Jetzt gibt es für mich nur noch solche, die einen Elternteil verloren haben und solche, deren Eltern noch leben. So wie ich früher meine Bekannten mit Fragen über ihre Niederkunft belemmerte, quetsche ich sie jetzt über die Todesfälle in ihrer Familie aus – Herz-

270

infarkt, Autounfall, Krebs, Leichenhaus. Allmählich glaube ich, daß es sehr wohl so etwas wie einen »leichten« oder »sanften« Tod gibt, wie man ja auch von einer leichten oder sanften Geburt spricht. Und nun schreibe ich auch ganz gegen meine frühere Gewohnheit Freunden, deren Vater gestorben ist, und schäme mich, daß ich es vorher nie getan habe.

Ich bekomme auch Briefe. Fast unweigerlich fangen sie so an: »Ich weiß, daß Worte in dieser schweren Zeit nichts helfen können.« Trotzdem scheinen solche Worte zu helfen, ein bißchen zumindest – das Bewußtsein der Nutzlosigkeit von Worten gibt mir die Gewähr, daß der Schreiber mich versteht. Keiner kann in einen anderen hineinkriechen; keiner kann den Schmerz eines anderen empfinden; Trauer wie auch Freude erlebt man isoliert. Die Briefe legen freilich das Gegenteil nahe: man ist nicht allein, man bekommt Streicheleinheiten. Damit sind sie zugleich tröstlich und beschämend. Andere haben Schlimmeres erlebt. Wieviel grausamer ist es doch für eine Ehefrau als für den Sohn! Wieviel härter ist es, schon als junger Mensch das Leben zu verlieren (wie zum Beispiel die wunderschöne, kluge Frau, meine Tischnachbarin bei einem Dinner, die zwei Wochen später an Krebs starb)! Und mein Vater war immerhin schon fünfundsiebzig.

Trost von allen Seiten. Vor mir liegt eine neue Anthologie auf dem Schreibtisch, die ich rezensieren soll: *Hoffnung und Trost.* Darin wimmelt es von schnell hingeschmissenen Happen wie dem von Walter Raleigh (»Sorgen sind gefährliche Gefährten... die Schätze schwacher Naturen«) oder einem Spruch von Dr. Johnson, der in Sorgen eine Art »Rost in der Seele« sah und als Abhilfe ganz im Stil meines Vaters die Heilungskräfte der frischen Luft und der Körperertüchtigung empfahl. Für den Tod hält auch fast jeder etwas parat. Kein Problem, meint Plato, es handelt sich um einen »traumlosen Schlaf«, eine Wanderung der Seele; und aus den Ruinen der Zeit werden die Heimstätten der Ewigkeit. Wie ich diese verlogene Heiterkeit, diese Ausflüchte verabscheue! Eher finde ich da noch Trost, wenn jemand am Telefon herumdruckst und ein hilfloses »Kopf hoch« herausbringt. Oder wenn jemand mir die Hand hält und sagt: »Es heißt immer, man wird erst erwachsen, wenn man die Eltern verliert. Aber wenn das so ist, würden wir alle lieber Kinder bleiben.« Ich muß an Larkin denken, der in *Aubade* mit all den Frömmlern und Trostspendern abrechnet.

Wohltönender, verschlissener Ornat,
Geschaffen, stete Dauer vorzugaukeln,
Salbungsvolle Reden: »Kein vernunftbegabtes
Wesen kann fürchten, was es doch nicht fühlt«,
Verkennen, daß wir genau dies fürchten –
Nichts zu sehen, nichts zu hören, schmecken,
Riechen, spüren, denken, nichts zu lieben,
Alles zu verlieren, die Betäubung,
Aus der keiner mehr erwacht.

Düsternis dieser Art – die ein Leben nach dem Tod rigoros abstreitet, die das Nichts und die ewige Finsternis geradezu feiert – spendet mir noch am ehesten Trost. Aber letztendlich kann auch Larkin nicht helfen. Mag man auch die größten Gedichte, die größten Gemälde, die größten Romane gegen die Trauer aufbieten, sie verpuffen ohne Wirkung. Früher dachte ich immer, die Kunst sei dazu da, um die Menschen zu trösten. Jetzt weiß ich:

Sie hat den Test nicht bestanden. Hat sie überhaupt noch einen Sinn? LUG UND TRUG! schreit es aus den Regalen in den Buchläden. Aber Erfindungsreichtum und Kunstfertigkeit erscheinen mir auf einmal als etwas Verwerfliches. Ich kann mir nicht vorstellen, wozu sich jemand überhaupt noch etwas ausdenken will. Das, was geschehen ist, verdrängt alle Phantasie.

Der Cursor blinkt unablässig auf dem Bildschirm vor mir. Freunde und Zeitgenossen haben bewegende Elegien auf ihren verstorbenen Vater geschrieben. Selbst als mein Vater sich noch bester Gesundheit erfreute, brütete ich gerührt und mit Tränen in den Augen über diesen Gedichten, als hätten sie mir gegolten, als stammten sie von mir. Ich wünschte mir, mein Vater würde sich mit dem Sterben beeilen, damit auch ich zum Club der Trauernden gehören könnte. Um mich zu üben, schrieb ich schon eine Elegie auf einen seiner Freunde. Durch den Kopf geisterten mir damals die schwermütigsten Verse. Jetzt habe ich endlich den Anlaß, doch die Inspiration ist verflogen.

Nicht daß ihn das gestört hätte! Poesie fand er ganz nett, vorausgesetzt, er mußte nichts davon lesen und sein Sohn hatte nicht vor, seinen Broterwerb daraus zu machen. Er war stolz auf mich, als meine ersten Sachen veröffentlicht wurden, aber er gab nie vor, sie zu verstehen. Für mich war das die ideale Lösung. Ich hatte mit dem Schreiben angefangen, um ihm zu entkommen, um in eine Welt jenseits seines Zugriffs zu entschlüpfen. Warum also hätte ich sein Interesse an meiner Arbeit wecken sollen? Vielleicht diente das Verschlüsselte meiner Gedichte dazu, ihn von mir fernzuhalten, so wie ich ja auch – zerknirscht bekenne ich es – seinen Besuch in den Redaktionsräumen der Londoner Zeitung, für die ich arbeite, immer wieder verhinderte. Er hätte meinen Arbeitsplatz so gerne gesehen (»Man möchte sich doch ein Bild machen; wie viele Leute, sagst du, arbeiten unter dir? Nur zwei?«), auch wenn er ihn als zwar notwendigen, doch bedauerlichen Schritt zum eigentlichen Ziel hin betrachtete – einen Job in Leeds oder Bradford bei der *Yorkshire Post* (»Das wäre bei uns in der Gegend; stell dir vor, in fünfzig Minuten wärest du daheim!«). Nur einmal ließ ich mich erweichen. 1985 gewann ich einen Preis und lud ihn zur Verleihungsfeier ein. Er fuhr in seinem weiß-gelben Wohnmobil vor. Auf dem Heckfenster prangten noch immer die Aufkleber von all den Orten, die er besucht hatte. Der Wagen war vollgepackt mit Zaunlatten aus Yorkshire, denn, so hatte er entschieden, mein Garten war ohne rustikalen Zaun nichts wert. In dem großen Saal mit Blick auf die Themse wirkte er inmitten all der Dichter, Verleger, Agenten und Kulturpolitiker mit dem Weinglas anstelle des gewohnten Bierkrugs in der Hand ein wenig verloren, geschrumpft, hilflos. Er hatte sich einen Spaß draus machen wollen, fühlte sich aber sichtlich eingeschüchtert. Ich hatte erwartet, daß er sich über die Versammlung lustig machen würde, etwas in der Richtung von: »Die Klugscheißer halten sich wohl für wahnsinnig schlau, hä?« Ken Livingston hätte mir den Preis überreichen sollen, und ich wußte, daß *der* Name meinem Vater ein Begriff war, doch im letzten Moment sagte Livingston ab. Für ihn sprang ein anderer Linker vom Londoner Stadtrat ein, Tony Banks. Nach dessen Rede fragte einer meinen Vater, was er denn von der preisgekrönten »Ballade vom Yorkshire Ripper« hielt. »Dem Yorkshire Ripper?« gab er zur Antwort. »Was soll denn an dem Arsch poetisch sein?« Danach schien es ihm besser zu gefallen. Später am Abend fand noch irgendwo ein Bankett statt. Sofort versuchte er das ganze zu organisieren, als handelte es sich um eine nächtliche Schwimmpartie bei Abersoch: alle zusammen, keine Drückeberger, eine große Familie. Wie die Sardinen wurden die Leute in seinen Campingbus zwischen die rustikalen Zaunlatten gepfercht. Ich habe die Namen verdrängt, aber in meinen Träumen werden Joseph Brodsky, Martin Amis, Craig Raine, Julian Barnes, Salman Rushdie und die Tochter von Dylan Thomas über die Westminster Bridge kutschiert, während mein Vater erklärt, worauf man beim Aufstellen solcher Zäune zu achten habe: Aus Zink und nicht etwa Eisen müssen die Nägel sein, und die richtige Länge müssen sie haben; unter zwölf Zentimeter geht gar nichts.

Träume? Ich träume ehrlich gesagt nie von ihm. Ich träume vom Gerippe eines mächtigen Bisons in der Wüste, von dem Geier das letzte Fleisch weghacken. Ich träume von einer pustelübersäten Haut und zerbröselndem Pergament und einem Zyklon aus Papierschnipseln, einem verlorengegangenen Meisterwerk, das durch die Luft gewirbelt wird. Aber von ihm träume ich nicht. Seine Initialen habe ich auf einem Nummernschild gesehen: ABM 179X. Seine Stimme war eine Weile auf meinem Anrufbeantworter, bis schließlich jemand eine längere Nachricht hinterließ und alles andere löschte. Ich hörte ein Keuchen aus seinem Schlafzimmer, aber es erstarb, als ich nachsehen ging. Einmal weckten mich kurz nach dem Einschlafen rotes Licht und sonderbare Geräusche, aber es war der Fernseher und nicht er. Den Trost, den die Religion bietet, habe ich nicht. Ich bin nicht so wie der Junge in dem Gemälde von Yeames, der mit dem Bewußtsein weiterlebt, sein Vater sei nur fortgegangen, aber nicht tot. Von einem Atheisten erwartet man kein Leben nach dem Tod. Und selbst wenn mein Vater in irgendeiner Form weiterlebte, er würde einen Teufel tun und es zugeben: »Ich habe vielleicht nicht recht, aber ich irre mich nie.«

Wenn, dann lebt er höchstens in seinem letzten Willen fort. Der hat es nämlich in sich. Kurz vor seinem Tod versah er ihn mit einem Kodizill und machte aus seinen Exekutoren Ex-Exekutoren. Das erfuhren wir allerdings erst nach der Kremation beim Öffnen des Safes. War seine Krankheit der Grund, oder hatte er nur ein bißchen gesponnen? Hatte er für Aufruhr sorgen, uns noch vom Grab aus nach seiner Pfeife tanzen lassen wollen? In den Büchern auf meinen Regalen gibt es zahllose Beispiele für ähnliche Vermächtnisse. Immer spielen die Sterbenden den Lebenden einen letzten Streich. Berühmt ist die Hinterlassenschaft der Mrs. Wilcox in *Howard's End*, die ihr Haus einer Zufallsbekanntschaft statt ihrer Familie vermacht. In allem, was ich mir dieser Tage zu Gemüte führe, finde ich Parallelen. Krankenhäuser, Szenen am Sterbebett, groteske Beerdigungen, explodierende Schrittmacher, die Kunst des Einbalsamierens, Methoden zur Bewältigung der Trauer – egal, welches Buch ich lese, welche Zeitung ich aufschlage, welches Programm im Fernsehen läuft, eins von diesen Themen taucht garantiert auf. Ich komme mir ganz banal vor. Ich komme mir vor, als würde ich voll im Trend mitschwimmen, einer morbiden *Fin-de-siècle*-Stimmung, in der nur noch über den Tod diskutiert wird.

Nichts hätte meinem Vater ferner gelegen als morbide Grübeleien. Wenn ich in Gedanken seine Stimme über mein Geschreibsel urteilen höre, klingt er wenig begeistert: »Du Dummkopf! Ich habe fünfundsiebzig Jahre ge-

lebt, und du immerhin vierzig – und du stellst mich hin
wie den wiederaufgewärmten Tod. Bist du noch zu ret-
ten? Glaubst du wirklich, das Sterben sei Stoff für eine
ganze Geschichte? Schreib doch was über die gute alte
Zeit, die Ferien, das Golf und Tennis. Was ist denn
schon so aufregend am Tod? Sag den Leuten lieber, was
für ein geschickter Handwerker ich war und was ich alles
gebastelt habe, was für Spaß wir hatten, wie sehr ich
dich und Gill und Mummy geliebt habe, was ich alles getan habe, damit die Welt ein kleines bißchen besser wird.
Und laß mir Tante Beaty aus dem Spiel. Das war nur eine
Phase, mehr nicht. Man muß auch Leute schonen. Was
gibt es schon zu sagen?«

Richtig, Dad, ich weiß, ich sollte Beaty herauslassen,
aber sie gehört nun einmal mit zu deiner Geschichte,
und auch zu meiner. Oder vielmehr *Tante* Beaty. Du hast
sie doch immer so genannt, als ob sie das zum Familien-
mitglied, zur Verwandten, einer Patin, einer von uns
eben aufwerten könnte. Oder war es für einen Mann,
der zu seiner Frau Mummy sagte, nur völlig natürlich,
seine Geliebte Tante zu nennen?

Seit deinem Tod ruft sie mich oft an. Mit aufgeregt
zwitschernder Stimme sagt sie mir, ich klinge wie du.
Wenn sie mich sehen könnte, wie ich mein Leben neu zu
ordnen versuche – in deinen Schuhen, deinen Socken,
deinem Pullover, deinem Jackett –, würde sie sagen, ich
sehe auch aus wie du. Seit Jahren sitze ich schon zwischen deinen ausrangierten Möbeln, lebe ich von deinem Geld, fahre ich deine zwei Jahre alten Wagen (jedesmal wenn du dir einen neuen gekauft hast, hast du meinen alten zurückgenommen und mir den besseren ko-
stenlos überlassen). Seit neuestem kommt noch etwas
dazu: Aus dem Spiegel starrt mir stets dein Gesicht ent-

gegen: »Oh, du siehst genau wie er aus!« ruft Beaty. Wer weiß, vielleicht bin ich du.

Sie ruft auch bei Mutter an – und hat sie auch schon besucht. Komisch die Vorstellung, daß sie nach den Verwandten aus Irland, nach Tante Hillie, nach Kela als eine der ersten bei Mutter übernachtet hat – ausgerechnet Beaty, die ihr einmal solchen Schmerz zugefügt hat. Fast genauso komisch der Umstand, daß Beaty der Frau Trost spendet, deretwegen sie dich so selten treffen konnte. Sie haben etwas gemeinsam, aber diese Gemeinsamkeit muß ihnen beiden doch zugleich unendlich weh tun. Worüber außer dir können sie denn schon sprechen? Früher dachte ich, sie seien nur nach außen hin Freundinnen, weil du ihnen keine andere Wahl gelassen hast. Jetzt ist es ihre eigene Wahl. Und Beaty tut meiner Mutter gut. Sie muntert sie auf, lenkt sie immer wieder von ihrer Trauer ab, hilft ihr. Kein Zweifel, Beaty ist ihre Freundin.

Kurz nach ihrer Abreise bekomme ich einen Brief von Beaty, Fotos und Klatsch vor allem, aber sie hat auch einen versiegelten Umschlag mit der Aufschrift: BLAKE: PERSÖNLICH beigefügt. Im Glauben, das sei das lang ersehnte Geständnis, der Schlüssel zu allem, reiße ich ihn auf. Zu meiner Enttäuschung finde ich keine Bekenntnisse, auch wenn »Bekenntnisse« drauf steht. Es ist ein Schwall von Meditationen und Gedichten: »Ohne ihn wird die Welt leer wie eine Schale sein – ich muß in den Himmel«; »Als ich einen letzten Blick zurück auf den Sarg warf, schrie meine Seele auf vor Schmerzen – wie konnten wir dich dort allein lassen?« »Ich liebte dich so sehr, aber nicht anders als dich deine Familie liebte.«

Über den letzten Worten brüte ich lange und antworte ihr am nächsten Tag. Wie sie benutze ich einen zweiten versiegelten Umschlag. Ich erkläre ihr, daß ich einiges über ihre Beziehung weiß, und bitte sie, mir alles zu erzählen. Egal was sie sagt, es würde mir nichts ausmachen, solange sie die gleiche Trauer wie wir empfinden kann. Ich schreibe ihr, daß das alles nun schon lange zurückliegt, daß die Zeit alle Wunden heilt, daß ich längst erwachsen bin und sie sich mir von gleich zu gleich anvertrauen kann. Ich ertappe mich bei einer List: Hinter diesen verständnisvollen Worten steckt etwas Berechnendes, ich will sie in eine Falle locken. Mir ist bewußt, daß ich ihr insgeheim böse bin oder es zumindest einmal war. In eigener Sache verüble ich ihr die Geheimnisse, die du geleugnet hast, aber ich habe immer gespürt: es hat sie gegeben, und sie waren wichtig; als Anwalt meiner Mutter wiederum bin ich empört, denn ich sehe sie noch mit überstürzt gepacktem Koffer unten an der Treppe stehen. Ein Brief könnte mich allerdings besänftigen. Wenige Tage später trifft er ein.

Lieber Blake,
Arthur meinte immer, man solle nie etwas schriftlich festhalten. Trotzdem sollst Du ein paar Teilchen für dein Puzzle bekommen.

Deine Mutter fragte mich gleich nach meiner Ankunft. Ich war von der Bahnfahrt ganz durchfroren, saß noch nicht auf dem Hocker, da platzte sie schon raus damit: »Ihr hattet doch lange Zeit eine Affäre miteinander, oder?« Ich glaube, es wäre mir lieber gewesen, sie hätte mich geschlagen und wäre nicht so gefaßt gewesen.

Weißt du, Blake, Arthur war immer so eine Art Schutzpatron bei hoffnungslosen Fällen. Er war ein einfühlsamer Mann und hatte schnell erkannt, daß ich unglücklich verheiratet war. Ich war so allein. Nur dank ihm konnte ich lachen – heute weiß ich nicht, wie ich den Tag überstehen soll. So wie du habe ich meinen Mentor verloren.

Ich weiß, daß er Deine Mutter mehr als jeden anderen Menschen auf der Welt geliebt hat. Auch dich und Gill hat er geliebt. Er war auf euch alle stolz und hat nie aufgehört, euch zu lieben.

Bitte laß mir das allerletzte Teilchen – es gehört mir. Wenn Du nun traurig bist, es tut mir leid.

In Liebe, Deine Beaty

»Bitte laß mir das allerletzte Teilchen – es gehört mir.« Schlicht, deutlich, unwiderlegbar – warum hatte ich nicht damit gerechnet? Ich hatte mir schon den Vorwurf gefallen lassen müssen, ich sei arrogant, schnüffle in den Privatangelegenheiten meines Vaters herum, maße mir Sonderrechte an. Nachdem ich aber Beaty in diesem verständnisvollen Ton geschrieben hatte, glaube ich wirklich, mir stehe nun Mitwisserschaft zu. Ich redete mir ein, sie sei der Schlüssel zum Verständnis meiner Kindheit wie auch der Gegenwart – meiner Arbeit, meiner Ehe, oder bestimmten Teilen davon, die damit zusammenzuhängen schienen, daß ich der Sohn meines Vaters bin. Vielleicht glaubte ich sogar, ich würde ihn zurückbekommen, wenn sie mir nur alles sagte. Jetzt erkenne ich meinen Fehler. Mein Verhalten glich dem meines Vaters, wenn er ohne anzuklopfen bei seinen Patienten eintrat. Jetzt erkenne ich, daß die Türen zugesperrt sind. Jetzt erkenne ich, daß ich die Wahrheit über ihn und Beaty nie erfahren werde. Und selbst wenn, es wäre ohne Bedeutung. Es ist seine Sache und geht mich nichts an. Auch hat Beaty kein fehlendes Teil. Es gibt kein fehlendes Teil, sondern nur Trauer.

Das alles erzähle ich meiner Analytikerin, als wäre es eine große Entdeckung. Richtig, Dad, eine Analytikerin! Ich weiß, du bist nicht einverstanden, ich weiß, du bist auf Psychologen, egal ob Männer oder Frauen, schlecht zu sprechen. Natürlich hast du recht, ich hätte mich genau umsehen und eine billigere auftreiben sollen. Und ehe ich brav meine Unterschrift unter den Scheck setzte, hätte ich sie zumindest fragen sollen: »Gibt es Rabatt für Barzahlung?« Aber ich muß unbedingt mit jemandem sprechen. Allein komme ich da nicht durch. Besonders warm sind wir ja nicht miteinander geworden. Eine Couch sucht man bei ihr vergeblich. Dafür hat sie lauter Sitzsäcke. Und einen Baseball, den man darauf werfen kann. Den Ball benutze ich nicht. Genausowenig schreie oder weine ich. In einem weißen Regiestuhl sitze ich nur immer da und führe ihr Teile aus meinem Leben vor. Bei besonders kritischen Punkten meiner Psychogeschichte ertappt sie mich beim Grinsen. Das liegt daran, daß ich mich durch Ironie von meinen Emotionen zu distanzieren versuche, erklärt sie mir oder erkläre ich, wenn sie mich in die Enge getrieben hat. Sie hält mir vor, ich könne mich schlecht auf mein Gegenüber einlassen, ich würde nicht darauf achten, was mein Körper mir sagen will, ich würde zwiespältige Signale aussenden. All das ist wahr und hilfreich – so hilfreich, daß ich wohl bald nicht mehr hinzugehen brauche.

Im Juli fahre ich nach Yorkshire. Es ist der erste Besuch seit sieben Monaten. Das Dorf will deiner gedenken, Dad. Erst solltest du eine Bank werden, aber es steht schon eine da, wenn auch für jemand anderen. Dann wollte man einen Baum aus dir machen, doch man befürchtete, beim Ausheben des Lochs könnten Stromkabel oder Gasleitungen beschädigt werden. Statt dessen wird nun eine Sonnenuhr aus dir. Du hältst nach der Sonne Ausschau (wie früher immer), schläfst in der Nacht und hast frische Luft, soviel das Herz begehrt. Unter den Bäumen, die wir vor dem alten Haus gepflanzt hatten, die auf dem Lehmboden jahrelang nicht wachsen wollten, aber seit ihrer Verpflanzung an den Straßenrand doch noch hoch genug geworden sind, wollen sie die Sonnenuhr installieren. Daheim bläst der Wind durch den Rittersporn und die struppigen Rosen. Der rustikale Zaun, den du aufgestellt hast, verrottet unten. Die Himbeeren sind von Mehltau befallen. Sie sind zu grauer Asche geworden und werden vom Wind verweht.

Deine Asche ist bislang in einer braunen Plastikdose im Schrank unten aufbewahrt worden. Am heutigen Tag wollen wir sie in alle Himmelsrichtungen verstreuen. Ich gehe mit der Dose in den Garten, schraube den Deckel auf, stecke die Hand hinein und koste ein paar graue Körnchen: ein flüchtiger Rauchgeschmack. Bist das du, ist es dein Sarg oder irgendein Mix aus dem Krematorium – woher soll ich das wissen? Meine Mutter und Schwester kommen. Gemeinsam verstreuen wir dich häppchenweise über deinen Lieblingspflanzen. Abwechselnd tauchen wir den Deckel in das Pulver (so wie wir früher den Deckel der Mäusegiftschachteln umfunktionierten, wenn wir das Zeug hinter dem Kühlschrank verteilten) und werfen den Staub in den Wind. Der Wind bläst uns die Flocken ins Gesicht zurück; ein Körnchen landet im Auge meiner Schwester, ihrem guten, und auf meine Hose rieselt Vulkanstaub herab. Du senkst dich wie feiner Nieselregen auf die Blumenbeete; jedes Blatt wird besprenkelt. Unentwegt streuen wir weiter. Zum Schluß drehen wir die Dose um und klopfen das letzte Körnchen heraus. Meine Mutter drückt meine Schwester an sich. Ich entferne mich mit der Dose, die mir wie eine gigantische Pillenschachtel vorkommt, und höre im Wind deine Stimme: »Ist doch praktisch – kann man immer brauchen.« Ich bringe sie in die Garage, wo ich sie zwischen dem Starthilfekabel und der zerbeulten Plastikflasche mit dem Frostschutzmittel aufstelle.

Nach meiner Rückkehr nach London unterziehe ich mich im Greenwich District Hospital einem gründlichen Checkup. Hast du nicht gepredigt: »Achte immer auf dein Herz?« Und das habe ich. Ich habe mich von diesen anormalen Systolen, hohlen Geräuschen und dem komischen Pochen in der Nacht beunruhigen lassen. »Höchstens ein bißchen langsam«, erklärt mir nun der Kardiologe, während ich mit einer Reihe von Gummipfropfen auf der Brust auf dem Behandlungstisch liege. Auf dem Heimweg komme ich mir vor wie ein Hypochonder und habe Angst, ein Patient von der Sorte zu werden, die dir ein besonderes Greuel waren, weil sie unangemeldet bei uns zu Hause – *zu Hause,* nicht in der Praxis – hereinplatzten.

Im August fahre ich wieder nach Yorkshire. Acht Monate ist es nun her, und du sorgst noch immer für Schlagzeilen. SONNENUHR NACH NUR ZWEI TAGEN GESTOHLEN prangt es auf der ersten Seite. »Eine erst letzten Freitag einzementierte Gedenktafel zu Ehren des hiesigen Arztes Arthur Morrison wurde von Vandalen zerstört und mußte am Sonntag entfernt werden.« Nun will der Gemeinderat noch einmal darüber diskutieren, ob du nicht doch eine Bank werden sollst. Ich sitze mit meiner Mutter auf der Terrasse – zwei Menschen, zwei Liegestühle und zwei Tassen Tee im Wind. Ihre Worte strömen über mich hinweg; das Gefühl der Befreiung und Erleichterung, endlich wieder mit jemandem sprechen zu können. Das Gras hat inzwischen die Farbe von Messing, und der Wind fegt hindurch wie Schüttelfrost. So schön habe ich es hier noch nie empfunden, obwohl der Traktor sein Werk bereits verrichtet hat und das in Reihen daliegende Heu eher an die Opfer eines Flugzeugabsturzes erinnert, die noch auf ihre Identifizierung warten. »Was macht deine Saga?« will sie wissen. Sie meinte diese Worte hier, die ich über dich schreibe. Ich zeige ihr einen Auszug. »Das über Dad ist gut«, sagt sie. »Lebensnah. Aber das über Beaty und Sandra...« Wir bleiben sitzen, atmen den Duft von frisch gemähtem Gras ein, wollen nicht aufgeben, wollen nicht loslassen.

Dann bin ich wieder in London, und die Analytikerin fragt: »Wie lange, sagen Sie, ist es jetzt her?«

»Wie lange ist was her?«

»Der Tod Ihres Vaters. Wann haben Sie Ihren Vater zum letztenmal gesehen?«

Da fällt es mir ein. Ich erzähle es ihr.

Er trinkt nichts, er ißt nichts. Er trägt seine Hose offen. Ein Gürtel ist nicht nötig, Schmerzen und der geschwollene Bauch lassen nichts anderes zu. Er sieht aus wie eine wandelnde Leiche, aber erst in vier Wochen wird er richtig tot sein. Er ist von Yorkshire zu mir nach London gefahren. Eine Tortur für ihn; es grenzt an ein Wunder, daß er es geschafft hat. Er ist immer noch mein Vater. Er ist immer noch da.

»Ich habe dir ein paar Pflanzen mitgebracht.«

»Setz dich erst mal hin, Dad. Ruh dich aus nach der langen Fahrt.«

»Nein, erst mußt du sie ausladen.«

Es ist, als wäre der Wald von Birnam gegen Macbeths Schloß Dunsinane vorgerückt: Schwarze Plastiksäcke und Holzkisten auf dem Rücksitz, vor dem Heckfenster, im Kofferraum – Küchenkräuter, Johanniskraut, Zwergmispeln, mehrere Efeusorten, Cotoneaster, Fingerkraut. Er erklärt mir, was ich wo aufzustellen habe, was Schatten, was Sonne braucht. Wie bei allen seinen Geschenken bleibt mein Vater unbarmherzig. Solange er sich nicht davon überzeugt hat, daß sie am richtigen Ort eingepflanzt sind, fährt er nicht heim. »Ich kenne dich doch. Und nur damit sie vertrocknen, habe ich sie dir bestimmt nicht mitgebracht.«

Ich zeige ihm das Haus, das so viel geräumiger ist als die alte Wohnung. »Schön, daß du endlich seßhaft geworden bist«, meint er. Ich verzichte darauf, ihm zu widersprechen. Weniger seßhaft als jetzt habe ich mich im ganzen Leben noch nicht gefühlt. Ich sehe seine Augen hin und her schießen. Er begutachtet all die Schönheitsfehler, den tropfenden Wasserhahn, die abblätternde Farbe, die verrottenden Fensterrahmen.

»Mit dem Schalter für das Licht hinter dem Spiegel stimmt was nicht. Sieh nur, der Kontakt ist abgerissen.«

»Ja.«

»Zwei kleine Schrauben, und die Sache hat sich.«

»Ich habe welche da. Komm, wollen wir was trinken?«

»Was machen wir morgen?« fragt er. Er kann's nicht lassen. Wie jedesmal stört mich seine Manie, das Wochenende schon im voraus in lauter kleine Pflichten zu zerlegen, ganz so, als würde sich der Besuch bei seinem Sohn und seinen Enkelkindern ohne Schlachtplan nicht lohnen. »Ich weiß nicht, ob ich dir eine große Hilfe sein kann«, murmelt er, »aber ich will mein bestes versuchen.« Um halb zehn liegt er im Bett und schläft.

Am nächsten Morgen wecke ich ihn unvorstellbar spät um neun Uhr mit einem Becher Tee, den er – unvorstell-

bar! – zurückweist. Nach dem Frühstück – Brei für ihn –
geht es ans Reparieren. Zum erstenmal darf oder muß
ich allein mit dem Hammer und Schraubenzieher zurechtkommen. Er schaut zu. Er steht ganz schief da wegen der Schmerzen. Später fahren wir zum Haushalts-
warenladen. Dort überrollt er die Verkäuferin, eine
Schwarze, mit seinem Charme. Am Ende tippt sie mir
verlegen auf die Schulter, als wolle sie sagen: ›Wo haben
Sie nur so einen Dad aufgetrieben?‹ Kaum sind wir wieder daheim, stellt er fest, daß die Vorhänge klemmen.
»Weißt du, was man da macht? Die Schiene muß mit Mö-
belpolitur behandelt werden. Bring mir eine Dose, und
ich zeig dir, wie's geht.« Mit wackeligen Knien klettert er
auf einen Hocker und sprüht jede Vorhangschiene mit
dem Zeug voll, um mit einem schmutzigen Lumpen hin-
terherzuwischen. Jeden Moment könnte er fallen, und
ich bitte ihn, runterzukommen. Dafür ist er aber zu stur.

»Das war längst fällig. Denk an mich, wenn du in Zukunft die Vorhänge zuziehst.«

Ich erkundige mich nach der bevorstehenden Operation. Ob er Angst davor hat?

»Das hätte doch keinen Sinn. Sie müssen nun mal
nachsehen. Wahrscheinlich war es ein Infarkt, und das
kann man beheben. Und wenn nicht... mein Leben
habe ich gelebt, und immerhin habe ich alles für dich geregelt.«

»Du bist mir lieber als ein geregeltes Leben.«

»Das glaube ich gern.«

Ich sorge dafür, daß wir nur noch zwei zeitaufwen-
dige, dafür aber leichte Sachen zu erledigen haben. Als
erstes müssen wir in der Küche über der Tür zum Garten
eine Vorhangstange anbringen. Gut zwei Stunden lang
streiten wir uns über die Vorgehensweise. Links haben

wir nämlich ein Problem. Der Hängeschrank geht fast bis zur Außenwand, so daß man die Löcher für die Stange kaum in die Wand bohren kann. Ständig rutscht der Bohrer ab, was auch mit meiner Wut auf meinen alten Herrn zu tun hat, der alles besser weiß und nun etwas auf einen Umschlag zeichnet. Ich steige von der Leiter herab und lasse mir den Plan zeigen. Seiner Meinung nach sollten wir eher ein zusätzliches Regal in das Eck dübeln, auf dem die Stange dann aufliegen könnte. Seufzend und fluchend steige ich wieder auf die Leiter, folge aber seinen Anweisungen Punkt für Punkt. Diese beziehen sich freilich nicht nur auf die Größe der benötigten Schrauben, sondern auch auf die richtige Art, den Hammer zu halten.

»Nicht so weit unten! Halt ihn am Ende vom Stiel, du Dummkopf!«

»Herrgott, Dad! Ich bin einundvierzig!«

»Aber wie man einen Hammer anfaßt, weißt du immer noch nicht.«

Zu meinem Ärger klappt das alles so, wie er es sich vorgestellt hat: Das Regal, die Befestigung der Stange, der Vorhang, alles i in bester Butter. Weil ich ihm den Triumph aber nicht önnen will, gebe ich nicht zu, daß er recht hatte.

Zankend wenden ir uns dem zweiten Problem im Nachbarzimmer zu. D r Kronleuchter, ein Erbstück von Onkel Bert, muß aufge hängt werden. Weil beim Umzug viele Glaskügelchen rausgefallen sind, müssen wir sie als erstes ordnen. Den ganzen Nachmittag verbringen wir im fahlen Novemberlicht damit, sie wieder an das Drahtgestell zu hängen. Das reicht ihm aber bei weitem nicht. »Das muß gelötet werden«, verkündet er. Damit meint er, daß wir eine Alternative zum Löten finden müssen, denn sonst hätten wir noch einmal losgehen und für teures Geld einen Lötkolben kaufen müssen, wo er doch einen zu Hause hat. Ich sehe zu, wie er, über die Glasprismen gebeugt, mit Zange, Drähten, Schräubchen und Spangen herumhantiert – der Improvisator und Erfinder. Wie viele Sachen hat er eigentlich in den vielen Jahren für mich repariert? Ich sage mir, daß ich früher oder später lernen muß, so etwas selbst in die Hand zu nehmen. Die Metallspangen, die die Glaskügelchen miteinander verbinden, erinnern mich an die Klammern für die Knochen seines Vorführskeletts Janet.

»So, das wäre geschafft«, brummt er beim Anbringen des letzten Kügelchens. »Drei fehlen, aber das wird nicht weiter auffallen.« Er steht unten neben der Leiter und hält den Kronleuchter, während ich die Kabelenden in der Lüsterklemme festschraube, die Dose nach oben drücke und den Metallring in den Haken schiebe. Vorsichtig läßt er los – »Immer langsam mit den jungen Pferden.« Ungläubig starrt er nach oben. Der Kronleuchter bleibt tatsächlich hängen, obwohl ein anderer als er ihn angebracht hat. Er hält! Wir schalten das Licht ein. Sechs kerzenförmige Birnen leuchten auf, schimmern matt durch den Glaskäfig, durch das Gefängnisgitter aus Prismen. »Es werde Licht«, deklamiert mein Vater. Wir gaffen, als hätten wir gerade ein Wunder erlebt. Oder als stünden wir nicht in einem Eßzimmer in der Vorstadt, sondern warteten in einem großen Ballsaal auf den nächsten Tanz, mit dem ein neues Leben anfangen könnte, wenn wir nur den Mut hätten, auf das Parkett zu treten. Schließlich schaltet er das Licht wieder aus. In der Dunkelheit sagt er: »Sehr gut. Was ist als nächstes dran?«